磨房ID

细雨骑驴

·私体验旅行丛书·

美国摩托日记

WASHINGTON
WYOMING OREGON
NEW JERSEY

柳杰 著

暨南大學出版社
JINAN UNIVERSITY PRESS
中国·广州

图书在版编目（CIP）数据

美国摩托日记 / 柳杰著. —广州：暨南大学出版社，2013.8
（私体验旅行丛书）
ISBN 978-7-5668-0535-5

Ⅰ. ①美… Ⅱ. ①柳… Ⅲ. ①日记—作品集—中国—当代
Ⅳ. ①I267.5

中国版本图书馆 CIP 数据核字（2013）第 073613 号

美国摩托日记
著　　者：柳　杰

策划编辑：李　战　李　艺
责任编辑：李　艺　张亚辉

地　　址：中国广州暨南大学
电　　话：总编室（8620）85221601
营销部（8620）85225284　85228291　85228292（邮购）
传　　真：（8620）85221583（办公室）　85223774（营销部）
邮　　编：510630
网　　址：http://www.jnupress.com　http://press.jnu.edu.cn
排　　版：弓设计
印　　刷：广州市快美印务有限公司
开　　本：787mm×960mm　1/16
印　　张：16.75
字　　数：277 千
版　　次：2013 年 8 月第 1 版
印　　次：2013 年 8 月第 1 次
定　　价：39.80 元

目 录

1 **一、吃公家饭的人**

2 你来美国干什么

3 马里兰州车管所的美眉

5 被警察摁住了

6 总统的裸照

10 摩托开进美国空军学院

12 到州长办公室逛逛

14 黄石公园的两种凶猛动物

17 **二、最美的风景**

18 去北卡

20 五月的高潮

23 帮我擦车的退伍军人

24 内布拉斯加州小插曲

26 大盐湖和大铜矿

28 盐湖城和摩门教

30 拉斯维加斯的地道买卖人

31 有这样的笨蛋

33 从俄勒冈州到华盛顿州

34 绮色佳雨中“匹克匿克”（Picnic）

contents

38 发生在高速路收费站的一件小事

39 山中的烛光晚餐

43 **三、行路不难**

44 恶心的事来了

48 从达拉斯到温泉城

50 住在陶斯

52 客人自己扫地的旅馆

53 为什么巴菲特生活不幸福

54 步步低

59 **四、世界上最棒的大学**

60 为中华民国生产总统顾问的美国大学

63 如何花掉 100 万

65 斯诺的母校——密苏里大学

71 仙园

76 硅谷诞生的地方

80 西雅图故事之一：槐园

82 西雅图故事之二：华盛顿大学的昔阳名人

85 西雅图故事之三：你死到哪里去了

目录

89 胡适的康奈尔
91 俄罗斯官二代住过的房子
97 世界上最棒的大学

99 **五、草根美国**
100 修车铺老板的小日子
103 我的地下室室友
107 第一州
109 美国清洁女工的家
111 “更年期综合征康复中心”
114 山居的日子
116 一个比我聪明三倍的人
120 丁克家庭的生活
124 假如你足够幸运
129 上帝的候见室
133 佛罗里达州的一个白领家庭
135 世界上最幸福的 60 后
140 休斯敦一日
145 我有一个烦恼
147 阵亡将士纪念日摩托游行

contents

150 基督教青年会（YMCA）
152 一个密苏里州的农夫
154 同桌的你
156 硅谷人家
158 梦里不知身是客
160 别墅得而复失的玛蒂
163 密尔沃基访友
164 密尔沃基的一个居民区
166 北达科他州的一所高中
168 中美发型师峰会
170 一种教育
171 冰淇淋社交
173 新泽西州的一个房地产中介
175 纽约的伟大之处何在
177 体操教练的故事

181 **六、逍遥游**
182 捷足先登的中国摩托手
183 一千道拐
184 记者见线人的地方

目录

187 如何跟间谍接头
189 可笑的水门事件
192 拉法叶
194 极南的岛屿
195 一日四州
197 得克萨斯共和国
200 奥斯汀的鳞爪
201 地下的圣安东尼奥
203 得克萨斯州的中国孪生兄弟
205 请看她的屁屁
206 爱荷华州的玉米地
209 横穿怀俄明州
212 穿行落基山
213 大峡谷
214 66 号公路
216 死谷历险记
218 加州 1 号公路和 58 号公路
221 蒙特雷
223 乔布斯故居
225 波西米亚的波特兰

contents

229 哥伦比亚河谷 1 000 公里环游
233 令人沮丧的黄石公园
235 大提顿（Grand Teton）和蒙大拿州
236 哈雷博物馆
239 鹿岛
242 鞋子控的自白

245 **七、花开两朵：加拿大**
246 去加拿大汇报工作
247 一个移民家庭
250 向加拿大蓝领致敬
251 谪仙记
254 秋光里的尼亚加拉

一、吃公家饭的人

你来美国干什么

我搭的是北京到华盛顿的航班，要在汽车城底特律转机，所以是在底特律入的美境。

过边检的时候，那位跟我年龄差不多的边检官，例行公事地问我来美国干什么，我如实回答，说要骑摩托旅行。这个话题显然很对他的胃口，于是他一边让我验指纹、照相，一边跟我聊我的行程，给我推荐摩托，推荐路线。

照例，他要检查我的入境表格和海关申报单，但两样我都没有：一张是没填，另一张被我弄丢了。于是，他走出他的玻璃格子，帮我一样拿了一张，一边问我表格要求填写的信息，一边帮我填写，还不停地和我聊着骑摩托的事儿。

我看他的胸牌，念不出他的名字，于是就问他，他说："念韦林格，是个荷兰名字。"

美国的边检官是很出名的。一百多年前狄更斯来美国，对他们印象就很好。我读过很多20世纪前半叶的中国留美学生的回忆录，书中对美国边检官也很赞赏。他们有本事把庄重、严肃的事情，办得很有人情味。

他给我推荐了一部本田摩托，我没听说过。在巴尔的摩住下来后上网一查，原来是个750cc排量的车子，相当于火箭，我不会考虑。但是，他说新墨西哥有条64号公路，对此我是很有兴趣的。

现在是3月下旬，这边天气很暖。情况正常的话，这会儿底特律比北京还要冷，但是今年暖得早，已经有很多人穿短袖短裤了。我告别韦林格往外走的时候，旁边一个边检官低头看到我穿的是皮裤，于是他大声喊："皮裤！"旁边几个边检官都盯着我看，看得我更热了。

马里兰州车管所的美眉

在服务柜台给我的二手摩托上牌，我看给我办手续的那位美眉挺有个性的样子，就趁她忙活的时候，跟她聊了会儿，并给她拍照。

"我看你的同事都穿制服，为什么你不穿？"

"他们穿的也不是制服，是纪念T恤。我们随便穿。"

"可以染头发？可以把指甲涂成蓝色的？"

"有什么不妥吗？"

"你知道吗，如果是在中国，我要是你的老板，如果你不立刻把你的头发弄回原来的样子，把该死的指甲油洗掉，我会让你卷铺盖走人。”

“看样子你是个难缠的老板啊。”

“介意我给你拍几张照吗？”

“我吗？好啊！那我给你摆个姿势。”

“我需要你咧开嘴笑。”

（她咧开嘴笑）

“这张很漂亮，但是你好看的耳环没被照出来。”

“那我再给你摆一个。”

“好，太好了！现在我要拍你的文身。”

（她把手伸过来）

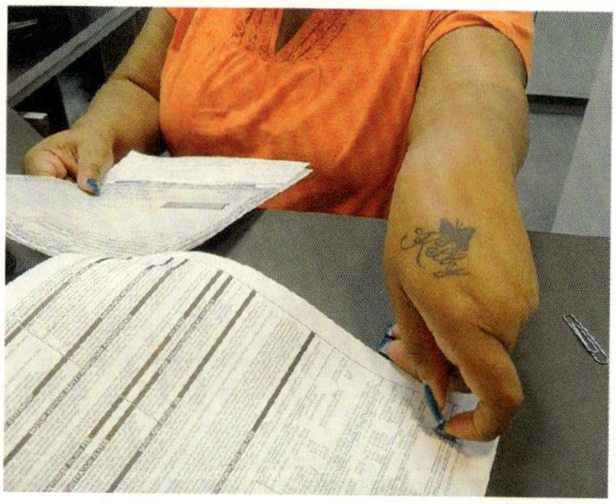

“那是一只蝴蝶吗？为什么是蝴蝶呢？”

“我喜欢蝴蝶。”

“凯利，是你的名字？”

“不，是我男朋友的名字。”

“哇，他是一个走运的家伙。”

“谢谢！”

“你叫什么名字？”

“帕梅拉。”

“漂亮的名字哦。”

“谢谢！”

她一边和我聊，一边输入信息，收我的税钱、牌照费，10分钟后，我的临时牌照出来了。

她是个热情、开朗、友善、乐于助人的女人，但是她的业务技能有待提高。首先，她从电脑列表里找不到我的车型，在我的提示下她才找到。其次，她算错了我的完税价格，差点让我多交100美元的税款，幸亏电脑自动校正了她的错误。

她天真未泯，做了错事，会自己告诉你。

她的业务水平不够高，即使如此，我还是希望世界各地的“衙门”里有更多这样的女人。

被警察摁住了

正在马里兰大学校园里开着呢，猛地发现后面跟了辆闪着顶灯的警车，我赶紧打转向灯，靠边停车，锁车，很低调地站到路边，等警察过来说话，气定神闲，心想：反正我又没做什么对不起美国人民的事儿。等了一会儿，他却没下车。我就走过去，听见他在对讲机里报我的车牌号，显然是在让局里的同事查车子的来历。

这是个六十来岁的老同志，他下车后先要看我的驾照和身份证件。我掏出我的中国驾照和护照，他翻了翻，问："我怎么知道你这个驾照能不能允许你开摩托呢？"我把驾照背面的准驾车型翻过来给他看，当然他不懂中文，我说对不起，只有中文，但的确说了我可以开摩托。他没为难我。又问："知道你有什么问题吗？"我赶紧猛摇头，说："我正想问呢！"他说："你刚才闯了个停车指示牌。"他回过身，指着不到一百米远的路边那个牌子。他是在现场把我抓住的。我向毛主席保证，我没看见，我当时正到处东张西望地找一家银行。

他也不跟我废话，回到车里，一边继续跟局里通话，一边拿出一本罚单写起来。可能他懒得跟我废话，我也没说什么。人赃俱在，我有什么好说的？认罚吧。做了丢中国摩托车手脸的事，虽是无意，但毕竟是做了，老老实实认罚是认错的表现。

他正开罚单呢，又一辆警车开过来，停在先前那辆车后面。我想：两辆车伺候，待遇不低呀。从第二辆车上下来的是个样子有点阴险的警察，他先跟同事说了几句，就笑眯眯地朝我和我的摩托走过来。我觉得他笑里藏刀。他先掏出手

马大校警和警车

电跟我一起看我的车架号，然后，来来回回和车里的同事交流，一边又和我聊："你在干什么呢？你的车哪儿来的？你住在哪儿？……"我一边看他忙活，一边掏出手机，给他和他们的车拍照。聊着聊着，他的同事那边有局里的消息了，他们又发现问题了：我的车子在局里查不到牌照记录。他们当然查不到，我的车是从隔壁州买来的，还没来得及去本州的车管所办牌照呢。我车上的牌子是原车带的，不是我的。

但是，他们也很清楚，这个车来路很正，即使我没办手续。

看我拍照，那个样子有点阴险的警察笑呵呵地说："你在拍我吗？"我说："是啊，这是我在美国吃的第一张罚单，我得拍个照纪念一下。"

"罚单？谁给你罚单？他在给你写警告。"

"真的吗？"

"我觉得他没开罚单，他应该是在写警告。"说着，他把我领到他同事的车窗侧面，看了看他正在写的东西，确定地说："不是罚单，是警告。你不用去法院，也不用去银行，更不用蹲监狱。"

他的同事把那张警告单撕下来，递给我，详细地指示出我要找的那家银行的位置、路线，然后开车走了。

我从银行回到住处，差不多到吃晚饭的时候了，我请同住的两个小伙子喝啤酒。他们说我应该请客。因为照规定，这种情形罚个一二百美元很正常，至于会不会要数罪并罚，那就难说了，我开的要是辆汽车，当场就会被拖走。

总统的裸照

据我所知，得克萨斯州在20世纪至少出了三位总统：林登·约翰逊和布什父子。

美国总统卸任后，都可以筹集资金建一个纪念图书馆。我到得州看了两个总统纪念图书馆：林登·约翰逊总统纪念图书馆和老布什总统纪念图书馆。

林登·约翰逊总统纪念图书馆

总统学狗叫

林登·约翰逊到世界各地访问都穿的牛仔靴，得州特色。

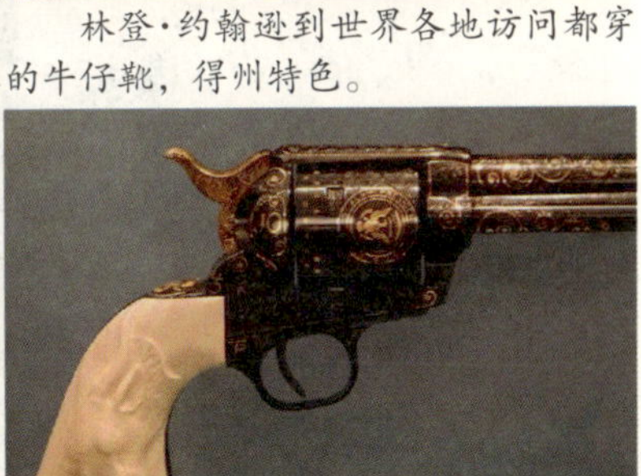

柯尔特手枪公司送给总统的礼物，即巴顿将军说的枪把上镶象牙、妓院老板用的那种手枪。

老布什纪念图书馆

说起来，老布什算得上是中国人民的老朋友了。1972 年，美国和中国还没有互设大使馆，只有联络办公室，当时布什是美国驻北京联络办主任。

其实，老布什年轻的时候就已经和中国人民的解放事业有着一定的关联。珍珠港事件后 6 个月，他就加入了美国海军航空兵，经过 10 个月培训，被派到南太平洋驾驶鱼雷轰炸机作战，在离硫磺岛不远的海域执行轰炸日军海岛通讯设施的任务时，被日军炮火击落，差点被俘虏。那时候他才 20 岁。

老布什戎装照

看看这两口子，蛮中国的

这幅展出的漫画讲的是国务卿基辛格在问狼狈不堪的老布什：“发生了什么事情?”

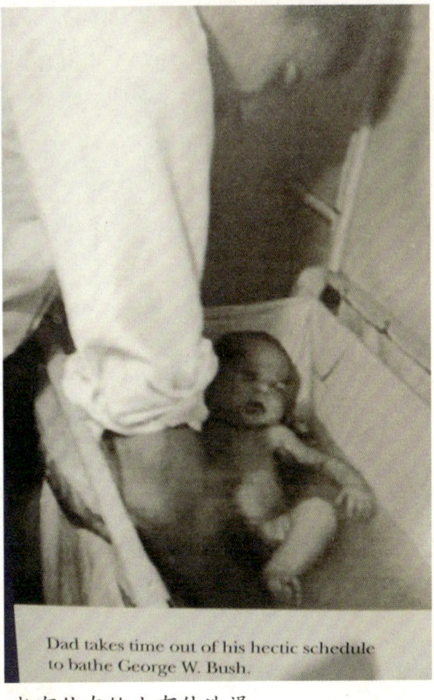

老布什在给小布什洗澡

第一夫人，1943 年摄于纽约海滩

来中国前，老布什被尼克松任命为美国驻联合国大使。在那里，他的日子很不好过，因为那个时候冷战还没结束，联合国安理会里有美国的死敌：苏联和中国，他们经常行使否决权，搞得老布什很不顺心。

美国在 20 世纪 30 年代初还完全没有什么雄心，全国只有 13 万军队，全军只有一辆专用高级轿车，归参谋长联席会议主席麦克阿瑟使用。那个时候只有一个超级大国——英国，美国完全没有取而代之的理想。

小时候光屁股的照片、政治生涯中的困顿和错误、一时兴起的放纵、太太年轻时的泳装照、含饴弄孙——即使是曾经登临绝顶、风光无限的政治人物，也和普通人一样经历种种人生的常态，真实、丰满，让人兴趣盎然，这是美国总统纪念图书馆陈列留给我的深刻印象。

摩托开进美国空军学院

昨晚投宿的地方叫科罗拉多泉（Colorado Springs）。此地最有名的景点大概算 4 300 米高的派克斯峰（Pikes Peak）。美国著名的歌曲《美丽的阿美利加》就是作者游过这座山后，灵感迸发而创作的。1972 年，周恩来总理在人民大会堂招待新中国成立以来第一位到访的美国总统尼克松时，乐队就演奏了这支歌曲，是周恩来亲自挑选的。

其实山本身很一般，看过尼泊尔和瑞士的山后，再看这座山，就会觉得不过如此，光秃秃的，啥也没有。也许是我到的时间不对吧，如果早点来，在春天，雪未化，花盛开，那我的感觉可能会完全不同。话说回来，对美国人来说，在美国本土，要看山，选择也不多。

但是，公园里有 30 多公里的山路，这绝对是一个奇迹。尼泊尔、瑞士的山再好，却没有路可以让你骑摩托到 4 300 米的地方。发卡弯很多，让我这个蹩脚骑手战战兢兢，如履薄冰，但我还是乐在其中。

从山上下来，我去了美国空军学院。到了学院大门，门卫看看我的护照，连行李箱都没让我打开就放我进去了。

校园内展出了退役的 B–52 轰炸机，它们参加过越南战争。

校园很大，但不如西点军校和海军学院，那儿有名将、著名战役的实物展览。

空军学院的标志性建筑——学员教堂。今天有校友在举行婚礼

到州长办公室逛逛

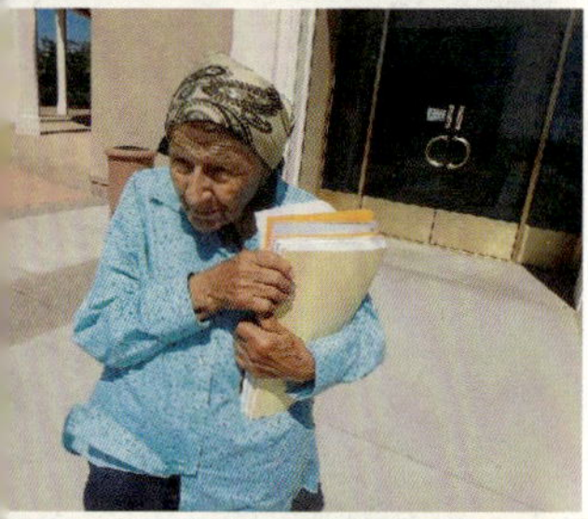

在圣塔菲的游览时间大部分花在了新墨西哥州政府大厦里了。这完全是计划之外的活动：因为正好走过州政府大楼旁，看到路牌，我就灵机一动地拐了进去。我以前参观过美国国会大厦，却没有参观过任何一个州的政府大厦。而且，新墨西哥州的州长是美国历史上第一位女性州长，也是第一位拉丁裔的州长，我该看看新鲜。

州政府大厦是一栋外表挺平常的楼，似乎是模仿西班牙斗牛场的造型建造的。没人拦我，也没人表示要查证件什么的，于是我推门就进去了。好不容易找到个像门卫的人，问他州长办公室在哪，他告诉我在四楼。

坐电梯来到四层，迎面就是前台，旁边的一扇门上写着“州长办公室”。前台的人没理我，我就先在前台附近的等候区逛了几圈，拍了几张照。我看到有一边墙上是等着领养的孩子的照片和介绍文字，另一边是已被成功领养的孩子的照片。

有位老太太叫玛利亚·桑切斯，今年90岁，是和我一起坐电梯到州长办公室的，不知因什么事要见州长，却没见成。她向我抱怨，现在的州长会见制度不如以前，以前反而更容易。

我正在拍照呢，一个小伙子领着一群游人来参观，我问他我可不可以加入，他说欢迎，我就入伙了，开始听小伙子介绍办公室的环境、陈设。

汽车生产商似乎很喜欢用地名来给汽车命名，如圣塔菲、途胜、切诺基、塔科马、育空……如果看看那张描写圣塔菲所在的新墨西哥州自然环境的油画，

这是州长和她的各部负责人开会用的内阁会议室。我右手那把椅子是州长的座位。

你就知道为什么了。我在新墨西哥路上拍了不少照片，哪一张也没有那张画传神，那么能表现新墨西哥州的悠远、空旷和壮阔的神韵。

参观完前台区后，前台的女士又领我们参观了州长办公室，她说州长办公室不能拍照，除非州长本人同意，但是她今天不在。而我们将参观的内阁会议室，是可以随便拍照的。

进去以前，我先问了个问题：为什么州长办公室没有门卫？前台的女士说其实有门卫，但因为今天州长不在，所以门卫不值班。

打开写着“州长办公室”的那扇门进去，发现原来它是一串办公室的入口，包括州长办公室、州长幕僚的办公室等。引导的女士特意指给我看入口处右边的第一间办公室，那是门卫待的地方。“你到楼里任何地方，监控摄像头都能拍到你。”她说。

州长办公室确实很舒适，给我印象最深的是墙上挂的几幅大的安塞尔·亚当斯的黑白风景照，美得动人心魄。还有一件事我也会记住：她用的是联想电脑。

从州长办公室出来，我就没有继续跟团走了，而是自己把下面的三层楼也逛了一遍。

州参议院的会议厅。没有会，没有人，也没锁，我推门就进去了。

这个圆形的办公楼有一个圆筒状的中庭，由中庭向各个方向辐射出一条条走廊，州政府各部门的办公室就设在这些走廊两侧。走廊的墙上全挂着照片、画、雕塑、纺织品，似乎都算是州立博物馆借给政府大楼的。

黄石公园的两种凶猛动物

来黄石公园的头一天我跑了很多地方，事先又没有订旅馆、营地，结果跑到天快黑了才找到一处营地，那里还有最后一个空，于是我赶紧手忙脚乱地搭帐篷。

正忙活呢，停在隔壁的露营车的车主过来搭话，我一边抓紧忙活，一边跟他聊。他和太太、孩子还有朋友从芝加哥开车过来度假。聊了几句，他问我要不要吃热狗，我说吃。我从这边看到他们带了野营炊具，也闻到了柴火的烟味。等我帐篷快搭好了，他端了一盘子吃的给我送过来：两只热狗，一个苹果，一块甜点，还有一张餐巾纸。一顿饭全了。大概怕我多心，他还特意解释了一句："我们做得太多，吃不了。"

在美国旅行我碰到了很多这样的人，他们善良、热心、乐观、自在。

在公园住营地，营地管理人员都会叮嘱大家，要好好存放食物，别把熊招来。开车来的，必须把吃的放在车里；没开车的，必须把吃的高高地吊在树上，比跳高世界纪录还高得多才行。

说实话，来黄石公园，我很想看熊。黄石公园的熊多，也很出名。不过，我的确也不想在我睡觉的时候，有熊过来翻我的包，或者翻我的帐篷，甚至和我打起来。但是，要把东西吊那么高，可不容易，我已经有很多年没有徒手爬过树了。我问营地管理员有没有梯子，她很疑惑地看着我问："你要梯子干什么?"等明白过来我的意图，她笑起来，指着营地旁边那个铁柜子给我看：那才是存放食物的地方。

这是用很厚的铁板做的柜子，很沉，上了锁。我连牙膏都放进铁柜子了：据说，任何有香味的东西都可能吸引熊。我在公园附近的树林露营两晚，都没有熊光顾。我的黄石之行也因此和熊缘悭一面。

其实公园里最危险的“动物”叫警察。

在公园的第二天，我兴冲冲地在往老忠实泉的路上跑，竟被公园警察拦了下来。

我早就看到这辆车在跟着我，警灯没闪的时候，我一直在猜它是不是警车。我完全没想到它是在追我，因为我骑车向来老实，车子本身也跑得不太快。大概一直没到有宽路肩的地方，所以它也一直不闪警灯。

警灯一闪，我马上靠边停车，虽然我不确定它是不是冲我来的。

警察下车朝我走来，很客气地请我待在我的摩托旁边，并且谢谢我及时停车。

“骑车旅游吗？今天太适合骑摩托了！你的摩托很漂亮啊。我可以看看你的驾照吗？”他下了车，嘴就没停过。

“刚才我停在路边你看到我了吗？”警察问。

“没有。”

“那里有个 45 迈的限速牌看到了吗？”

“没有。”

“你刚才开多快知道吗？”

“不知道。”

“我拿雷达测了，你开到 62 迈。你在限速 45 迈的区域开到 62 迈。”

他把我的驾照、保险卡拿去，对着对讲机说个不停，折腾好半天，才回来给我开了张超速的罚单。他把罚单递给我，又来查我的车，还要看我的车本。也该我倒霉，我明明记得我的车本复印件和驾照放在一起的，此时却遍寻不获，翻开所有的包找也没找到。

他又回他的车联系呼台，过了好半天才折回来，又递给我一张罚单，罚我没带车本儿。两罪并罚，一共 195 美元。在第二张罚单上，他给了我一个律师的联系方式，说如果我能传真给这个律师证明我的确有合法手续，也许律师会取消这张单子。

前后总共耗了有一个钟头。他只要跟我说话，就不停地谢谢我的合作，偶尔也会夸夸我的摩托，聊几句旅行，温文尔雅，礼貌周到，然后就直接撕罚单了。

这种笑面虎最阴险了，我发誓我更愿意碰到熊。

二、最美的风景

去北卡

在国内骑摩托没跑过高速，也不想跑，这回到美国是躲不过去了：地方性的公路不容易认，而且也跑不起速度，所以，如果要赶远路，还得跑高速。

美国的高速也还有些风景宜人的地方，让我很有停车拍照的冲动。在巴尔的摩请教过从加拿大过来的北京小伙：是否可以在高速路的紧急停车带停车拍照。他说可以，准备好接受大额罚款单就行，美国很多州政府接近破产，急于靠交通罚款来脱贫。

他的警告在一段时间内起到了很好的禁阻效果。但是，这次从弗吉尼亚州来北卡罗来纳州的路上，我终于实现了我的愿望，成功地在高速路紧急停车带停了车，逗留了大约半个小时，无所顾忌地拍了几张照片，而且我还到处找警察，看他能把我怎么样。

那天一大早从同学家出发，跑了 100 公里就加了一次油。加完油就觉得万事大吉了：我在国内跑，从来没有一天加两次油的先例。最远的一次跑了 520 多公里，从江西西部的明月山跑到东部的上饶，也只加了一次油。加完油没多久，就开始下雨了。幸亏我早起，已经做好准备，穿好了雨裤，车服、鞋子也都是防水的。

雨天的高速路完全是另一个世界，特别是当那些该死的像变形金刚一样的卡车超车的时候，它们的轮子会掀起一道水幕墙挡在我面前。我无处可逃，只能全神贯注地穿过去。因为雨大，我降低了车速，所以，这样被超车的悲剧就以很高的频率不停地上演。结果我就更理所当然地放弃了对里程表的关心——我的摩托没有油表，当然，即使有油表我也顾不上看。

当发动机开始怠工的时候，我大惑不解：刚加过油三四个钟头而已。我把车停到路边，看看里程表，发现我已经又跑了将近 400 公里。没油了？这个车在美国可是出名的省油车，现在才不到 400 公里就跑完一箱油，我很不满意。我打开油箱盖，摇了摇车，的确看不到油，也听不到声音。不过我心里倒是踏实了：至少车子没坏。

我也不是很着急，我事先从保险公司买了紧急救援，当我的车半路没油的时候，他们得给我送油来。我打了求助电话，接电话的人换了几次，因为我说不清我在哪里。那里真的是前不着村后不着店，连一个里程碑都没有。最后，我掏出我的 GPS 把我的准确位置告诉了他们：我在北纬38 度多少分多少秒，西经 80 度多少分多少秒，保险公司的服务员终于弄明白，我还在弗吉尼亚州，所以他们把我转给弗吉尼亚州分公司。弗吉尼亚州分公司的人问我需要什么帮助，我很和气地反问她："你说呢？给我送油来啊！"服务员请我等一会儿，大概她在看服务手册，过了一会儿她告诉我，我的会员等级是不够送油级别的，如果我再付 50 美元升级，我就够资格了，一个星期以后如果我再在路上断油，他们会罩着我。"这次，对不起，您自己看着办。"

这一下我慌神了。一切都显得不对劲了。我觉得车服里面湿了，它是山寨版的世界名牌。而我的高帮防水鞋虽然质量极好，鞋底、鞋面严密防水，但麻烦是，当每只鞋都被从裤脚处灌进去一啤酒瓶的雨水时，它也绝不会漏。

我"呱唧呱唧"地在原地转圈，一筹莫展。只好打电话给北卡的朋友。他说，我离他大概两三个小时的车程，远水解不了近渴，建议先就近找找看有没有警察，然后再想办法。

挂了电话，我先拍照，我不能白停。我倒希望这时能有个警察来找我麻烦。拍了一会儿，也没警察过来，我明白得自己找他们了。警察总是在你最不想见他们的时候出现，你想见他们的时候，他们却永远不知道在哪儿，对吧？

说实在的，我刚才慌了神没有察觉，其实我断油的地方相当合理：在半山腰——一条连续大约十一二公里的下坡路的中间。我开始空挡溜车。旁边的车子都以 120 公里左右的时速呼啸而过，只有我的摩托非常悠闲地往山下溜。

溜出去大概两三公里，眼看到了山脚的地方——信不信由你——停了辆警车。美国的交警查超速都特别阴险，我原先在电影里看过：他们把车子埋伏在路边很不起眼的地方，车子横过来和路成 90 度直角，车头对着路面，随时准备冲出去上演追捕。我看到的就是这么一辆。我跑过去说明了我的困境，警察小伙儿告诉我，大约一公里外的公路的另一侧就有加油站。我可以自己过去，也可以打电话让他们送油过来，但那样的话他们可能会收我 50 美元服务费。

在任何地方，如果有人跟我说，我这儿有辆摩托，你帮我推一公里地，我给你 50 美元，我会毫不犹豫地接受这份工作。因为我就是这么干的。

告别了警察，我恋恋不舍地溜完了最后一小段下山路，然后就开始推。整个上午都躲着我的太阳现在适时地露出慈祥的笑脸，气温在二十一二度的样子，我上面穿着抓绒衣、羽绒服、塑料壳一样的车服，下面穿着抓绒裤、皮裤、雨裤，脚上绑着“两瓶啤酒”，推着 200 公斤重的车子不断奋勇向前。不到 5 分钟我就气喘如牛，开始脱衣。

刚拐下高速路，从高速路下面的地方公路穿过去的时候，一辆皮卡车越过我在前面路边停下来。从车上走下来一位身高大约一米八五、穿着正装、戴着墨镜的“天使”，他走过来问需不需要帮忙。我说明了情况，他立即打电话给他车上的部下，让他回去取个油桶过来，然后开始帮我推车。我们一边推，一边聊。他说他叫罗斯，一家公司的培训总监，就在离这儿不远的地方工作，也骑摩托，有一部 1 200cc 的铃木。

推到加油站附近一个陡坡前，我们停下来，他说我们等他的部下送一点油过来给我的车加上，然后我就可以自己开上坡去加油了。那个坡很陡，别说我一个人，即使是我们俩都很难把摩托推上去。

我们正等着的时候，他瞅瞅我的车，摇摇头，叹了口气：“你需要一部大一点的摩托。”等了几分钟，油就送来了，他把油桶里面的油都加进了我的油箱，看我的车发动起来，说了声旅途平安，就上车走了。

五月的高潮

本来都做好离开休斯敦北上的准备了，临行前给明尼苏达州的哥们儿打了个电话，结果他有事请我帮忙，这样一来我就走不成了。他说："圣安东尼奥马刺队今年打得太好了，他们参加的西部决赛的票现在还能买到，你人在休斯敦，离圣安东尼奥很近，我给你买张票，你去看一场他们和雷霆队的比赛吧。我在圣安东尼奥有个朋友，你可以去他们家住。"

他是曾经跟我在国内一个单位共事的铁哥们儿，我们一起打过好几年的球，在球场内外一起度过很多美妙的时光。当年几个哥们儿常常一起挤在集体宿舍，兴致勃勃地观看 NBA 比赛的电视转播，一边看，一边讨论、切磋，有时还会炒上一大锅炒饭、买几瓶啤酒一起饱餐一顿。

那是纯真的年代，大家都年轻，都没成家，都挺爱自己的工作，那时除了工作、读书，就是打球、打牌、吃饭、用磁带录音机接上麦克风唱卡拉 OK。谁都没有很多钱，但谁也不太为钱操心，谁都没有自己的房子，每天拿暖瓶去锅炉房打开水喝，上公共澡堂洗澡，到了吃饭时间，手里都握着饭盆儿、勺儿上单位食堂吃。大家都骑自行车或走路。那时候，学术界思想自由、开放、生机勃勃，社会各行各业也蒸蒸日上、活力迸发，天天都是阳光灿烂的日子。回忆起来，大家都觉得那是一生中最幸福的几年。

他这个忙我得帮，我们有这个交情。再说了，我们这帮球友，我的球龄最长，但从来没在现场看过 NBA 的比赛。哥们儿只有一个条件：好的球票已经炒到一万多美元一张了，他让我不要指望那种票。这个条件我也勉强答应他。

圣安东尼奥的那个朋友我也不完全陌生，几年前也是通过哥们儿认识的，还在他们家蹭过饭。但是，这次蹭住的计划流产了：他们刚搬到圣安东尼奥一年多，买的房子正在装修，现在暂时住在公寓里。其实他们倒是愿意我蹭住，不过我的哥们儿代我拒绝了。

虽不能住，但接送是不能少的。比赛开始前一个小时，我从圣安东尼奥的灰狗站出来，他们两口子带着三岁多的孩子已经在车站边的停车场等着了。等我上了他们的车，当妈的先让孩子叫"叔叔"，然后他们就开车带我去预订的旅馆登记入住。路上我简单问了问他们的近况。他们从北边过来后，都离开了原来的公司，孩子爸在一家公司做 IT 工程师，孩子妈在一家银行工作。

办完入住后，他们又匆匆开车带我去球馆。路上，他们先在一家银行的自动取款机前停下车，取了 50 美元的现钞，塞到我手里，说是没有招待我，又不能陪我，这个钱请我自便。我把钱悄悄地塞到副驾驶座前的小格子里，被坐在后排的孩子妈看见了，她提醒丈夫采取行动。

我入场以后，还未找到座位，就听到观众山呼海啸的呐喊声，比赛已经开始了。音箱里传出的鼓声震得看台地板都好像在跳，我的心也跟着“咚咚”地跳，激动啊。眼睛也不够使：AT&T 中心像个太空城，好长时间我都不能集中注意力看球。慢慢地，我能定下神来看球了。毕竟，不管多喜欢 NBA 的球，我也没有到痴迷的程度，如果有机会见到球星，绝不至于请谁签名。与其说是看球，不如说是享受那种气氛。

圣安东尼奥是美国第七大城市，但它不像别的大城市那样，也许拥

有几大联盟的职业球队，它就这么一支篮球队，马刺队表现又争气，很能体现“老子天下第一”的“得州精神”，自然球迷和市民都自豪得不得了。几万人一起呐喊、疯了一样从座位上跳起来叫好、一起“嘘”客队、一起配合啦啦队起舞，我虽然不能和他们一起疯，但是那种认同感、那种同气相求、戮力同心的豪迈劲儿，那种喜气洋洋的节日气氛，我是很能感受到的。

其实球赛本身谈不上多精彩。年轻气盛的雷霆队队员像拼命三郎一样勇猛无畏，但是缺少全队协同的精神，对技术炉火纯青、配合娴熟、心理稳定的老油子对手基本没有形成有效的抵抗，整场球他们从未领先过。

当然最大的问题是，我对这两支球队都没有感情。不像看马布里领军的北京金隅队打 CBA 半决赛、总决赛，我能看到手脚冒汗，胃里像有只手在抓。但是，这场球赛唤起了我无数美好的记忆，让我陶醉其中。

比赛结束后，出球馆前还意外地看到做电视解说嘉宾的查尔斯·巴克利。那是美国职业篮球联盟中我最欣赏的 60 后球员。年轻时我曾无数次跟球友们宣讲我的心得：巴克利是比乔丹更伟大的球员。我还有一本他的语录，曾经像读《毛泽东选集》一样反复诵读。

到球馆外，都快 11 点了。圣安东尼奥的朋友已经在球馆外的车流

中转了一圈又一圈排队等着我。本来我是想自己步行回旅馆的，但是他坚持要开车送我，说怕我经过不太安全的街区。车子多，车开得很慢。他也一边开车一边聊起他的爱好，他说他爱看橄榄球，因为美国橄榄球队里有很多虔诚的基督徒。

“你知道蒂博吗？他已经得过两次超级杯的冠军了。每次比赛前，他都要单腿跪地，一手放在胸前，低头祈祷。他的名字现在都被当动词用了，就是指他那种祈祷姿势。”

“我问国内来的留学生：‘你们知道大卫·罗宾逊吗？注意过他和别的球员有什么不同吗？’之后他们注意到，大卫打球的时候常常面带笑容，而且很有礼貌。是啊，因为他也是个特别虔诚的基督徒啊。”

我们在旅馆前握手道别的时候，已经十一点半了，他的家离得也不近。哥们儿事先想安排我住他家的原因之一是想让我跟中国基督徒接触接触，了解一下他们的生活和信仰的状况，他的目的达到了。

五月对我来说是美满的一个月，到了月底，还出现了高潮，但是，它跟摩托无关，跟 NBA 无关，它和青春记忆、友谊、信仰有关。

帮我擦车的退伍军人

离开科罗拉多泉去陶斯的那天早上，在旅馆门前装车的时候，同住一家旅馆的一位得克萨斯州的退伍老兵丹尼斯也在收拾他的哈雷。我们聊了几句：从哪儿来，到哪儿去，去了什么地方，该去什么地方。聊的时候，丹尼斯看到我的挡风玻璃很脏，顺手就往上面喷了些清洁剂，吭哧吭哧地用抹布擦了个干干净净。这块挡风玻璃有两个多月没擦了。

旅途中这些细微、率

真的善举，总是让我心里暖洋洋的。

丹尼斯让我想起我在特拉华州遇到的擦车小弟奇奇，还有另一个也叫丹尼斯的澳大利亚哥们儿。

内布拉斯加州小插曲

一大早从内布拉斯加州林肯市出发，顺着80号州际公路一路向西。一路饱览着一望无垠的平原和大规模的农场。这样的景象在国内只有东北的三江平原有吧？

每户农户几栋房子、几个储粮罐、一大堆农机、几千亩地，似乎是内布拉斯加州农民的典型家底，很少有像中国农村那样的村落。

下午五点，正跑得欢呢，发动机熄火了。我暗自叫苦："又来了。"应该又是低标号汽油在捣鬼。在佛罗里达州已经发生过几次了，其实只要用合适标号的汽油，就不会出状况。

进入阿肯色州以后，高标号汽油就没有保障了。我习惯性地打转向灯，其实后边没车，空挡滑到路肩，停车，下车，解开骑车服，揭起头盔面罩，等待。我也没别的好做。

太阳明晃晃地挂在天上，气温应该在三十度的样子，远方的车看起来像开在闪着亮光的水面上，没有任何阴凉的地方可以躲躲太阳。所幸这里空气很干燥，而且今天一天都在刮着三四级的风，刮得我的车像是在跳摇摆舞。现在这个风开始做好事了，所以我倒没有觉得热得很厉害。

过路的车不少，我没有向任何人求助，知道有很多车路过就够了。80号公路是美国东西交通的动脉之一。我把两个手机都打开看了看，果然T-Mobile没有信号，所幸多预备了一个以信号覆盖广著称的Verizon，现在它的信号有两道杠。

我离下一个城市西德尼（Sidney）大约不到十公里。最坏的情况是我打电话给保险公司，让他们派拖车来拖我。不过我估计还不至于到那步田地，和往常一样，摩托只要歇上十来分钟就会恢复功能。我带了水，还有干粮，没什么好担心的。

大概过了十分钟，我试试打火，但打了几次都打不着。只好接着等。我往前步行了大概二三百米，那里有个里程牌子，我得看清楚：万一运气不好，我非用拖车服务不可，我得把我的准确位置告诉保险公司。

该做的功夫都做完了，无事可干了。风呼呼地刮，车轰轰地过。我尽量让自己放松，欣赏一下周围的环境，拍些照片。

在这条路上开了几乎一整天，我对这种辽阔已经有点麻木了。不过，风吹过麦地，麦浪滚滚，还真是挺有韵律的。远处田野里一座孤零零的房子也挺好看的。我在路边的草地上来回踱步，还发现了一张被丢弃的印第安纳州的车牌。

老皮卡

我正踱着步，一辆样子很老的皮卡越过我，靠边停在路肩上，然后向我倒车。车倒在我旁边，车窗被摇下来，一个四五十岁的先生问我："需要帮助吗？"我说明了我的情况和计划，请他放心前进，跟他握手，真心地感谢他。过去总有几十辆车了吧，就他停下来了。其实我尽量不去看过去的车子，怕招人家停车。

他叫迪亚斯，从南达科他州来。他说他也骑摩托，知道在路上出状况是怎么回事，希望能帮我。

热心的迪亚斯

车子熄火大约半小时后，我终于把车打着了。刚松了口气，但开出去不到一公里，它又熄火了。还是老办法，我心里觉得情况不妙，但又别无良策，只能再次停车靠边——等。

等了大约 10 分钟，一辆警车闪着灯过来了，在我的摩托后面停了下来。两个警察走下来。我向他们说明了情况。他们查看了我的车，也不知道做什么。他们说他们接到报告，说有人在路上打架，问

例行公事的警察们

是不是我。其中一位还查了我的驾照、护照，问了我的生日，然后上车用电台在联系着什么人，大概是局里的同事吧。他还正查着呢，又一辆警车过来了，看车身上的字，是副警长，他倒是没跟我啰唆。我问他们有没有水，副警长给了我一瓶。虽然我自己有水，但是我不知道我要耽搁多久，我得多预备点。副警长还挺客气，说水不够凉，让我将就一下。

他们跟我一起待了有 20 分钟，要帮我叫拖车，我当然拒绝了。最后他们都上车走了，走之前，查我护照那位告诉我，45 分钟以后还会有警察来我这儿，我需要帮助的话可以找他们。

六点半，车子终于歇够了。上路 10 分钟后我就到了西德尼。这车子真奇妙，一旦恢复，就好像从来没病过。

七点半，我看上热火和凯尔特人的比赛了。凯尔特人几个老将今天打得可真烂啊。

大盐湖和大铜矿

盐湖城的名字我估计是来自城旁边的湖——大盐湖，一个 2 000 平

方英里的咸水湖。几年前我和在犹他州读书的老同事一起开车来过，留下了美好的印象，尤其是开车去湖中的羚羊岛的愉快驾驶经历。我想，骑摩托上去，肯定又是一番美妙体验。

岛上的野牛很出名。有头牛离我不到30米远，看我停车，一直盯着我不放。我没敢熄火，准备随时开车逃跑。

看完大盐湖，又去看了大铜矿。

到参观者入口的时候，发现这里不准摩托车跑最后那段两三英里的爬坡路。我只好按售票员的要求把摩托车停在入口处外的停车场，等着搭顺风车上山。刚停好车，就有一部越野车开过来买票，车上是一对老夫妻，他们带着9岁的孙子卢卡斯从加利福尼亚州过来玩儿。我一提出请求，开车的爷爷布伦特立刻爽快地说："上车。"这下连5美元的门票都省了——这里按车收费，一辆车5美元。

这个铜矿是露天开采的，矿洞是世界上最大的人工开挖洞。持有这个矿的公司，每年的铜产量约占美国全国铜消耗量的四分之一。拉矿的卡车一车能拉几百吨。

真是美满的一天。特别是卢卡斯和他的爷爷奶奶，他们是最美的风景。

盐湖城和摩门教

跟美国人提起犹他州，无人不知那是摩门教的根据地。而盐湖城是犹他州的首府，是摩门教的“总坛”，犹他州有一半的人口是摩门教的教徒。

19 世纪 50 年代开始，在东海岸受宗教迫害的摩门教徒，经过长途跋涉，来到这片蛮荒之地，他们开拓、生存、繁衍，扎下根来，奠定了今日犹他州繁荣的基础。

跟中国人提起摩门教，很多人都记得摩门教的一夫多妻制。其实，这是老黄历了，这样的习俗很早就被主流教派抛弃了。胡适先生写于约 100 年前的《胡适留学日记》中就有文字为摩门教洗冤。

我在盐湖城待了几天，当然看不出谁是教徒，谁不是教徒。但是一件小事让我想起曾经在摩门教教会大学——杨百翰大学学习过的朋友的

盐湖城一景

摩门教教堂

经历。

我想找电影院，在街上问了一位看起来像是本地人的老太太，老太太也不知道哪儿有，跟我说了声对不起。我就自己往前走，走到一个街边的指示牌旁，看到上面有简单的地图，我就试着自己从地图上找，正找着呢，一位挺漂亮的年轻妈妈推着一辆坐了孩子的童车过来，问我是不是在找电影院。我有点诧异，她忙解释说，是她妈妈告诉她的。说话间，刚才我问过的老太太也从后面走了过来。我都走出去挺远的了，她还让女儿追上来告诉我答案。

她们走开后，我就想：她们应该是摩门教徒吧？这种感觉来自几年前在杨百翰大学读书的朋友。她说，摩门教徒特别乐于助人。她跟我说过自己的经历，虽然这件事都过去好几年了，但我一直没忘。

朋友以访问学者的身份来杨百翰大学商学院学习，想转变身份读MBA，但签证种类变更煞费周章。虽然费劲，但校方相信可以办到，也乐于相助，却没想到麻烦比事先想到的要大得多。经手的学校工作人员最后无功而返，面对我的朋友，居然内疚到掉眼泪。最后，我朋友在香港请了律师协助办理。

朋友需要几千美元的现金来证明她的财务能力，但她在国内办的信用卡出了问题，钱拿不出来。她的一个老师二话不说就把几千美元汇进她的户头，连一个借据都不要。

她去香港前，在商学院全体师生的集会上，院长向全体成员提议："Tao（我朋友的名字）明天要去香港办理签证，我们一起来为她祈祷吧。"于是几百名师生低首闭目，为我朋友祷告。

杨百翰大学的商学院在美国声誉不错，院长也非等闲之辈，要做的事也不少，和我的朋友也没有私交。但这样的事情他放在心上，他真诚地希望这个与自己不太相干的中国人能完成心愿。

这回，轮到我的朋友落泪。

拉斯维加斯的地道买卖人

拉斯维加斯以前我来过两次，该看的也看得差不多了，所以这次来的主要任务是修车和休息。

因为专卖店的费用太贵，所以这次我专门在网上找了个反响不错的"修车铺"。把车骑过去才发现，原来又是专卖店，只不过是美国车子的专卖店而已，也顺带着卖别的品牌，包括铃木。技术服务经理吉姆说，他们有师傅是通过了铃木认证的。他们的价格也是按工时算：150 美元一个小时。我把问题一说，那个"铃木"师傅马上把车子打开，简单看了看，试了试，然后说："我觉得是化油器的问题，算一个半小时的工时吧。"

加上这一家，我已经到过四个摩托车修理部门了。他们的工作环境和中国的修车铺真不一样。没有蹲在地上修车的，一定有个升降台把车子提起来，好让师傅直着腰干活儿，要么就坐在工作台边干。他们有专用管道排出摩托尾气，地上一尘不染。

当然了，环境那么好，活儿可不一定比在简陋、脏乱的街边摊修车的中国师傅高明。我已经多次听说过了：中国的工人师傅是世界上最聪明的。

第二天上午我再来听消息，一直到上午 11 点“铃木”师傅都在忙活我的车，但还是没找到原因。吉姆在休息区找到我说：“我们没找到问题，师傅说需要更多时间，我需要你的授权。我们把费用降到 50 美元一个小时，请再给我们两个小时。如果我们还是找不到问题，就不收你钱，然后派拖车把你的车送到铃木专卖店去，他们那里有更多的资源可以利用。”

我同意了。

两个小时过去后，他们还是没找到问题。他们给我开了账单，费用是零，请我签字。然后派拖车送我去铃木专卖店。

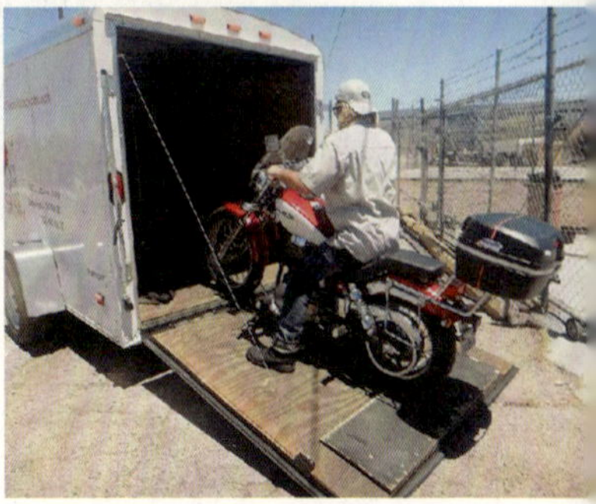

工本费 150 美元一个小时的师傅工作了四五个小时后，没收我一分钱。我跟他们说，我很欣赏他们诚实的态度，其实我的车还能跑，他们完全可以像我前面去过的铃木专卖店一样，拆开车子把化油器洗一洗，然后告诉我问题解决了，收我的钱让我上路，反正摩托车也能跑。

“我们是有品格的。”吉姆说。

有这样的笨蛋

我的“防晒伞”

今天要去死谷（Death Valley），所以我 5 点就从拉斯维加斯出发了。我得在死谷的气温升到 50 度以前走出去。结果证明早出发的决定很英明。我刚骑出去六十多公里，车子就熄火了。这让我灰心透了，在这之前，我还认为车子的问题已经解决了。

不过，熄火的地方还不错，不是在死谷。而且时间也够早，太阳还不大，我还在路边找到几

棵几乎可以称之为树的植物来躲避太阳的直射。

歇了二十来分钟，车子又能打着了，我赶紧掉头往拉斯维加斯走。但是刚跑出去几百米，车又熄火了。在这之前，没发生过这样的事情。

我等了十几分钟，再次把车打着，又跑了几百米，又熄火了。我放弃自己骑回去的打算了：已经到了上班的高峰时段，这个时候骑在拉斯维加斯的车流里，一熄火，后果可能不堪设想。我给保险公司打电话，让他们派拖车来。

坐在路边等拖车的时候，先后有一辆越野车和一辆摩托停下来，然后过来问我："怎么回事？需要帮助吗？有水吗？"骑摩托车的是位帅哥，我看到他的行头，就问他是不是在部队干过。果然被我猜中了。他和前面那位开越野车的先生一样，确认我有水喝，有人来拖我，才放心地骑走。

拖车来得挺快，上午 9 点我就回到了拉斯维加斯铃木专卖店。头天帮我收拾过车子的师傅汤姆正好

刚到，我急赤白脸地跟他解释发生的事情，他也显然没有头两天见我那么热情，似乎还很想推卸责任，说我的车太小，行李太重什么的。不过他最后还是给了我一点提示：“你把油箱开关拧到储备油那里试试。”

我照做，车子又发动起来了，跑得好好的。

车子又熄火了，因为没有油了。

从俄勒冈州到华盛顿州

我跑了趟500多公里的环线，以波特兰为起始点，终点差不多在俄勒冈、华盛顿两州交界的阿斯多利亚（Astoria）。路线是前一天和朋友看着地图商量着决定的：26、6、47、101、202、103、26（都是公路的标号）。上路以后看看路标，看看地图，问了几回路，就跑下来了。

波特兰海岸

在这以前，除了对这个环线西北部也就是俄勒冈州西北角那部分的太平洋海岸雄浑的景色略有所闻以外，其他我几乎一无所知，岂料一路精彩不断。美丽的乡村、宽广的麦地和牧场、静谧的小镇、葡萄酒庄、奶酪工厂、波澜壮阔的海岸、舒适安闲的海滨度假小镇，以及森林中蜿蜒曲折、寂寂无人的公路，样样让我大开眼界，甚至在晚上七八点钟往波特兰骑行的回程中，我在幽暗的山林中穿行，一边担心迷路、撞上动物，一边又不由自主地微笑。

到了阿斯多利亚，看到横跨著名的哥伦比亚河河口、把俄勒冈州和华盛顿两州连接起来的大桥在我头顶高高悬挂着，我很想上去跑跑，可就是不知道怎么上桥。我把车停在路边，走进路边一家修割草机的铺子，向其中一位店员打听，他把我领到电脑前，打开地图，详细地给我解释，要给大桥拍近景哪个地点最好，要看大桥全景去市区山上的最高点最好，上桥如何走，看完以后，回波特兰如何走，面面俱到，非常详细。最后，他还用彩色打印机把地图打印出来给我，并送了我一张阿斯多利亚市区地图，在图上用彩笔标出我上桥、上山、下山的路线。他指点我的时候，他的同事也积极提供建议。他叫丹，还有一位是丹的同事，叫卡尔。我请他们准许我拍一张他们的工作照，结果他们给我摆拍起来。

丹和卡尔

丹推荐给我的市区旁边山上的制高点

绮色佳雨中“匹克匿克”（Picnic）

我顺着卡尤佳湖西岸上的96号公路，一路向南——康奈尔大学在湖的最南端——御风而行，载欣载奔。手指湖的风光让我想起另一处我衷心喜爱的山水胜地——英格兰的湖区。

下午，我到了目的地，阴差阳错地住进了“黄油奶瀑布州立公园”（Buttermilk Falls State Park）的营地，这是离大学校园几公里的一个州立公园。

搭帐篷的时候，看到一个美国人在树林里捡柴火，过了一会儿，他手里抱着柴火经过我的帐篷时，

跟我打了招呼，作了自我介绍。他叫菲利普，四十来岁，戴着一副银边眼镜，说话语调和缓，看上去温文尔雅，他和他姐姐在这个营地已经露营一个星期了。

他问了我几个问题：什么牌子的摩托？多大排量？单缸的？去了什么地方？做什么工作？他以前也骑摩托长途旅行过，骑一部本田的650cc摩托。

聊完，他说："你应该找个时候来跟我们吃午饭或者晚饭。"我不知道为什么他认为我应该跟他们吃饭，不过我也不在乎原因。我说我可能第二天就走，他马上说："那就今天吃晚饭吧，我们正好有亲戚送的T骨牛排，怎么样？只是得等我姐姐下班回来才知道什么时候能吃。"

我完全没问题。我很少吃牛排，更没吃过篝火上烤的牛排。

菲利普走开后，我接着搭我的帐篷，搭好帐篷后，骑摩托到附近的商店想买瓶葡萄酒，没找到，又空手回来。于是就洗澡，休息，在营区溜达。天快黑的时候，我看到有车开到菲利普的帐篷旁，一个女人走下车，在帐篷外归置东西，我觉得那该是菲利普的姐姐，就过去打招呼，自我介绍。菲利普听到说话声，从帐篷里伸出头，告诉他姐姐他邀请了我来吃晚饭。

他们马上忙活起来，主要是菲利普，生火，准备吃的。帐篷旁边的一棵树上挂了把锯子，树根旁堆着被锯成一段段的木头，看样子是用菲利普从树林里扛来的死树锯成的。我插不上手，就回我自己的野餐桌看书。

我一边看书，脑子一边开小差：这姐弟俩是怎么回事呢？看菲利普的姐姐，怎么也有五十多岁了。这么大岁数了，还和弟弟睡一顶帐篷过日子。看菲利普那样子，好像没工作，却是一副事不关己、心平气和的样子。听他那谈吐，挺斯文、聪明的，教养很好；看他干活儿那个麻利劲儿，也不像游手好闲、好吃懒做的人。怎么回事呀？

天快黑尽，Kindle上的字迹已难辨认了，天上也开始掉雨点儿，我看菲利普那边火烧得正旺，估摸着饭快做好了，就溜达着过去就餐了。

肉烤好了，锡纸包着的土豆也烤熟了，还有煮的玉米粒儿。其实他们只有两块牛排，不过挺大，切开来三人分食刚刚够，也许差那么点

儿，不过菲利普给我切的那块相当大。刀叉只有他们二人的，我就回去取来了自己的。

每人一个盘子、一块肉、两个烤土豆、一小堆煮玉米。他们的野餐桌已经被雨淋得湿淋淋的，没法用了，我们就围着篝火，一人坐一个沙滩椅，端着盘子吃。我那个沙滩椅是孩子坐的，我得挤进去，蜷着腿。雨还在淅淅沥沥地下，不过我们头顶有树挡着，所以也没到要躲雨的程度，但也有点狼狈。

牛排和土豆都很香，本来我对牛排没什么兴趣的，可这顿吃得很带劲，烤土豆也清香诱人。我风卷残云般地把自己那份吃完，盘子一扔，想帮着收拾一下桌子，但菲利普不让我动。我就等着他们吃完聊天儿。

他们吃完，雨还是没停，但也没有再变大，我们就闲坐着有一搭没一搭地聊着，间或往火里扔一截木头。其实，只有我和菲利普的姐姐在聊。菲利普就一直那么安静地坐着，如果不是我和他姐姐问他问题，他绝不主动说话。我偶尔朝他望望，总是发现他一动不动，眼睛盯着篝火，眼镜片反射着红红的、跳动的火光。

菲利普的姐姐结过一次婚，离了，有三个孩子，其中两个是和前夫所生，还有一个是和别的男人非婚所生，最小的孩子都读高中了。她现在在一家公司做缝纫，缝制、修补汽车坐垫之类的东西。听说我要去康奈尔大学，她建议我去学校的美术馆看看——她以前在那里干过3年保安。他们刚从一所房子搬出来（不知道什么原因），准备买房子，在他们办好相关手续之前，他们打算就这么露营。

菲利普饭后一直沉默地坐着，但是我觉得那种沉默不含敌意，也许不含任何意义。我和菲利普的姐姐东一句西一句地聊着，偶尔也会沉默一会儿，这时候雨声就全面入侵，树顶上响成一片。

我几次三番地想问菲利普做什么工作，但最后都忍住了。我觉得我问这样的问题不会让菲利普觉得被冒犯，但我不知道问出来的答案会不会让菲利普尴尬，菲利普也毫无“但问无妨”的任何暗示。最后，我只问了他一个问题：我们烧的什么木头，为什么这么耐烧？跟下午和我谈摩托一样，他表现出在某方面知识的丰富和精确。他说是樱桃树和白蜡树，都是很扎实的木头，所以耐烧。关于他的个人境遇，犹豫再三，我终于决定放弃提问。问清楚了又怎么样？牛排很好吃，他们对我这样友善，还不够吗？

眼皮有点发沉的时候，我谢过他们，回自己的帐篷睡觉去了。

我钻进帐篷不久，外面大雨滂沱，雨点敲在我的帐篷上砰砰訇訇，力道可观。听菲利普的姐姐说，纽约州经历了多年未遇的久旱，大家都盼着这场雨。

我拿出 Kindle 重读《胡适留学日记》，居然发现约 100 年前，胡先生在康奈尔读书的时候，来这个公园玩过，还记了日记，他玩了一整天，晚上回到学校时已是“明月在天，林影在地”！我听着豪雨鼓噪，心里一片安然，觉得自己比胡先生还幸运。

第二天起来，我看到菲利普的帐篷旁边晾满了卧具。看样子昨晚他们日子不大好过——帐篷进水了。

发生在高速路收费站的一件小事

离开新泽西州，经过纽约州、康涅狄格州、马萨诸塞州、新罕布什尔州，重返新英格兰的缅因州，算上两头，一日跨了六州。

我忙着赶路，别的啥也没干。全程几乎都走的州际高速：95、84、91、495……

值得记的，是一件小事。

事情发生在一个高速收费站，大概是95号公路，靠近纽约市的某个地方。收费员是一位40岁上下的女士，我靠过去停车准备付费时，她管我要进高速路时领取的票，我没有，说实在的，之前我没注意到有人或机器在售票，所以我就开过来了。

“没有票的话，是11美元。”她说。

“收信用卡吗？”

“不收，只收现金。”

“没有现金怎么办？”我问。

她挥了挥手，示意我走。

我一分钱没出，就走了。当然我说了谢谢。

美国的高速路收费，常见的是一美元、两美元的，几毛钱过路费的也不少见。11美元，相当高的金额了。她一挥手，就给我免了。

这位女士让我想起另外一位女士：前几天我在华盛顿附近一家沃尔玛超市碰到的收银员。我买了一袋苹果，收款的时候那位收银员用扫描器扫来扫去也扫不出价格，她问我知不知道价钱，我说不知道。她又扫了两次，还是没反应，于是自己就在收银机上输入了一个价格：2 美元。

出了商店，开车带我去的朋友跟我说，那袋苹果肯定不止 2 美元。我完全同意，我觉得 4 美元都不止。但是，问题的关键不在它到底值多少钱，对不对？

一个收银员可以自己做主决定所售商品的价钱？

山中的烛光晚餐

之所以着急离开宾夕法尼亚州的朋友家，是因为还有两天飓风就要来了，我的行车路线虽然不在飓风行进的主要区域内，不过飓风所带来的大风、降雨还是会影响到我。所以我得在大风大雨开始之前，赶到下一个住处，也是我四月份开始长途旅行以前熟悉车况、练车的基地——弗吉尼亚州山中鬼子朋友的度假小屋。

鬼子朋友昨天发来邮件说，今天下午 5 点开始下雨，我最好在这之前赶到。他会在那里等我，帮我把水、电、煤气、空调什么的都开好。

一大早起来，天阴着，淅淅沥沥地飘着雨点，情况还算不错。我赶紧装好车，吃饭。

本来头天晚上说好，让大家不要起来，只需朋友起来帮着开车库门、挪挪车，我悄悄走就完了，结果一大早朋友全家都起来了，连朋友的岳父岳母也起来了，老太太还做了生菜沙拉给我吃。

我着车出发的时候，朋友的老岳父还

等在路边，冒着小雨给我拍照，真是好兴致。

我走的是 99、522、81 号公路，运气不坏，只前半程下了雨，也不大。

头天跟朋友一起买的雨衣罩在骑车服上很管用，既防雨又防风，就是样子有点怪：我记得我还上幼儿园的时候穿过类似的玩意儿，基本算个大型围脖儿。说是雨天打高尔夫球穿的，配上我的防水滑雪裤，一副快递师傅的行头，加上头上一顶很帅的头盔，回头率大概也不低。

穿过宾州、西弗吉尼亚州、弗吉尼亚州，连午饭都没敢吃，下午两点我就到了目的地。

去鬼子朋友的小屋先要经过师父迪安的屋子，我先停车打了招呼。鬼子朋友先跟我交代“三大纪律”、“八项注意”，然后又跟我一起去看迪安。一路上我们经过的六七栋房子都没人住。鬼子在迪安那儿聊了会儿，就开车回家了。

师父留我吃晚饭。头天发了邮件给师父，他显然有所准备：已经做了够两个人吃的菜。菜上桌，居然还点了蜡烛，还有圣诞节装饰圣诞树的一串串彩灯。还有音乐：20 世纪二三十年代的爵士乐。

菜的做法像意大利千层面：黄油垫底，切片的红皮土豆、切丝的洋葱、红椒片、火腿片一层一层码起来，用烤箱烤。他说这是英国穷人爱吃的菜。

“真好吃！”我一夸，他就说起他和女儿对饭菜的评价标准。他教女儿做饭很多年，所以他女儿也能做一手好菜。他们俩不管谁做饭，都会问只管吃的那一个：你会花钱吃这道菜吗？如果答案是肯定的，说明菜很成功。他的宝贝女儿是他的主要话题。

亚利桑那州的大学学费很便宜，又有很好的大学，为了享受那里州立大学给本州居民的学费优惠，他女儿已离开这里去凤凰城读高中了，等她高中毕业，考上了她喜欢的当地大学后，师父一年只用替她交几百美元的学费。

但问题是，父女俩现在天各一方，算上女儿读大学的时间，也许还会有五年多这样的生活，对此父女俩都挺难过的。师父说：“我生命中的火花消失了。”女儿最近有信来，说：“我得过五年没有爸爸的生活。”

饭还没吃完，他抱来一个纸盒子，里面有几十样小玩意儿，都是他给女儿收集的圣诞礼物，等着女儿圣诞节假期回家时给她，有钥匙链、小挂件儿、首饰、包装精美的熏香等，还有好几个可以戴在手腕上的橡皮圈儿。他说橡皮圈儿的图案是同性恋者喜欢的，还补充说明：很多人说他女儿是同性恋，他也觉得有可能是。

盒子里有一枚铜制的海马图案的印章，是早年人们用来往信封上的火漆、封蜡盖印的那种。因为女儿喜欢海马，他就到网上去搜索，居然找到一家南非的艺术品公司，他们可以制作海马图案的印章，于是订购了一枚。下一步他打算找那种封蜡。

中国的名记者萧乾“二战”期间在伦敦待过，他关于战时伦敦的报道留给我的印象很深。那个时候，师父也生活在伦敦近郊，于是我引他谈了谈那时的生活。对那段日子，他记忆犹新：家里的汽车趴在门口，都没有轮子，轮子都捐献出去了。院子门上面的横梁是铁杠的，也没有了，也献出去了。

有 6 年时间，伦敦都生活在灯火管制之中，所以他记忆里的一切都光线微弱：晚上街边绝无路灯，各家各户窗户上都有三重遮挡——木条的外窗、薄窗帘、厚窗帘，连汽车的大灯都带个罩子，用的灯很小。

他清楚地记得，纳粹的飞机轰炸伦敦时，他从家里的窗户往外看的情景：大火熊熊，整个天空都是橘黄色的。

“欧战”胜利那天夜里发生的事情，他的记忆依然清晰：半夜从梦中醒来，很热闹，掀开两道窗帘、推开木窗，发现路灯亮着；他走出房间，发现父母居然不在家；出了门发现大家都在街上，空气中弥漫着狂喜——战争结束了！那样明亮的街景、欢乐的气氛，用师父的原话来形容就是：那是天堂里的风景！

他记得，战时大家互相帮助、共度时艰，所以邻里关系变得很亲近，他们全家每星期都有三四个晚上会去朋友家吃饭。

但是，他现在在伦敦已经没有直系亲属了，父母都去世了。他们家有遗传的心脏疾病史，他哥哥 59 岁就死了。他也有心血管问题，这和小时候生活在抽烟的环境、自己长大也抽烟有关系。他说，小时候，如果哪个成人不抽烟的话，大家都会想：这人是不是有什么毛病？

吃完饭，我请缨刷碗，师父不准，他说那是他的特权：你不知道双手泡在洗碗池的热水里的那种感觉有多美妙。

聊到夜里快十点，我起身告辞。天下着小雨，师父要开车送我，我婉辞了。

他站在门口看着我离开，说："很高兴你回来。"

三、行路不难

恶心的事来了

旅馆房间空调太吵，房间还在公路边，车来车往，所以早上 5 点多我就迷迷糊糊地爬了起来，开始打包、装车，我要逃离美国陆地最南端的基韦斯特（Key West）。6 点多上路，路上很清静，我开得很带劲。

开出十多公里，车子在路上自动熄火了。我心知不妙：头天已经听到发动机（也许是气缸里）有异响，几乎持续了大半天。我还以为是因为天太热，跑得太远，也许过一两天机器会适应过来。

我停车靠了边，看了看车子，感觉更不妙了：有很稀薄的黑油从气缸盖上冒出来，还看到黑烟，似乎是从化油器的位置出来的。我知道，我今天是逃不了了。

车坏的地方还不算太坏，旁边有人行道，还有点树荫。我赶紧把车推出主路，推到人行道边，然后给保险公司打电话，要求紧急救援。我买的保险可以免费帮我把车子拖到 100 英里以内的地方去。我请接线员帮我查了下最近的铃木专卖店，结果说是在 160 英里以外，超过 100 英里的部分我得每英里付给拖车公司 5 美元。我赶紧让她再找近的，这次她找得真好——一家离我 99 英里的店。问清楚我的准确位置，她让我在原地等。

等了 1 个多小时，拖车来了。司机是个小伙子，下车二话不说就把摩托车推上了拖车。

拖车驾驶座位比我的摩托座位高太多了，视野当然好很多，我居然还有心思欣赏路边的海景。更让我心情舒爽的是和司机小伙子的谈话。我们上路的时候，路上车已经排起了队，99 英里我们开了近 3 个小时。小伙子还挺愿意聊。

他叫布莱恩，原来是俄亥俄州的一个水管工，三年前来基韦斯特工作。我问他喜不喜欢这边，本以为他会唱唱赞歌什么的，谁知他说他恨这个地方："太贵了！"他和太太租住一套一居室的公寓房，月租 1 300 美元。

"那为什么不在老家干老本行呢？"我问。

"在那边和老板合不来。他们要的是销售人员：那种口若悬河、不问青红皂白就让客户全套水管系统换新的销售人员。水管工手艺怎么样，老板不在乎。我上客户家里，如果他水龙头坏了，我会给他看我带去的三种水龙头，价格高中低都有，我让客户自己选。老板不喜欢我这一套，他让我推荐最贵的那种。但是我跟你说，现在的水龙头都一样，零部件都通用，唯一的差别是有的看起来好看些。"

"你比销售人员懂技术，如果你愿意，你比他们更能卖东西吧？"

"不行啊。我是在道德、原则、责任之类的信条教导下成长起来的。"

虽然不是老住户，但是他对基韦斯特的历史相当清楚。他首先解答了一个我问了几个人都没找到答案的问题：为什么这一带的岛屿都叫"Key"？他说，这种岛大概在西班牙语里的发音和"Key"很接近，以讹传讹，就演变成今天的"Key"了。

这就对了，这里靠近古巴嘛，原先是西班牙的势力范围。

他说，80 年代以来，基韦斯特的繁荣和毒品走私关系密切。

"大家都知道谁是毒品贩子。有人负责用船或者飞机把毒品装进密封的容器投入海中，有人负责打捞，有人负责往北运输。我们那条纪念品店集中的街上，那些 T 恤店，我估计他们都是洗钱的。一个店面月租金 18 000 美元，一件 T 恤卖 5 美元，你算算每天得卖多少件 T 恤才付得起房租？但从来没有人因为生意不好而关门。"

"大家都知道谁是毒品贩子，政府也不管？"

"没人管。卖淫的、毒品小贩，都没人管。"

"为什么？"

"也许他们花钱买通了政府的人吧。"

聊着聊着我们就到铃木专卖店了。布莱恩进到店里，跟经理说明了来意，经理让我们去见专管技术服务接待的人。那个人跟我们出来，试着发动我的车，听了听，看了看，然后对我说："我觉得是发动机坏了，也许还有别的。你可以把车放在我们这里排队。"他指了指院子里的一大堆摩托，"我们忙不过来，一个星期后我们也许会有时间把你的车拆开看看，确认问题，这需要 400 美元。然后，我估计我们得帮你换发动机，也许还要换别的，你得付新部件的钱，人工费另算。"

我放弃修理这部摩托，又买了个二手铃木车，S40，650cc 单缸，风冷，和我的朋友迪安的车一样。虽然是二手的，但只跑了 700 英里。把我的旧车折价 200 美元以后，又付了 3 600 美元。

我跟我的 GZ250 合了个影留念。它被我谋杀了，机油损耗很大，但是我就是没有检查，没有补充，一直到发动机报废。头一天我都听到发动机声音异常了，我竟然也没去管它，结果就变成了现在这样。

砍价不是很顺利，原因很简单：不是很精明的买卖人也能看出，我别无选择。

接待我的销售人员是尼可拉斯，服务很周到、热心。他说："你肯定会更喜欢这辆车的。"我不知道自己会不会喜欢。我就是喜欢 GZ250，我住在杰克逊维尔的"鬼子"朋友家时，他到处跟人介绍："这个家伙要骑铃木 GZ250 周游美国。"他觉得这是件疯狂又多少有点值得自豪的事情。我一点也不觉得疯狂。我告诉他，在中国有人骑 48cc 的助力车去珠峰大本营。我几乎可以肯定，如果我骑 250cc 的车子周游了美国，也许我是第一个这么做的人。这个第一名也许没有什么意义，但我觉得值得。

现在完了。

他们办手续麻利得很，到下午 5 点多，我练习了 5 分钟，然后就骑上新车上路回基韦斯特——我得回去让布莱恩帮我装上行李架，他说我付他 50 美元他就能把这些活儿搞定，而铃木专卖店的师傅按小时计酬，我是肯定付不起的。

晚上 10 点我骑到基韦斯特，给布莱恩打电话，问他知不知道便宜的住处，在他家睡地板也成，我付他钱。结果他老婆不太喜欢这个主意。

布莱恩把我带到了他们拖车公司的停车场，那里有很多废弃的摩托车、汽车，其中有一辆旅行房车，他说我可以在那儿过一宿。“你得非常隐蔽，别让人看见。如果被公司的人发现了，我的麻烦就大了。”他说，“明早 8 点我来接你。”

对一个“谋杀犯”来说，没有比这更好的地方了。

布莱恩 8 点准时过来接我，我骑车跟在他的车后面，到了一家汽车修理铺。不知道他跟老板是什么关系，总之很熟，关系不错，也许他在那里做零工也说不定。他自己有一部朋友免费送的铃木摩托，几乎让他大卸八块地摆在那里。

到了那里，他二话不说就开始干活。他一动手，我就看出他原先当管道工练就的手上功夫，真是十八般武艺样样精通。而且，他知道我的要求，至于怎么达到目标，他胸有成竹，完全不和我商量，嘁里咔嚓就干。我几乎在旁边看就行了，偶尔提个建议。

活儿虽然看起来简单，但是我在巴尔的摩弄的时候，有朋友帮忙还弄了几天，结果却不太满意，而布莱恩下午 3 点就完工了，中间还接了公司的电话出勤两次：有人车胎瘪了，有人要拖车。我很走运，他今天没有碰到像我这样需要拖车 99 英里的求助者。

依布莱恩的方案，车身结构保持得比原来那部 GZ250 更好、更合理。为了给边包腾出空间，他还开车带我到一家摩托修理店买了一对尾灯，这对尾灯的结构方便挪后位置的安装。因为事先没想到原来的尾灯用不上，需要我重新买，增加了预算外的开销，他还说对不起。

我想我还是运气够好，在节骨眼儿上碰到贵人相助。从布莱恩身上，我也看到我欣赏的品质：与人为善，助人为乐，热心诚恳而朴实无

华，做事踏实。而且，更让我惊讶的是，他有很好的手艺，肯为了不多的钱而流大汗、出大力，这种人似乎在美国正变得稀有。

下午 3 点，我重新整装上路北返。先到昨天车子坏掉的地方拍了张照，以示重新打鼓，另开张。

从达拉斯到温泉城

离开得克萨斯州的达拉斯，下一站是去阿肯色州的温泉城。

我没有像往常一样按照用谷歌地图搜索的路线来走，而是直接看手中的地图走，放弃州际高速，走地方公路。这个小小的冒险得到了报偿：首先，在得克萨斯州境内 100 多公里，更充分地领略了得州的辽阔：牧场、草场、农田，广阔无边，还有好看的农舍。

路上还和俄克拉荷马州擦了点边。在俄克拉荷马州跑了不到 1 个小时，就到了阿肯色地界。

阿肯色是个小州，地方小，也穷。又小又穷的地方，不出人则已，一出就了不得。在太平洋地区领导盟军对日作战的麦克阿瑟将军是阿肯色州人，曾经的世界首富、沃尔玛的创始人山姆·沃尔顿也是阿肯色州人。沃尔玛连锁超市就是从阿肯色州起家的。我们现在的大型超市过道上堆着便宜货以招揽人气的做法就是山姆·沃尔顿在阿肯色州的杂货店首创的销售技巧，他起步那会儿最爱贱价出售的是女用丝袜和宝洁的佳洁士牙膏。

美国前总统克林顿也是阿肯色州人，他在这里长大，出去读书后，回来在阿肯色州大学当老师，后来又到州政府当检察长、州长。在这么个贫穷落后的小州长大，家里又没什么背景、没背过枪、没打过仗，他居然打败了老布什，算是一个奇迹。我如果走 30 号州际公路，就会经过他的出生地霍普。

出乎我意料的是，阿肯色州是个骑摩托的好地方，路好、车少、人少，有山有水。实际上，克林顿在他的自传里说阿肯色州欧扎克山（Ozark）是美国最美的山区之一，曾给我留下了很深的印象。

到了今天的目的地——温泉城（Hot Springs）温泉国家公园里的营地。克林顿就是在温泉城长大的。之所以叫温泉城，是因为这里的温泉远近驰名。克林顿在他的自传里说得很清楚，温泉城从19世纪开始就出名了，因为温泉，也因为赌博、卖淫。这里是个匪徒出没、火拼的地方，这种情况一直持续到20世纪五六十年代。克林顿读小学的时候这里的妓院生意还很红火，他和同学老是去打电话给妓院，花很长时间胡扯，让电话占线，别的客人电话就打不进来，直到妓院老板破口大骂。

帐篷营地边有条小溪，我搭好帐篷，踏进溪水里，泡了泡脚，感觉很爽。

夕阳西下，流水潺潺，我的邻居两口子静静地喝着冰镇的啤酒。

这老两口从密西根来，穿过几个州了。他们经常旅行，而且从来都是露营，睡帐篷。他们的装备很整齐。老太太做的菜大约是从波兰传过来的，是罐头装的酸圆白菜煮香肠，香肠有点像中国的红肠。酸圆白菜，看起来像东北的酸菜，但是比东北酸菜酸50倍，他们让我尝了一小口，酸得我眼都睁不开，把他们乐坏了。

有一对情侣是从加州过来的学生，小伙子叫杰里米，加州人，姑娘叫阿尔盖特，法

国人，在加州上学，是杰里米的同学。我跟小伙子聊了两句，过一会儿，我从别处溜达过来，杰里米把我叫过去，从一个纸箱子里拿出了两个木罐子，问我："你会下围棋吗？""围棋"两个字他是用中文说的。原来他是学"比较文学"的，在日本留学过半年，在那里学会了围棋。他们明天要去泡温泉，"享受一下19世纪的豪华生活。"杰里米说。杰里米问我泡不泡，我说不泡。鸳鸯浴有意思，一个人洗有什么意思？

住在陶斯

很匆忙地跑了几天，我有点累了。到了新墨西哥州的陶斯，晚上10点就上床睡了，没洗澡，也没刷牙。

陶斯是个小城市，是新墨西哥州的旅游名城，有原住民印第安人普韦布洛人的村落，还有附近的滑雪度假村，都挺出名。

我住的青年旅馆离市区还有十几公里，在山脚下一个小村子里。除了宿舍式的房间，还有几座印第安人风格的帐篷供客人选用，客人也可以自己搭帐篷。还有一块菜地，工作人员用来自己种菜吃。房间里很凌乱，堆着各种各样的二手家具、书籍、生活用品，乱七八糟，很不协调。有两只狗经常在厨房转来转去，还有两只猫，其中一只喜欢在我的房间里待着，客人不在就在客人的床上睡觉。两只猫都对我很友好，看到我就过来在我小腿上蹭来蹭去。

客人也是各种各样：旅游的各国学生，写歌的作者，参加灵修大会的中年妇女，带了一小卡车自己编的柳条筐准备去南边的城市博物馆展示、售卖的老头儿……晚上我到院子里乘凉，闻到大麻的烟味从凉棚那边飘过来。

早起，趁凉快我骑车到附近的里奥格兰德河上美国第二高的桥上跑了一遍，跑完就赶快回来在旅馆歇着了。白天大部分时间都待在厨房里，胡乱煮咖啡喝，写博文，补补裤裆开了线的皮裤。带了针线，却没带顶针，活儿不好做。经过我身旁的威斯康星姑娘凯像看中国杂技团演员表演走钢丝一样睁大眼睛看我做活儿，问：

“中国男人都会补衣服?”

“只有个别优秀的男人才会。”

“我们这边优秀的男人都是老婆给补裤子哦。”

写博文的时候，写着写着，胳膊肘突然麻酥酥地像有人拿把锉子在轻轻地锉，低头一看，是那只黑狗在舔我的胳膊。眼睛累了，我也找猫、狗玩一下，或者和打工的美国姑娘、旅行的格鲁吉亚小伙子聊几句。

旅馆对面是一个做陶艺的美国小伙子开的工作坊兼店面，我一天过去几次，跟他聊几句，看他的电窑，看他新出炉的作品。他叫斯科特，得克萨斯州人，和小布什是同乡，但和很多我遇到的美国人一样非常厌恶小布什。他在这个村子里住了三年了，饿了就煮方便面吃。

我一边写博文，一边用 Kindle 放音乐，旭日阳刚的《春天里》，梦之旅唱的那些红色歌曲：《送别》、《延边人民热爱毛主席》、《十送红军》、《南泥湾》、《莫斯科郊外的晚上》、《翻身农奴把歌唱》等。放到萨拉布莱曼的 *Time to Say Goodbye* 时，打扫厨房的美国小姑娘也跟着轻轻地哼。

梦之旅的歌我总也听不厌。“送君送到江水边，知心话儿说不完，风里浪里你行船，我执梭镖望君还。”唱得深情脉脉，低回婉转。在我做学生的时候，革命歌曲完全不是这样的唱法：只许唱得高亢、激昂，像朝鲜电视播音员播出对韩国的警告一样。这样靡靡之音的唱法，足以让歌手蹲监狱。

听上一两个小时的歌，我觉得心里好踏实，好轻松。像我们这样高雅的流浪汉，如果有几个月不听音乐，就会感觉自己的趣味变得很庸俗，几乎要下降到小资的水平了。

旅馆居然还有磁带录像机，晚上我从一大堆录像带里找到布拉德·皮特演的关于西藏的故事片，又看了一遍，依然感动如故。

客人自己扫地的旅馆

在圣塔菲住的青年旅馆挺特别的。我十几年前在电视上看到过，大概是国家地理频道的系列节目，那个节目的主持人住过这家旅馆。没想到我也住进来了，大概圣塔菲就这一家青年旅馆吧。它的特别之处在于，作为房费低廉的交换，客人要负责各种清洁工作。每天上午，客人要到前台看看，那里有一堆小卡片，上面写着各种各样的工作，你可以挑一张，比如我今天挑的这张是：用笤帚、墩布清扫前台和咖啡间的铺砖地面，抹桌子。

我记得主持那期节目的姑娘喋喋不休地抱怨："我付了十几美元的房钱，还要干活！"我觉得简直又好气又好笑：那也叫干活？

这家旅馆是非营利性的旅馆，所以，有食品公司会免费提供一些食品：各种面包、点心、牛奶、酸奶、罐头食品、炒菜的调料。大概供大于求，我看到一些面包都长毛了。奶酪蛋糕也无限量供应。我早餐拿它当饭吃，午餐、晚饭再拿它当饭后甜点，但冰箱里的蛋糕总不见少。

旅馆的院子里有一棵樱桃树，樱桃熟了，落得满地都是。我问工作人员让不让摘，他说随便摘、随便吃。

我果断采取了行动。没有米饭，没有蔬菜，也没有肉吃，只有各种各样的面包、奶酪蛋糕，想吃点水果还得自己上树摘，一丈多高的树一天得上好

几回，这过的叫啥日子啊？

我问旅馆的前台：“为什么没有公司给咱们捐赠些冰激凌？”她大概没想到我这样理直气壮，一时有点张口结舌，不知道怎么回答这个问题。

为什么巴菲特生活不幸福

从怀俄明州的伊文斯顿出发，才一个多小时，我就到了犹他州的州府盐湖城。

我住的是一家青年旅馆，在居民小区里，就是照片上最远处那一栋，房子本身规规矩矩，没啥特色，但整个小区挺美观、舒适的，绿树成荫，花香四溢。

入住后，我先到一家食品日杂超市买做饭的材料。屈指算算，自从离开休斯敦基地，有十来天没吃中餐了，该换换口味了。

切好的牛肉条，我买了一包。柿子椒按个卖，一个 59 美分，我

买了俩。还买了一棵西洋芹，一打鸡蛋，半磅（四两多）美国糙米，还有两包日本的方便面。一共花了 11 美元。其中 4 美元是炒菜的油和一小瓶酱油，今天肯定用不完，还得带着走。从此往后，我随车带三瓶油：一瓶机油，一瓶橄榄油，一瓶酱油。

回到旅馆，我三下五除二做了俩菜，焖了一锅米饭，够我吃两天的了。菜上桌的时候，一个美国姑娘进厨房来找东西，一边找一边自言自语："闻起来真好吃啊。"

味道的确不坏。

如果花十美元就能吃得像个国王，而你银行里有 500 亿美元放在那里，你就会很不幸福，很焦灼，成天哭着喊着让政府多收你的税，成天想着怎么把这钱花出去，对不对？

步步低

7 月 25 日离开波特兰，当天我就到了西雅图。第二天我在西雅图逛了一天，当天下午就向东走，离开了西雅图，晚上在路边一个露营地睡的。第三天就到了爱达荷州（Idaho）。连续三天露营。

到西雅图后，我就直奔从广告上看到的一家旅馆，没想到，客满。然后我给 20 公里内大约十来家旅馆打了电话，几乎都客满，只有一家还剩一间房，260 美元一天。这很奇怪，不是周末，我到的时间也算早。大概这里和波特兰一样，因为夏季气候太好，全美国的人都爱来这儿开会、度假。

260 美元的房间咱不能睡，睡不着，对不对？

我只好回到刚路过的一家营地搭帐篷，付了 35 美元，能洗澡，能上网。那是美国一家很大、很出名的公司，全国各地都有营地。

正在上网呢，过来一位三十多岁的女士，给我拿来一小篮水果，操着口音很重的英语说，他们买得太多，吃不了。这是一对法国夫妇，带着两个孩子开露营车来旅行，车子就停在我的帐篷 10 米开外。我当然要谢谢她，并且收下。开吃之前，我先低头打量了一下自己，看看自己是不是特别像要饭的。看完感觉还行，不是特别像丐帮弟兄，就放心吃起来，感觉非常细软，酸甜酸甜的，但是我不知道这是什么水果。

营地看起来还行，是吧？其实看照片听不到声音还好，否则感觉就不一样了。紧挨着它的是一条很繁忙的公路，离我的帐篷大约 30 米。车来车往，通宵不停。

这是营地的中心区。这种营地主要是给开露营车的人预备的，特别是带孩子的家庭，在这里，车子能通电、通水、排水。小区还有小型儿童游乐场，有游泳池，有洗衣房。我一个帐篷之所以收费那么贵，其实是为这些服务付了费。整个营区的露营车有好几十辆，也许上百辆，只有 3 顶帐篷。

出了西雅图，没跑多久就到黄昏了，我看到路边有露营地的牌子就拐了进去。如果夏天有什么地方适合露营的话，华盛顿州靠太平洋海岸这一带一定算一个了，我不能放过这样的好机会。

这个营地叫银背牧场。我草草地看了一眼，就决定住下了。15 美元，能洗澡，但不能上网。之所以叫牧场，是因为这里养了很多马，很多喜欢骑马的游客来这里玩，租马骑。我的帐篷边上就有个马圈，还有十几个露营车，偌大的帐篷区只有我一个人，落得个清静。

沿着 90 号州际高速继续东行，出了华盛顿州，就是爱达荷州了。爱达荷州的形状像一个平底锅，北边 90 号州际公路穿过的这一部分，是“平底锅”的“锅把儿”，我要使劲骑，估计两三个小时就可以穿过这个“锅把儿”，骑到东边的蒙大拿州。不过我在“锅把儿”住下了。

下 90 号公路到一条小路边的加油站加油的时候，顺便问了问收银的老太太附近有没有露营地，她就把我指到这儿来了。山下那个湖叫玫瑰湖，这个营地是建来给游客游玩的，特别是给玩水上运动的游客露营的，山脚下有停车场、有码头，方便游客把自备船只卸车、下水。

大概因为地方较偏僻，只有我一个人在这儿露营。本来想不搭帐篷，直接把睡垫铺在野餐桌上睡的。幸亏多了个心眼，在加油站问了问老太太，有没有蚊子。老太太肯定的回答和夸张的表情让我半信半疑：到美国 4 个月了，似乎还没见过蚊子呢。不过我还是搭起了帐篷。

晚上 8 点多，太阳一落山，蚊子们像听到了冲锋号一样，蜂拥而至。它们大概不常有机会和人打交道，所以，警惕性很差，很容易就被我拍死了。可怜的家伙，被击毙的时候，个个骨瘦如柴，一点血也没有。蚊子太多，太不要命，我频出杀手也穷于应付，吃东西都得端着饭盒走着吃。吃完饭，还不到 9 点，我就赶紧钻进帐篷，看 Kindle，睡觉。这一夜好安静啊。

半夜醒过两次，不知道什么小动物在草丛里窸窸窣窣地移动，小爬虫也在帐篷外帐上窸窸窣窣地爬。这让我想起我当初买帐篷的时候我的 IT 顾问告诉我的话——他有露营经验——“有点瘆人哪”，就是我此刻的体验。

早起，松林里几只乌鸦放开粗哑的喉咙大吼不停，让旁边低吟浅唱的小鸟完全招架不住。

这地方不要钱。不能洗澡，不能上网。环境步步高，价钱步步低，喜欢啊。但是，再过几天我无论如何得找个能洗澡的地方住了。像我这样讲究个人卫生的人，夏天如果一个星期不洗澡还好商量，时间再长点就可能会觉得有点不舒服了。

四、世界上最棒的大学

为中华民国生产总统顾问的美国大学

这个大学的中文译名叫约翰·霍普金斯大学（Johns Hopkins University），其实应该叫约翰斯·霍普金斯大学才对。因为，英文名称里面“Johns”那个“s”是要发音的。

对这个大学我所知甚少，泛泛地讲，只知道它在美国是研究型大学的鼻祖，在美国乃至世界高等学府、学术界中素著声望。我上网查了查，发现它果然十分了得，校友里边诺贝尔获奖者的人数，把我的手指头和脚趾头都用上也数不过来，其他领域的名人更不用说了。

在美国，一跟人提起这所大学，他们都会跟我强调这所大学的医学院和哈佛大学的医学院不相伯仲，在美国的大学医学院里轮流坐第一把交椅。在美国，医生是最赚钱的职业，排名靠前的医学院自然也就备受瞩目，受人追捧了。

不过，这些金字招牌，我都不看重。

图书馆

约翰·霍普金斯大学吸引我的原因，是它和中国的渊源。据我的不完全了解，在20世纪，为中国培养出最多的学术领袖、政治领袖的是哥伦比亚、哈佛、耶鲁这些常春藤大学和芝加哥大学，而约翰·霍普金斯大学则是出了最多总统顾问的美国大学：民国第一任总统袁世凯的宪法顾问古德诺，是约大的教授，还当过校长；而抗战期间，受美国总统富兰克林之邀，来担任蒋介石私人政治顾问的欧文·拉铁摩尔（Owen Lattimore），也是约大的人。

比古德诺更得我心的是欧文·拉铁摩尔，他是地道的学者，中国通，精通中文、蒙古文和俄文，对中国的北部边疆有过相当深入的实地考察，他的著作《中国的亚洲内陆边疆》获得过很多中国学者的肯定，也是我至今最喜读的中国边疆历史地理书籍之一。

发扬约大老一辈学者传统且成绩彪炳的，是20世纪末辞世、对美国当代中国学研究机构的建设、人才培养居功阙伟的鲍大可（Doak Barnett），他在20世纪培养了大批研究中国学的硕士生、博士生，弟子门生遍及美国，至今仍在美国的中美关系政策制定上有极其重要的影响力。更难得的是，他的兄弟姐妹全部从事着和中国有关的工作。他的哥哥，曾是约翰逊政府的助理国务卿，虽然中美当时各处铁幕的两边，但他还是在努力推动中美关系的正常化。

和欧文·拉铁摩尔一样，鲍大可对中国的边疆地区也有兴趣。1948年他在《芝加哥日报》当记者期间，曾访探过内蒙古、宁夏、甘肃、青海、四川、西藏和云南。40年后，1988年，他旧地重游，做了一次正式考察，历时5个月，行程近30 000公里。1993年，他以这次考察所得为依据，出版了最后一部力作《中国的边远西部：四十年的变迁》。在书中，他的一些预言表现了他非凡的洞察力，几十年后发生的事情果然证明他的准确判断：中央政府将对这些地区采取温和而不是高压的政策，但是有一点也可以肯定，假设有任何危及主权完整的分离活动，镇压也将毫不留情。

鲍大可对中国可谓一往情深。他曾经对中国社会科学院美国研究所的所长资中筠说过，在中美隔绝的年代，他经常围着中国周边转，东南西北都到过，就是进不去大陆，特别是在香港隔海引颈而望，那滋味可真难受，就像对一个心爱的人可望而不可即一样。在1997年病逝前，他对前来探病的门生说，美国政府必须以长远的目光来对待美中关系，他始终坚信两国共同的利益大于矛盾。

就在2012年3月23日，克林顿、奥巴马关于亚洲事务特别是中国事务最重要的顾问之一，美国最重要的智囊机构布鲁金斯学会中国中心主任李侃如（Kenneth Lieberthal）在香港科技大学访问时说："我知道当前世界上很多人都认为美国是老大，中国是老二，现在老二发展飞快，马上就要超越老大，所以这些人理所当然地觉得老大肯定会不择手段地阻碍和打压老二的发展。但这样的想法是错的。"

香港中评社的记者转述李侃如的话说："如果中国取得一个巨大的成功，那么整个世界都会被带动——经济变得更加活跃，人们也会更加富裕；从这一点来看，中国极具革命精神。所以对美国来说，中国的崛起是一件好事情，是一件美国不会试图阻碍并且也无力阻碍的事情。"

李侃如正是鲍大可在哥伦比亚大学执教时的学生。李侃如多次对资中筠说过他和老师之间的一件轶事：有一次，老师请他到中国餐馆吃饭，他表示吃不惯中国菜。鲍大可正色对他说："你要想好了，如果打算以研究中国为专业，你就必须全面了解中国文化，并对它有浓厚的兴趣，连中国饭都不接受，那还有什么好学的！"现在我们光看李侃如地道的中文名字，就知道他"中国饭吃得有多好了"。

鲍大可在1997年去世，1999年朱镕基总理访美，举行宴会的时候特意邀请他的遗孀出席，并且在致辞中表达了对他的敬意和哀悼。鲍大可的私人藏书在身后赠给了南京大学的中美研究中心。如果我记得不错，南京大学的中美研究中心（名称可能我记得不准确）正是20世纪80年代鲍大可在约翰·霍普金斯大学的国际问题研究院当讲座教授的时候成立的。

和美国很多学术地位崇高的学府如哈佛大学、芝加哥大学、斯坦福大学等一样，约翰·霍普金斯大学也是所民办大学。

我参观的是约大最老的校区，地点主要集中在照片背景中看起来像教堂的吉尔曼楼，看名字，估计是为了纪念1875年创校时的第一任校长吉尔曼。吉尔曼楼是很多人文科学系所在的楼。我没研究过古德诺、欧文·拉铁摩尔的传记资料，但估计，至少欧文·拉铁摩尔应该在这个楼待过。

到美国来，看到美国人漂亮的房子，漂亮的摩托，虽然觉得养眼，但我一点也不羡慕。最让我羡慕的，是他们的读书环境。我认为，在那样的环境里读书，真是世上最奢侈的享受。据我所知，那样的读书条件，在“七七”事变前的30年代那几年，清华大学的几百个师生曾经享受过。自那以后，在中国，那样天堂般的读书环境就永远不再了。

自习室

如何花掉100万

从林登·约翰逊图书馆出来，我开始逛得克萨斯州州立大学奥斯汀分校，得州人都管它叫UT。实际上，约翰逊图书馆就在UT校园里。我重点逛了UT的体育馆和图书馆。

UT实际上在人口上、面积上都占了奥斯汀的半壁江山，游奥斯汀不游UT几乎不可能。

UT是州立大学，奥斯汀分校是美国八所“公立常春藤”大学之一。它的石油工程专业世界一流，电子工程也很厉害。加利福尼亚州的硅谷生机勃勃，因为那里有斯坦福等大学做“发动机”。奥斯汀也是戴尔、得州仪器、IBM、苹果等公司的重镇，我估计UT的毕业生一定是生力军。

香港电影导演徐克就是该校电影系的毕业生。那个上海交大教授、长江学者陈进也是UT校友，他造出的“中国人自己”的“汉芯一号”，被评为2006年中国十大科技骗局之一。

我做学生的时候，对运动比对读书兴趣还大，即使是现在，运动也是生活中最重要的内容，所以看大学运动场时总会兴致高昂。

如今备受瞩目的NBA球星凯文·杜兰特就是UT的毕业生。

有个正在打球的小伙子是从北京来的，读金融，三年级了，刚期末考试完，想打打球放松一下。

去体育馆的路上，我先经过UT的橄榄球场，因为内部修缮，所以不开放。看看规模，我在国内看过的运动场所能和它比一比的只有鸟巢。

体育馆里的篮球场。看那些孩子打球，看得我手直痒。

健身房

是大学还是度假村

在台球厅碰到的这个小伙子，叫索尔，是机械工程三年级学生。我问他为什么这里没人玩儿，他说，放假了。

游泳场

那个北京小伙子跟我聊了几句，看我走，也收拾东西跟我一起离开体育馆，并主动提出带我逛校园。他对我很好奇，问了一连串的问题："从哪里来？都到了什么地方？打算去哪里？就一个人来的吗？怎么会想起到 UT 逛呢？"我问他这里老师水平怎么样，他说作为公立大学来说，很不错了。

那些运动设施学生们都可免费使用。不过说到底，羊毛出在羊身上啊。

我问北京小伙子读书的花费，他说，得克萨斯本州的学生学费一年 8 000 美元，外州的学生，还有留学生，一年两万美元，生活费差不多也得这个数，所以，四年大学读下来，要 20 多万美元。

斯诺的母校——密苏里大学

我想看密苏里大学，主要是想看它的新闻学院，那是世界上第一所新闻学院，成立于 1908 年。直到 20 世纪 50 年代，密苏里大学新闻学

密大哥伦比亚校区主楼

院在中国都很吃香。

民国初年就有中国人从密苏里大学新闻学院毕业了，其中有一个是宁波人，叫董显光。他出国前在宁波的中学教过蒋介石英文，后来做过国民党的中宣部副部长、中国台湾驻日本的大使、总统府资政。不过，我想他的最大成就是他20世纪20年代在天津创办了《庸报》，1928年东北王张作霖在沈阳皇姑屯被炸身亡，正是董显光的《庸报》揭露出事件的幕后真凶是日本人。

我钦佩的老一辈中国政治史学学者萧公权，1920年从清华学校毕业赴美留学，也是先到密大新闻学院学了一年。那个年代有抱负的青年上密苏里大学新闻学院就像今天雄心勃勃的年轻人上哈佛大学商学院一样。

密大新闻学院毕业生中在中国最成功、也最出名的，也许要数一个美国人——埃德加·斯诺。准确地说，斯诺是密大新闻学院的肄业生。

斯诺在中国的地位，看看他生前在中国的待遇和身后的哀荣就可见一斑：20世纪六七十年代，中国闭关自守，对西方世界铁门紧闭，任何“帝国主义者”都不得越雷池一步。那个对中国一往情深、为美国培养了大批中国学学者的著名学者鲍大可，在中西隔绝的年代，他经常围着中国周边转，东南西北都到过，就是进不去大陆。但是，斯诺却独步一时，多次获邀重访中国，甚至获得上天安门城楼和毛主席一同检阅游行群众的殊荣。

20世纪70年代初，斯诺在瑞士受癌症折磨的时候，中国特派了一支医疗队去瑞士给他看病。70年代啊，那时我亲眼见过长沙的农民用独轮车走很远的路推着生病的亲人到医院去看病。那种独轮车最常见的用途是把猪捆在车上送往屠宰场（我念的中学附近有个宰猪场）。

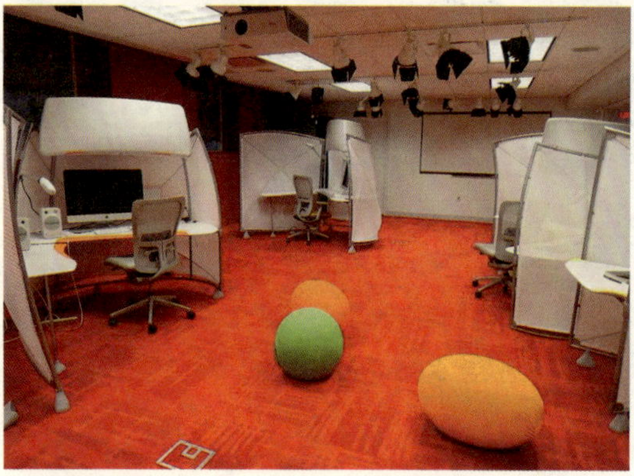

实验室

他死后，一半骨灰洒在了北大校园里的未名湖周围，这是原来燕京大学的家底：1952年，院系调整，北大从沙滩搬了过来，继承了燕京大学的优良传统和优美校园。斯诺本来跟北大也没什么关系，但他是燕京大学新闻系的人。让北大彪炳青史的那些人物——蔡元培、陈独秀、蒋梦麟、胡适，也许谁也没资格把骨灰葬在北大校园，但斯诺有。

20 世纪 80 年代，中国邮政还出过纪念斯诺的邮票。给一个刚死几年的外国记者出邮票？他当然受得起这个待遇。想想他去延安访问的时间，想想他出《西行漫记》的时间，一切就都有合理的答案了。1936 年，红军虽然刚刚在狼狈不堪、牺牲惨重的大撤退后站稳脚跟，但依然顶着“赤匪”的帽子在偏远贫穷的陕北挣扎，天上突然掉下个斯诺——美国记者，燕京大学新闻系的讲师，他不远千里，来到延安，愿意客观地向西方世界、向中国人报道这一群人的理想、他们艰苦卓绝的奋斗、他们的精神世界、他们的生活。在延安，还能找到比斯诺更受欢迎的人吗？

1937 年《西行漫记》在伦敦出版，轰动一时。很多青年学生是看了《西行漫记》才投奔延安的。大家熟知的那张毛主席在窑洞前戴着八角帽拍的照片（后来，靠这张照片，他挣了不少钱），就是斯诺那次访问所摄。

重庆时代周恩来的新闻秘书、新中国外交部新闻司第一任司长龚澎，我很喜欢的“二战”中随盟军在欧洲战场采访、名噪一时的《大公报》记者萧乾，都是斯诺在燕京大学的学生。

我把新闻学院四栋建筑的每一层楼、每个我能进去的房间都转了个遍，没有找到任何斯诺的痕迹，照片啊，塑像啊，题词啊，什么都没有。在校园、新闻学院的楼群里逛的时候，碰到一位统计学教授和两位新闻学院的老师，问他们关于斯诺的事，他们完全不知道斯诺是谁。听我介绍斯诺，完全接不上茬。

照片上这位新闻学院的老师，教多媒体沟通，她叫“碧”，我忘了问她拼法，我猜也许是“蜜蜂”，她也不知道斯诺。也许斯诺已经过时了吧。

时下与中国关系密切、在美国传媒界地位稳固的彼得·海斯勒

(Peter Hessler)，恰好也是密苏里人，而且是在密苏里大学新闻学院所在的哥伦比亚出生、长大的。他 1996 年加入志愿组织和平队来过中国，先在出产榨菜的四川涪陵的一个学校（也许是涪陵师专，我记不准了）教了两年英文，然后在中国当自由撰稿人，给美国很多重要的报纸、杂志如《纽约客》、《国家地理》、《华尔街日报》写稿。他至少出了三本关于中国的书，在美国的“中国迷”中颇负盛名，其中有一本 *Country Driving* 我读过。在书中，他对他的密苏里同乡斯诺不无微词：20 世纪六七十年代，斯诺让所有西方记者眼红，多次重访中国，足迹很广，还访问了数十个人民公社，但在他的文章里、书里，他却对五六十年代之交的大饥荒只字未提。这对任何有职业操守的记者来说，都是莫大的耻辱。

海斯勒对斯诺的责备，让我想起另一位在中国成名的美国记者。他比斯诺成名晚，但也是因为报道中国事务而出名，他叫白修德。白修德在抗日战争期间从哈佛大学毕业，不久就来到中国，他在国民党的中宣部找到一份工作（董显光那时应该是他的上司）。他很快发现，蒋介石政府里的哈佛毕业生甚至比后来的肯尼迪“人才政府”里的哈佛毕业生还多。开始他也很敬佩蒋介石，但他很快就觉得蒋介石和他的政府对中国老百姓来说毫无用处。让他得出这个结论的也是一场饥荒。那是 1943 年的冬天，那时候他已改任美国《时代周刊》的记者。他到河南实地采访，听说以及看到饥民在吃树皮、吃自己的孩子、吃军队收容的弃儿。在同地方官员谈过话以后，他就像今天美国的政治性民意测验者一样，详细地做了笔记。他得出结论：蒋介石政府在听任这些人死去，或者说是无意中把他们活活饿死。军队在河南干的勾当就是大量征收军粮，数额超过了土地的产量。

白修德得出结论的最可靠依据是，有 500 万人已经饿死或快要饿死。他意识到，在重庆，蒋介石的政府里谁也不了解河南发生的事情有多严重。河南的各级官员为了掩盖灾情真相，在送往重庆的报告中都是轻描淡写的，蒋介石最多也只知道缺乏粮食，为此他拨出了很小的一笔专款。

白修德在《探索历史》里记叙了他当时的状况：“当我想带着这些见闻去面见蒋介石的时候，我无法抑制内心的愤怒。我几乎像发疯一样地奔走呼号：‘老百姓正在饿死！老百姓正在饿死！’”结果他违反了当时的新闻检查制度，没有把他的报道先发给中宣部的检查部门，而是直接在洛阳用电报发回了美国。白修德回到重庆后，见到了蒋介石，向他作了报告。蒋介石向他表示感谢，说白修德是比他“派出去的任何调查员”都要好的调查员。

其实说起来，密大新闻学院里处处看得见中国的印记。

门口的一对石狮子是蒋介石的行政院长、财政部长孔祥熙送的。

新闻学院有个历史陈列馆，门楣上的牌匾是新中国成立前《申报》的密大新闻学院校友汪英宾手书、敬赠的牌匾。汪是《申报》全盛时期的重要人物，也是中国最早的新闻史撰述人，“文革”中被打成“美国特务”，死在了新疆库尔勒。

我觉得密苏里大学新闻学院在中国不会有太大的市场。

我参观完密苏里大学，向西骑车，往斯诺的家乡堪萨斯城方向走。我投宿在独立城（Independence），那是杜鲁门的家乡。对中国人来说，杜鲁门是个值得一说的密苏里人。用咱们过去对他的评价来说，他是个“反共老手”。实事求是地看，他有着美国农民的优秀品格：朴素、率直、刚强，勇于承担责任。他当参议院主席的时候，在全国选民中声誉日隆。对有意问鼎白宫的路易斯安那州参议员朗格——连罗斯福总统都对其惧怕三分，只有他不怕，他敢对朗格冷嘲热讽。美国总统都怕工会，他不怕，1946 年势力很大的铁路工会、矿工工会都被他扳倒，他的一位助手说：“他大摇大摆回到白宫去的时候，你可以听到他的两个睾丸碰得叮当地响。”他在任期间，冷战刚刚开始，苏联对美国的态度非常粗鲁，大名鼎鼎的苏联外交部部长莫洛托夫态度尤其冷酷、野蛮，西方外交界对他简直又气又怕，但又不敢撕破脸皮跟他来硬的，只有杜鲁门对他很不客气。有一次，莫洛托夫气急了，说：“我有生以来，从没有人对我这样讲过话。”杜鲁门冷冰冰地回答：“如果你们履行协议，就没有人对你这样说话了。”在一旁的美国驻苏联大使看在眼里，啥也没说，心里却痛快得不得了。

不过对中国人来说，这个密苏里人最值得一提的事是他撤了麦克阿瑟的职，把他从朝鲜战场调回了美国。否则，按麦克阿瑟的计划，中国就有可能是继日本之后第二个遭到原子弹袭击的国家了：麦克阿瑟准备投50颗原子弹到中国，集中在东北的志愿军后方基地和供应中心。投50颗原子弹也不能征服中国，这是肯定的，但是，会造成很大的人员伤亡。麦克阿瑟在美国军界、老百姓中的声望非常高，但是杜鲁门作为三军总司令连麦克阿瑟本人都没通知，就先给新闻界通了消息：麦帅被撤职了。

但是这么强硬的总统，他怕记者。

杜鲁门对别人的指责向来不大往心里去，但是你不能碰他的宝贝女儿和太太。他女儿是歌唱家，有次演唱会后，《华盛顿邮报》音乐评论家休姆写了篇乐评说：总统的女儿“唱得不太好”。杜鲁门看了这期《华盛顿邮报》后立刻给休姆写了封亲笔信：“我刚看完你对玛格丽特音乐会的蹩脚评论……看来你是个事业很不如意的老头……我希望有朝一日会遇到你。到时，小心你的鼻梁会断，你将要用很多鲜牛排来贴你淤黑的眼睛，说不定下面还要穿上个护身腹带。”

信末，总统亲笔签名。

报界传出爸爸充满男子汉气概的信函后，做女儿的感到特没面子，都哭了。她对媒体说：“我绝对肯定我父亲不会使用这样的语言的。”休姆在他第二篇乐评里，第一句就说：“假如我可以斗胆发表意见的话……”

最后，杜鲁门向媒体赔了个不是：“我感情脆弱，有时控制不了自己……”

如果政客们都像密苏里人这样忌惮刚正不阿的新闻人，老百姓也许会少蒙受一些不白之冤，也不会有那么多的人死得不明不白。

仙园

我从州际高速下来去投宿的旅馆的时候，看到路牌指示科罗拉多州州立大学科罗拉多泉分校和旅馆在同一个出口，但它们各在路的一边。

大学那边似乎住宅区、商业区之类的建筑群很多，我不确定大学的位置，向旅馆经理打听，旅馆经理从前台出来，领着我到旅馆大门前，指着大学那边山上最高、最大的建筑群说："那就是科罗拉多州州立大学的校舍。"我回房间休息了一下，重新出来，骑上摩托奔大学而去。10 分钟不到我就到了校园门口，那里有个牌子写着大学的名字：科罗拉多州州立大学科罗拉多泉分校。但下面的小字"建于 1965"让我疑惑不解：不该这么新啊。不过，看看那些大楼，的确都挺新的。

停车的时候，我问路过的一个小伙子：是不是还有个老校区？有没有一个男生宿舍楼叫海格曼楼？他说，这些楼总是在不断地翻新，所以看起来总是很新。海格曼楼没听说过。

我走进学生服务中心，前台的小伙子非常热情地接待我。我说明来意：一个我喜欢的中国作家 1924 年从这里的英语系毕业，我想找他住过的宿舍楼，海格曼楼。

"那不可能啊，我们 1965 年才建校。"他说。旁边有个小伙子也跟着附和。

"科罗拉多泉有老的大学吗？"

"有，有个挺老的大学叫科罗拉多学院。那个作家叫什么名字？"

"对不起，我不知道他的英文名字。"

"中文就行。"

"梁实秋。"我拼给他听。

他输入电脑，立刻有了答案："他翻译了莎士比亚的所有作品，对吧？"

"对！就是他！"

"他是科罗拉多学院毕业的。"

仙园

学校的教堂

学生宿舍

那个大学离这里大概六七公里，他们俩给我画了张简单的地图，并叮嘱我："路边有座石砌的教堂，一看就是老建筑，到了那里，就进科罗拉多学院的校区了。"我真心地谢过他们，兴奋地骑上摩托。

路线很简单，路上车也不多，我只骑了5分钟，情绪就更高涨起来：我进入了另一个科罗拉多泉，小巧、老旧、雍容、整饬、恬静，和州际公路边那个现代、耀眼、热烈、凌乱的科罗拉多泉不在同一个世纪。那种风格和气度，让我不由想起欧洲那些历史悠久、名声显赫的大学城。不过，和那些游人如织的欧洲大学城相比，这里更像土地平旷、阡陌纵横的桃花源。

我完全没想到会有这么大的"发现"，心咚咚直跳。在大学的招生办附近停好车，我开始步行游逛。

我在路边的校园地图板上没找到海格曼楼，又去学生服务中心打听。值班的小伙子也没听说过海格曼楼，但是我问他梁实秋和闻一多合租的房子所在的那条街，他就知道了，并准确地告诉我路线。于是我信步往那条街走去，沿途碰到什么就看看什么：宿舍、行政楼、教堂。

梁先生在这里读书的时候，它只有几百个学生，是哈佛大学承认的7个西部小大学之一，从我途经的校区看来，它现在也没有过分膨胀，比树高的建筑少见，树林和草地阵容齐整，没有见缝插针地增建，建筑大都是古风盎然的老房子。

这是高等教育成为"天天低价"的大批量产品前精英教育的化石，让人怀想、留恋。我猜它一定不能维持原先的精英路线，但从校园的规模和风格的继承来看，它还是尽了最大的力量留住旧时代的美好。想想几公里外轰轰作响的州际高速所代表的令人心惊的飞速的现代生活，知道世界上还有些这样隐秘的角落在尽力保持旧时的雅致和格调，我就觉得心里有点安慰。

现代社会为普通大众提供了更多上升的机会，但是，也让社会更平庸、更同质化，旧时代士大夫、贵族生活的优美、闲适、精致、高蹈，也随之消失殆尽，这种进步不免让人扼腕叹息。

梁先生住过的那条街很长，很美，我逛了接近校园核心部分的七八个街

区，一边闲逛、拍照，一边判断哪幢房子够老。

我的拍照打扰了一栋房子的主人，他们全家在前门外的门廊吃饭，我打了招呼，介绍了自己。他们说，他们的房子有120年了。女主人还问我："为什么你喜欢这个作家呢？"这个问题出乎我的意料，我支吾其词，用"说来话长"之类的话搪塞过去了。

晚餐时，我回到学生服务中心，在很时髦的学生餐厅吃了顿自助餐。一边吃，一边琢磨那个没好好回答的问题：为什么我喜欢梁先生的文字呢？的确说来话长。

说来惭愧，做学生的时候，我没读过梁先生的作品。因为他曾被鲁迅所痛骂，又在延安文艺座谈会上被"钦定"为资产阶级文学的代表，所以直到20世纪80年代初，他在中国现代文学史教材里都只留下骂名。80年代末我才第一次买了一套中国广播电视出版社出的《梁实秋散文》，书买回来后，展读一过，读后感至今记忆犹新。我原先满脑子被灌满了鲁迅先生那种沉郁峭拔的文字和正襟危坐、语重心长的文章，突然与实秋先生这晶莹可喜的小品不期而遇，他那流利轻灵、亦庄亦谐的文字，通达圆融的见解，与世无争、随遇而安的性情，不免让我见猎心喜，诵读再三，然后舒一口长气。

他那篇《雅舍》我读过很多遍，写的是抗战时期他在重庆郊野的那栋破茅房。"'雅舍'最宜月夜——地势较高，得月较先。看山头吐月，红盘乍涌，一霎间，清光四射，天空皎洁，四野无声，微闻犬吠，坐客无不悄然！舍前有两株梨树，等到月升中天，清光从树间筛洒而下，地上阴影斑斓，此时尤为幽绝。直到兴阑人散，归房就寝，月光仍然逼进窗来，助我凄凉。"

真喜欢啊。

我还琢磨了一个新的问题：为什么梁先生在他的回忆文字里对这么优美的校园和校舍只字未提呢？他记载了他和闻一多在科罗拉多泉的游历：派克斯峰、七折瀑（Seven Falls）、仙园（Garden of Gods），尤其对仙园欣赏有加，认为桂林也有所不及。

科罗拉多泉是美丽的山城，1923年梁先生刚入学就给远在芝加哥

美术学院读书的闻一多写了封信，附了 12 张科罗拉多泉的明信片，还问闻一多："你看看这地方，比芝加哥如何?"被乌烟瘴气的城市和寂寞无聊的生活折磨够了的闻一多，招呼都没打一个，提着个小皮箱就坐火车过来了——他转学过来了。

科罗拉多泉当然有那么大的吸引力，但是，更重要的是他有朋友在这儿。

科罗拉多学院才是真正的仙园啊。

我的目光在窗外的树林和草地流连，我觉得这才是大学应该有的样子。

教堂每隔半个小时会响起报时的钟声，舒缓、悠长，让我心中充满莫名的满足和感动。

硅谷诞生的地方

加州是美国经济最繁荣的地区——一个州的 GDP 就比全世界绝大

多数国家的 GDP 还高——这从他们的交通流量就能看出来。离大城市如洛杉矶、旧金山还有 100 到 200 公里，路上就已经车水马龙、川流不息了。到了大城市的周边地带——离市中心还有几十公里——路上更是繁忙，即使是单向四车道的路，一样满满当当、车子一辆挨着一辆高速行进。在国内，那样高密度、高速度的路我只见过一条：沪宁高速。而这里，只要进了大都市圈，哪条路都这样。这弄得骑摩托既乏味又紧张，所以我想去斯坦福大学的时候，就不想骑摩托了，而是让朋友开车带我去。

我早就想看看斯坦福大学了，一直没去成，来过两次旧金山都没去成。其实想去的理由很可笑：我听说斯坦福大学校园很美。

校园的确很漂亮。但是也许我的期望值太高，反而有点失望：先别提欧洲，光说美国的大学，我觉得校园比斯坦福强的就不少。当然我这样看学校会显得目光很鄙陋，一个学校好看不好看并不重要，这和看人是一样的，以貌取人不对，以貌取学校也不对。像哈佛，校园那么烂，还不是一样获得各国学者推崇？中国很多好大学也这样。

看得出，大学的核心建筑群在模仿西班牙南部的阿兰布拉宫的摩尔人的建筑风格。到底原来是西班牙殖民地啊。

一群学生大概是参加夏令营的中学生，带队的老师在朗读陀思妥耶夫斯基的《罪与罚》，读一段，停下来，提问，跟学生讨论。

斯坦福大学大概名头太响，校园里真是热闹，参加夏令营的美国孩子、准备报考斯坦福大学的美国学生及其家长，络绎不绝。时不时还有来自中国的参加夏令营的孩子，一大群一大群的，小的看起来才十二三岁。听旧金山旅行社的朋友说，一个暑假，他们的旅行社能接待几千个这样的孩子。

朋友说，他家千金就是在参观了斯坦福大学的图书馆以后立志上斯坦福大学的，这更刺激了我逛图书馆的欲望。

就这么舒服

从斯坦福大学出来，拜托朋友用手机查了查一个车库的位置，然后带我去。它就在离斯坦福大学很近的一个居民区里，1938 年，惠普公司的创始人休利特和帕卡德就是在这个车库开始他们的生意。乔布斯一提到伟大的公司，总喜欢以惠普为例。而苹果这家伟大的公司的头一批产品——沃兹尼亚克设计的苹果二型电脑，也是在乔布斯家的车库完成的。

这个车库前有个牌子，上面的文字说，这个车库是硅谷的发源地。

车库就在这栋房子后面，当年休利特和帕卡德同时租住这栋房子。

原先在国内读书时，看到那么多了不起的美国公司都在车库里诞生，我真是敬佩那些企业家艰苦创业的精神。到了美国看了些车库以后，不免笑自己坐井观天，想当然。车库创业者，自有其艰难困苦，不过在我看来，车库创业最大的特点，倒不是环境的艰苦，它反而是美国特色的创新沃土。

这是休斯敦的朋友一所房子的车库，墙上的板上有很多孔，可以插上铁棍，方便挂各式各样的工具。我在美国看过的好多车库都有这样的设施，有的车库更是三面墙都这样。

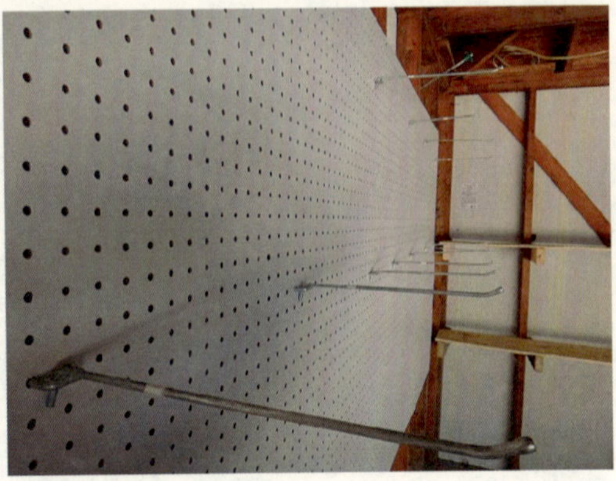
带孔的墙板

也许因为美国人工费太贵，美国家居的主人很多事情都自己动手，在中国很多装修工人、电工、水暖工、木工、机修工、花匠干的活儿，美国人都自己干。因此，一个美国人家里可能有多得惊人的各种工具和设备，而这些工具和设备有一个最合理的归宿——车库。如果在车库几面墙根再来一排木匠用的工作台，那它就是一个非常好的车间，比我在国内看到过的所有摩托车修理铺都舒适、方便。我在北京有两个朋友，学理工出身，特别喜欢逛破烂市场，搜集了一大堆工具、五金、机械、电子元器件，但只能堆在办公室里，弄得办公室像废品收购站。如果他们有个美国人那样的车库，我担保他们也能创建一家伟大的公司。中国有多少脑子好、手又巧的人啊，如果每人都有那么个车库，不知道我们要弄出多少个苹果那样的公司呢。

我看过的另一家车库的工作台，算很小了

西雅图故事之一：槐园

西雅图我以前来过，这次重返，想看的地方只有两个：槐园和华盛顿大学。

想看槐园，是因为很喜欢梁实秋先生哀悼亡妻的文章《槐园梦忆》。槐园是西雅图北边的一处公墓，梁先生原配夫人程季淑女士就葬在那里。

我事先上网查了下公墓地址，发现它离西雅图市中心很近，下了5号州际公路，有一条地方公路直通墓地。梁先生的文章里也说它在一处显眼的高地上，很容易找。

我顺着那条公路骑，却一下子错过了这个墓地。这条路在山腰上，山下是一个湖，沿途都是住宅区、商业区，相当热闹，我甚至经过了两家麦当劳店。当我觉察走过头时，已经跑过很远了。在路边问了人，又掉头回去。

之所以错过，是因为我觉得墓地不会在民宅、商店、饭馆集中的地区。但是，我错了。显然，自从1974年梁夫人安葬在此以后，西雅图早就膨胀到这一地区了。

墓地的入口就在那条热闹的路边。我先骑着摩托在墓地里来来回回转了几圈，希望能自己找到那块墓。梁先生的文章里把区域、编号写得

清清楚楚：桦木区，第33片，C排，15号。结果徒劳无功。只好到墓地旁边经营这里的殡葬公司去打听，前台的女士非常热情、细心，拿出地图非常详细地帮我找出了那块墓地，并给我画好路线。

我骑上车麻利地跑到我认为地图上画的那里，结果一无所获。而且要命的是，墓葬非常密集，而且几乎全部墓葬都是躺在地上的一块石碑，分区也并不容易辨认。我看到远处有个园丁在给草

坪浇水，就把刚得到的地图给他，这下算找对了人。他让我骑上摩托跟着他的沙滩车，跑了一大圈，才到了指定地点。

他四处望了望，沉吟了片刻，然后很肯定地走到一块草地中，弯腰拔掉一小块草皮，让我看隐藏在草皮底下的“地标”。那是我要找的分区的号码：33 号。然后按梁先生文章里的编号，很快就找到了那块墓碑。

其实它就处在桦木区的中心位置，紧挨着一座人造喷泉。简简单单的墓碑，上面清晰、端庄的中文刻字让我有遇到旧交的喜悦。

我在草坪里采了两朵小小的野花献在碑上

敬礼完毕，我在喷泉边的树荫下找了块石头坐下，不想马上就走。

大概因为是工作日，来扫墓凭吊的人非常少。喷泉喷涌，哗哗作响，除此之外，空阔的墓地里就没有别的动静了，更显冷清、寂寥。

1974 年，梁先生夫妇在西雅图手牵手去超市买菜，梁夫人在超市大门口被一架倒下的梯子击中头部，送医院抢救后，伤重不治。

在梁先生生活的年代，许多有才干的中国学者、政人和他们的亲属终老在美国。而且他们中不少人和现在的新移民不一样，不是自己愿意客居异乡，而是迫于形势的无奈选择，多多少少有点像难民。他们那辈人真是饱尝了颠沛流离、天涯沦落之苦。梁先生的命运挺有代表性：20 世纪 20 年代学成归国，正准备宏图大展的时候，因为异族入侵烽烟四起，于是开始逃难，避居川滇，将近十年。日本刚投降，本以为民族中兴的机会就在眼前，想不到内战又打起来。打完仗，改朝换代，虽然他对政治并无兴趣，但已被新政府断定昔年和国民党走得太近、和共产党走得远，于是不得不避走台湾。

50 年代初的台湾也不是他们安居乐业的地方，我猜梁先生那批人，心大概一直悬着，直到朝鲜战争打响，美国第七舰队开过来在台湾海峡巡逻，才让毛泽东“一定要解放台湾”的决心变得不那么强烈，也让蒋介石反攻大陆的野心有所顾忌。

生活刚安定下来不久，晴天霹雳又响起来：尼克松向北京抛出橄榄枝，中美关系正常化了。于是台湾又变成危城。1972 年，梁先生夫妇又开始长途越洋迁徙，移居美国。在异乡也未必不可以安享晚年，谁知道会有飞来横祸！

坐在墓旁，我暗诵《槐园梦忆》结尾的句子，心里有几许悲凉："缅怀既往，聊当一哭！衷心伤悲，掷笔三叹！"

西雅图故事之二：华盛顿大学的昔阳名人

1978 年，退休的美国华裔教授李方桂自 1949 年去美国以来，第一次回国访问，受到当时的全国人大常务委员会副委员长许德珩接见。本来，那时候的英明领袖——华国锋主席——也是要接见他的，但因为去了南斯拉夫访问，没见上。

李方桂不过是个教书匠，而且教的是挺冷门的语言学。我猜，搁现在，总书记也许会见经济学家，不大可能见语言学家。不过，那时候和现在还是有些不同的。何况，李先生也的确不是一般的语言学家。

中国语言学家说，中国人在世界语言学界居于领导地位的要属赵元任、李方桂两位先生。美国语言学家说，已故的李方桂教授被公认为 20 世纪最伟大的语言学家之一。

1949 到 1969 年，李先生就在西雅图华盛顿大学任教，和萧公权先生是远东和俄国学院的同事。

华主席要见李教授，我猜很重要的原因之一是他们是山西同乡。山西自阎锡山以后出的重量级人物就不多了，华主席是一个，我估计华主席寻思李教授也该算一个。李教授曾任美国语言学会的主席，也许华主席觉得两位"山西主席"该见见面。

李教授的家乡是山西昔阳。昔阳这个地方现在不大有人提了，但是，我的同乡毛主席在世的时候，昔阳和北京、上海一样是妇孺皆知的地方，因为那里出了个大寨。那时候，全国基本上只有两个行业：工业和农业。毛主席指示："工业学大庆，农业学大寨。"可以想象大寨有多出名。李教授就是大寨人。

华盛顿大学校园

李先生 1924 年从清华大学毕业，到美国密歇根大学学医，后来因为学拉丁文、德文，而对语言学产生了兴趣，便改学语言学，获得学士学位后，到了当时的语言学重镇芝加哥大学学语言学，师从语言学大师伯克、萨丕尔、布龙菲尔德，除了一般的语言学理论知识、研究方法外，他还学了很多我们一听名字就会头晕的语言，比如古波斯语、袄教经典语、古教会斯拉夫语，还有藏语、缅语、傣语等。他自己说，印欧语系的语言他几乎都学过！博士论文通过后，他时间还很充裕，所以到哈佛大学待了半年。哈佛大学也教不了他什么，就跟他说："你想干什么就干什么吧。"他是中国最早的一批用现代语言学方法进行实地调查、获得第一手资料，并在此基础上开展研究的语言学者。他最早的成就是随导师在加利福尼亚州对印第安人的语言做田野调查时获得的。他以刚学到的、在当时还是非常先进的田野调查的方法（而不是像传统学者那样仅仅依据文献资料来研究）对加利福尼亚州最北部的一支印第安人的语言的语音和语法进行了记录。他回到芝加哥大学向他的导师做了调查报告以后，他的导师写了篇文章登在芝大的学生刊物上，他说："李先生是研究美洲印第安语言的第一位中国学生。他为我们挽救了一门美洲印第安语言。”因为他完成调查后不久，那个印第安族群的人就死光了，而他是第一位，也是最后一位记录这种印第安语言的人。那本杂志上登了他的照片，文章标题是《到古代美洲的一次探险》。那是1927 年的事。

李先生的田野调查有时候也会让我们这样的流浪汉有点羡慕。为了调查印第安语言，他曾在加拿大北极圈内麦肯锡河上的一个岛屿待了几个星期，因为那里有一群印第安人在捕鱼，为冬天拉雪橇的狗准备食物。那里远离人类文明，没有居民，没有道路，当然也没有公交。他从离那里最近的城镇坐小船过去，走了三个星期。他睡帐篷（借的，跟印第安人现学搭法），经历了一天 24 小时有太阳的奇妙日子，也看到了美丽的极光。唯一的麻烦是他吃得不太好。他带了些罐头食品、压缩饼干和 100 个鸡蛋就杀过去了，吃完罐头和饼干之后，鸡蛋也开始发臭了，而且变得很硬。印第安人在他的请求下，每天给他一条新打的鱼，他把这条鱼切成三段，早中晚饭各煮一段吃。他还想办法弄到了一点面粉，异想天开地自己烤面包，但这个少爷不知道烤面包要搁酵母，结果烤出的面包像炼出来的铁。

他学成回国后，有一年多的时间看到鱼就有恐惧症，很长一段时间，他也吃不下鸡蛋。据他的女儿回忆，她小时候，在抗战期间，她爸爸在迁到成都的燕京大学任教，有一次做田野调查回来时，坐在人力车上，两腿间是一头小熊，那是当地猎人送给他的礼物。

李先生还有跟我类似的越境经历。抗战结束后，他从国内应哈佛大学之邀前去任教，但是当时中美之间没有轮船，他又身无分文，结果他的美国熟人把他弄上了一条军用运输舰将他送到夏威夷。上岸之后，美国移民官不许他继续前往美洲大陆，因为海军军舰没有权力不通过移民部门的批准往美国带人。他这算非法入境，和我去爱尔兰、阿根廷一样。

李先生虽然老家在大寨，但他 1902 年出生在广东，因为他父亲当时在那里做清朝的官，所以他的童年是在广东度过的。9 岁的时候，他父亲辞官回了大寨。本来他父亲是要携全家回大寨的，但他母亲不同意，觉得那个小地方不利于对孩子的教育，结果他父亲独自一人回去，而他母亲带着孩子到了北京，他们在那儿有房产，就是现在的大甜水井小学，很多小院落组成的一个大院子，有 150 间房，就在北京饭店后面。

不知道李夫人这决定对不对，因为，大寨那个地方在后来不算小地方了。20 世纪 70 年代中期，当她儿子在檀香山的夏威夷大学做荣休教授的时候，有个叫陈永贵的人当上了中国国务院副总理、中央政治局委员，开会的时候，他总是坐在主席台前排，脸又黑又皱，头上戴着个白毛巾，就是陈佩斯演的小品里的那个戴法。陈副总理是地道的大寨农民出身。而他在大寨大队的农民同事郭凤莲当上了山西省革命委员会副主任（相当于现在的副省长）。那会儿，谁敢说大寨是小地方？

1983 年李先生和夫人回北京老宅看了看，由他们家房子改成的教室和办公室的房檐下挂着大字横幅："热爱劳动，助人为乐，艰苦奋斗，英勇对敌。"不知道他们想到过没有，那个"敌"是否曾经也包括他们呢？

西雅图故事之三：你死到哪里去了

谈起流落异国他乡的那些有才干、有理想、爱家乡的中国现代学者、政人的最后归宿，难免会有人或者他们本人也会为他们不能叶落归根而惋惜。其实我倒觉得他们很多人最后都功德圆满。因为，这件事的另一面是：叶落归根又怎么样？

知识分子是一种对环境要求比较高、生存能力不太强的动物，弄不好就大批暴死，甚至大批自杀。就说李方桂先生吧，我觉得李夫人是对的，李先生还是不要待在大寨的好。

1978 年，李方桂老两口回国，很多亲朋故旧赶来相见。在广州的时候，李方桂先生当年在"中央研究院"的同事、史学泰斗陈寅恪的两个女儿也来看他们，她们扑进李太太的怀里，放声大哭：她们的父母在"文革"中双双殒命，而陈寅恪在中山大学含冤去世的时候，死状十分凄惨。李方桂的女儿记述这次相会时，说她母亲触动很深。陈寅恪的先祖是清朝高官，物伤其类，李太太能不被触动吗？

我觉得很有可能的是，如果李先生死在大寨，梁先生死在北京，萧先生死在江西，总之如果他们叶落归根、死在故乡，他们就可能死不好。梁先生、萧先生是肯定死不好的。我读中学的时候，中国现代文学史上骂人骂得最凶的文字、鲁迅先生那篇称梁实秋是"丧家的资本家的

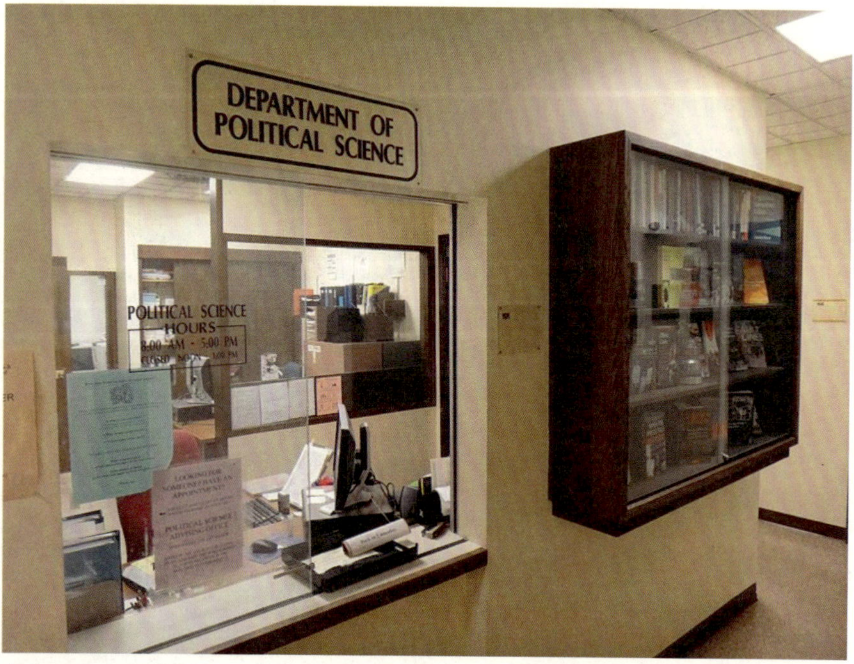

华盛顿大学政治系

乏走狗”的名文还是语文课本里的范文呢。

1968 年，梁先生独力完成莎士比亚 37 种剧本、3 个诗集的浩大翻译工程时，中国人民大学有名的右派吴景超在北京死于癌症，对一个右派来说，这算一种比较平和的死法。吴景超和梁实秋是清华大学的同学，同屋。有一段时间，他们每星期都要给《清华周刊》写社论和编稿，有时候还写社论批评校政，有一次梁实秋写了一段短评鼓吹男女同校，措辞激烈，还顺便对校长之庸弱无能大肆抨击，结果校长曹云祥大为不悦，亲自召吴景超去谈话，表示要给梁实秋记大过一次，吴景超告诉他：“你要处分是可以的，请同时处分我们两个，因为我们负共同责任。”但这件事最后居然就不了了之了。这个在年轻的时候挺有担待的吴景超，新中国成立后就一直忙着思想改造、写检讨，就这么夹着尾巴做人。1957 年，一不留神，还是被打成了右派。一笔写不出两个吴，梁先生的好朋友冰心的老公吴文藻，也在那时被一勺烩了。

梁先生死在台湾，虽然不算叶落归根，但还算是寿终正寝。特别是七十多岁高龄的时候，还传出和韩女士喜结连理的佳话，更是让人高兴。

李方桂先生过世后，他当年在远东和俄罗斯学院的同事追悼他说："我们只要想起方桂那沉静而宽厚的风范，内心就激荡不已。他是一位世界级的公民，世界级的学者！是国际学术合作力量的一座灯塔！是一位人格高尚的人！"

萧公权和梁实秋一样，都是不受大陆欢迎的学者，抗战刚结束时期就颠沛流离，又从大陆逃到台湾，席不暇暖再由台湾逃到西雅图。

1960 年美国学术团体协会授给萧先生一项"人文学术卓著成就奖"，这个组织是由全美国 30 个人文和社会学术团体所组成。当年的获奖者只有 10 人，而政治学家仅萧先生一人。颁奖仪式上主席致辞，陈述颁奖理由，说萧先生"融合中西两个伟大学术传统的精华"，年轻时代著书论述西洋政治思想，表现了"创造性的灼见"，而名著《中国政治思想史》显示了"另辟蹊径的史识"，称赞萧先生不仅是学者，也是"诗人、作家和哲学家"，并且指出萧先生在教学上的成就：在美国和在中国一样，赢得了学生的"经久爱戴"。

梁先生完成莎士比亚作品翻译的壮举那年，萧先生也在西雅图华盛顿大学年届退休。那年春季学期，萧先生最后一次讲授"中国政治思想"。学生们知道他即将退休，踊跃来选这门课，一间大教室挤满了人。进来晚的，只好站在墙边或坐在地上。5 月 31 日是萧先生在华盛顿大学的最后的一堂课，下课铃响起，先生将要走下讲台的时候，坐着的学生一齐起立，鼓掌致意。

萧先生在走出教室之前对学生们说："56 年前的一个春天，名哲学家兼诗人珊达雅纳，正在哈佛大学授课的时候，一只知更鸟飞来站在教室的窗槛上。他注视这鸟一下，回过头来对他的学生说，'我与阳春有约'（I have a date with spring），于是宣布下课，跟着向学校辞职，退隐著书。他那时年纪还不满 50，竟已从心所欲，悠然而逝。我没有资格学珊达雅纳，但我知道一件他不曾听见的秘密。照 11 世纪中国哲学家邵雍的计算，世界上的事务，在 129 600 年后，会一一重现重演。现在我与你们约定，129 600 年后，我们在这间屋子里会面罢。"

那是很风雅的谢幕。

被一些中国学者誉为 20 世纪晚期西方汉学第一人、2005 年刚去世的普林斯顿大学东亚系的教授牟复礼曾经在西雅图华盛顿大学受教于萧公权先生，他跟朋友提起萧先生时，常常使用我们"文革"期间对毛主席的称呼——"我们敬爱的导师"。他在给萧先生的另一得意高徒汪荣祖的信中谈到萧先生的去世时说："萧老师之突然离开人间，对我而言是一极大个人伤痛，我知道你也一样。我们失去了伟大的老师和朋友，我们再也见不到像他这样的人物。"

我知道听到外国人夸我们时感到格外高兴是不对的，我们自己心里有数最重要。不过想想夸我们的是严肃的学者，除了要表达对学者同行的钦佩、对导师的景仰外别无所求，身为中国人，我还是觉得与有荣焉。

和梁先生、萧先生、李先生同时代的丰子恺，也经历过颠沛流离的痛苦生活，有一次他问他的孩子什么最好玩，孩子说逃难最好玩儿。某种意义上来说，几位先生的逃难经历也算好玩。

也许我们应该像李先生的家人看待他去世那样，乐观地看待他们飘零的身世。李先生去世后，他的家人在《李家致亲友的报丧信》中说："李方桂先生属于世上少有、备受上苍保佑和世人祝福的老人之一。尽管他出生在中国历史上的混乱时期，但他极其幸运，享有四种最美好世界的人生，那就是：新、旧世界与东、西方世界的人生。"

那不是挺让人羡慕的吗？

在东亚图书馆和政治系所在的那栋楼——高文大楼——我看到一间阶梯教室门开着，就进去看了看。我的功课做得不好，不知道萧先生是否曾经在这里讲过课。不过这种可能应该是有的，萧先生所授"中国政治思想"是政治系的课，而高文大楼看起来是华盛顿大学的原始建筑。没准儿我运气够好，正好当年萧先生最后一课就是在这儿上的呢？

教室空无一人，桌椅井然，窗外的大树绿意盎然，清风徐来，窗帘轻轻飘荡，像是教室在轻轻呼吸。我想起萧先生潇洒的告别，心有所感："归去来兮！胡不归？"

胡适的康奈尔

我骑车经过绮色佳市中心的时候，一眼瞥见路边的市政厅，门口正好有俩警察在喝咖啡聊天，我就过去打听市议会在哪儿。

他们说："议会就在市政厅楼上，但是今天没有活动。"

他们又问我："为什么问这个?"

我告诉他们："我大学的老校长是差不多100年前从康奈尔大学毕业的，他在绮色佳读书的时候，至少两次来市议会旁听，回去还写了很有意思的日记。我想看看他来过的议会是什么样子的。"

"他都写什么了?"一位问。

"他对市长和议会成员的身份感到很新鲜，对贵国的基层政治制度之先进印象很深：市长是大学女生宿舍管理员，议员里除了一个大学老师外，剩下的都是买卖人，一个卖烟，一个卖煤，一个卖牛奶，一个是杂货铺会计。前市长当过洗衣工，现在开了个洗衣铺。他们居然开会讨论市界划定的问题。你们也许知道，他在这里旁听市议会开会的时候，

在遥远的东方，我们中国男人还留着辫子呢，市界怎么划，可没有他们说话的份儿。”

我的话多少有点恭维的意思，而且大概效果不错，他们其中一位很开心地告诉我：“这样的话，你的老校长去的肯定是老市政厅，那里60年代已经被拆掉了。你可以到历史协会去看看，他们有老市政厅的照片。”

按他们的指示，我顺着市政厅门前那条通往康奈尔大学校区的路往前骑，骑到校园所在的山脚下，找到了历史协会。我跟协会资料室的老太太说明来意，她请我就座，然后给我找来一个大夹子，里面有旧照片、记录城市历史的图片册、记录城建历史的剪报等。我匆匆浏览一遍，虽然觉得不过瘾，也是聊胜于无了。

读到胡先生在绮色佳议会旁听的日记，我不由想起国内各地方当局对“黑摩的”此起彼伏的喊打声和时松时紧的禁捉。就业市场低迷，制造业哀鸿遍野，有企业生产三轮摩托，既提供就业岗位，又为消费者多提供一个出行方式的选择，是不是好事？求助无门的失业者自力更生，自谋出路，为社会提供服务，借此谋取糊口之资，该不该鼓励？部分市民，既住不起交通方便的住所，也买不起私家车，步行、骑自行车既耗时又费力，好不容易有个价廉、便捷的摩的可资利用，该不该行个方便？

这样的议题拿给咱们人民代表讨论的话，自然喊打之声一片，为什么？因为人民代表是不用坐摩的的。如果代表里有足够的摩的司机、摩的乘客，而他们又真正享有代表权，禁捉摩的、砸人饭碗这种伤天害理的决议是无法想象的。

历史协会的展厅里有一件展品，是20世纪二三十年代流行的男式泳装。距胡先生毕业都29年了，那时候的男式泳装还带个背心呢。

胡先生在他记载绮色佳议会旁听的那则日记里，还记了一桩市议会议程中的“趣闻”：一个市民因为道路结冰，摔了一跤，因此状告市政府道路管理不善，要求一万美元

的赔偿。胡先生在日记中写道："此等议会真可增长知识，觇国者万不可交臂失之。"

如今，我们伟大的中华民族，身上穿的早已和世界接轨了，不过有的东西呢，离胡先生的期待只怕还有些距离。从历史协会出来，我就骑车上山，奔康奈尔校园而去。

出来前，我先问好了路，准备先找到大学路，然后顺着大学路直奔校园中心区，谁知道跑出校园老远，还没找到大学路。往回找的路上，大学路没找到，倒是碰到了橡树路，歪打正着：胡先生在橡树路 120 号租房子住过。

我将错就错，顺着橡树路往下捋，很容易就找到了胡先生住过的那栋房子。摸进房子，在楼道里碰到一个现在租住在这里的男生，跟他聊了两句。这栋房子一共 13 间房，现在只有一楼还有一间尚未租出去。我推开那间空着的房间，从窗口向下望，看到了胡适先生 1914 年 9 月 25 日的日记里记载的诗作中写过的那条溪水。

胡先生夜里醒来，听到水声，分不清是下雨，还是窗外的溪流，那体验我露营的时候也有过：

> "窗下山溪不住鸣，中宵到枕更分明。
> 梦回午夜频猜问，知是泉声是雨声？"

俄罗斯官二代住过的房子

从康奈尔大学美术馆出来，经过一段下坡路，通过一座高高的吊桥，就来到和校园一涧之隔的另一个山丘——卡尤加高地。这里算是康奈尔大学的后院，很多教职员工的住宅就坐落在山丘上的密林中。

高地俯视卡尤加湖，但因为林深树高，在路上行走，我只能偶尔透

过枝叶的缝隙看到依稀的水光。道路纵横，路边曲径通幽、稀疏地排列着风格各异、朴素可人的房舍。因为房子分散，来往车辆稀少，所以安静宜人，加之草木茂盛，还有几分野趣。

刚上高地，大概因为有一些学生公寓在这里，应该还有一些学生租住在附近的住宅，所以时不时会碰到步行或跑步的学生，我问了其中两拨儿，很顺利地就找到了高地路，然后顺着高地路一路走下去。越往下走，路上行人越少。偶尔还能碰到骑小踏板摩托的人。一边走，一边挨个儿细数路边邮箱上的号码，根据号码，看了几幢房子：440 号、623 号，还有和高地路交界的汉普顿路 106 号。

走出四五公里后，我来到最远的一处：880 号。

邮箱立在一个交叉路口，我顺着两条路、四个方向都望了望，看不到房子。挑了两个方向各走了一段，才发现了几栋房子。但是，哪一栋是 880 号呢？我花了不少时间甄别。我猜，大概房主诚心把邮箱放在那么个让人猜不着的位置，用来对付我这样的好事之徒。

不过我这好事之徒也不是吃干饭的。事先做的功课告诉我的线索是，如果 880 号没有搬迁或者大规模重建的话，它应该是幢牧场风格的房子，对着湖水那面有大块的玻璃窗，房后有一条小溪。当我围着这栋

被我筛选出来的目标转时，我估计已经算擅闯私宅了。正鬼鬼祟祟的时候，一个三十多岁的男子打开房门走了出来，穿着运动衣，看样子准备出来跑步。

我跟他打了招呼，然后问他：

“这是 880 号吗？”

“是。”

“是你的房子？”

“不，我爸爸的。”

“那么，这就是纳博科夫住过的房子，对吧？”

“对。”

“我可以拍几张照片吗？”

“你不是正在……？你拍吧。”

说完，他跑开了。

看他那个岁数，他不可能见过纳博科夫。纳博科夫住在这儿的时间是 1957 年。这栋房子曾经租给这位伟大的作家，房前房后的风景因为被纳博科夫写进了小说《微暗的火》而从此不朽，这栋房子也因此理所当然地进入了世界文学地图，这件光荣的事即使他爸爸不跟他吹吹牛，他也是会知道的。

他一跑开，我就开始围着房子转起来，兴冲冲地。这是我看过的几栋房子里唯一被房主确认的一栋，而且，因为获得了许可，我可以光明正大地溜达、参观、拍照。

我把房子前前后后、左左右右地看了个够。我知道这个房子至少在20世纪90年代曾经改建过，不过看着式样简单、朴素，估计没有大的改动。也许采光比以前更好吧：除了房后一面墙以墙体为主，另外三面几乎全是透明的玻璃门窗，纳博科夫住在这儿的时候，采暖条件不好，冬天很冷，大概不会有这么多的玻璃门窗。不过，可以肯定的是，让纳博科夫记忆深刻的特点现在更突出了。纳博科夫写过：“冬日的月夜，大观景窗外白雪皑皑，如果不放下窗帘，屋里的家具仿佛置于水晶之中。”

我抑制住了从拉下一半的窗帘下面往屋里窥视的欲望，目光主要在房子的外观和屋外的树林、草坪流连。原先纳博科夫住在这儿的时候，树上吊着一个秋千和一个旧轮胎，如今都不见了。我猜房主一定不想配合纳博科夫的记载，让这个地方看起来像个一丝不走样的名人故居。

原先房前有几处玫瑰花丛，秋天的时候，坐在窗前的桌旁工作的纳博科夫会听到砰砰的响声，那是吃了太多玫瑰果而醉醺醺的连雀在乱飞，重重地撞上玻璃窗。如今，玫瑰花也不见踪影，只有不规则的草坪，周围大树、灌木丛绿成一片，把前方的湖水遮得严严实实。

“独坐幽篁里，弹琴复长啸”，说的就是这样的地方吧？

我看着真眼热。估计刚看到这所房子的纳博科夫也很眼热吧。他和他太太、孩子在康奈尔待了10年，租过10所房子，其中大部分在卡尤佳高地，而这一所是他最喜欢的一处。1948年初到康奈尔的纳博科夫给朋友写信：“我们绝对被康奈尔迷住了，善意的命运引领我们到这里来，这太让人感激了。”

读这封信，看这幢样子平常的住宅，谁能想到他出身俄罗斯望族，在圣彼得堡宽敞的公馆、庄园长大，家里仆从如云，启蒙老师由英国和法国家教担任，读小学有奔驰车接送，寒假常在法国里维埃拉、意大利南部度过？如果历史朝的是另一个方向发展，纳博科夫可能依然在圣彼得堡享受父祖的余荫，过着豪门的生活，这所房子，也许只配给他家的下人住吧？

实际的情形是，来康奈尔以前，纳博科夫已经在欧洲、美国各地漂泊了30年：1917年布尔什维克席卷俄罗斯以后，纳博科夫一家就和成千上万政治难民——白俄——一起动身，踏上了逃亡的不归路。给哈尔滨披上俄罗斯色彩的，就是这批白俄。纳博科夫一家跑的是另一条路线：雅尔塔、布拉格、柏林、巴黎、美国。

到康奈尔开始教俄国文学的时候，他都快50岁了，依然做着一份跟助教差不多的工作，靠多教课来维持微薄的收入，虽然名义上他是俄文系主任，但整个俄文系只有他一个人。他在孜孜不倦地备课教课之余，还一直勤奋地用英文写作：小说《洛丽塔》、《普宁》、《微暗的火》……翻译普希金作品，写俄国文学研究专著。当他备尝辛苦、向出版社交出《果戈理》的书稿时，他给出版社的朋友写了封信说："我很虚弱，笑得也虚弱，我躺在我的私人产房里，等待玫瑰。"

巡视完毕，屋主的儿子也没回来，屋里也毫无动静，我就得寸进尺地在草坪边上一张野餐桌边坐了一会儿。我觉得自己的收获超过预期，着实心满意足。

我自然还想到了胡适先生。虽然纳博科夫比胡适晚来30多年，但从年龄论，他们都属于19、20世纪之交出生的那一拨新旧交替、兼容并蓄的人物，是旧社会里顶尖的人物。

说起那个时代，我就有无穷的兴味。那个时候在欧洲、美国，好像和纳博科夫情况类似的还真不少。在我极为有限的视野里，随便划拉一下，也挺可观：英国历史学家阿克顿、哲学家罗素，奥地利作家茨威格、管理学巨擘杜拉克，匈牙利各擅胜场的波拉尼兄妹，德国的社会学家韦伯，法国小说家普鲁斯特，出生在巴勒斯坦的文学理论家萨义德……这些人不是出身门第煊赫的贵族、显宦，就是来自富可敌国的巨贾之家，都有足够的本钱吃祖上的老本儿，过上骄奢淫逸的生活。可是他们却都在知识的群山上奋力攀登，一生不辍，而且成绩骄人，人类精神生活的方方面面，经其灵光照射，焕发异彩。对我来说，他们受教育、成长、立德立言的经历，都是人类精神发展史上最激动人心的篇章。

而我们中国的旧社会，同样可以让人怀想不置。知名历史学家、南开中学毕业生何炳棣回忆当年学习生活，对他在南开中学的"官二代"、"富二代"同学肃然起敬："据我统计，我在南开最后的一年（1932），南开五部——大学、研究院、男中、女中、小学——学生总数已达

3 000 人。男中女中人数占 2 000 以上。男中绝大多数的学生源于当时的中产之家。我在校的四年半中根本没听说过任何同学出于真正的贫寒之家。相反，由于南开创校之初受到天津巨绅的鼎力支助，学校很早就获得国际声誉，男中同学中的‘贵族’成分远较他校高。除了严、范、卢等校董巨绅的子弟姻戚外，举凡王、周、卞、查等天津望族，住在英租界的安徽寿县孙家，福建海军名门王、刘两姓，以及住在津、粤、苏、浙、晋、陕等诸帮富商巨贾的子女，几无不以南开为上选。但这些名门富室大多数的子弟衣着言行一如常人，毫无娇气，内中不乏学术、事业、科学方面的成名者。西化极深、唱男中音、上课回家驾驶摩托的孙乾方（晚清大学士孙家鼐的侄孙，与我同级），不但从未荒废学业，并且对英语非常用功，为人诚恳，彬彬有礼。出于巨富企业之家女中同级的魏蓁一，衣着朴素，视金钱如草芥，入清华后不久就从事地下革命工作。”

西南联大的毕业生、在数理逻辑上成就卓著的王浩记得，蒋介石的八大金刚之一的刘峙的儿子是他同班同学，因为功课不好，大家都看不起他，所以总是灰溜溜的。

那样的社会，真是一去不复返了！

世界上最棒的大学

第二次逛芝加哥大学了。在我心目中，芝加哥大学是世界上最棒的大学，这当然和我读过的一些芝大教师、校友写的书有直接关系。

诺贝尔经济学奖得主米尔顿·弗里德曼曾赞扬芝加哥大学："紧张而激励人心的学术氛围；重视思想，同行之间平等的学术交流，以学术能力而非地位评判人；对寻常思想的宽容以及不同领域的学者之间的互动，这些都是这所大学的标志。"这样的水准无论放在哪儿也都是最高水准了吧？

难怪，弗里德曼1947年来芝大经济系任教的时候，至少有13位未来的诺贝尔经济学奖得主和至少12位当时的和未来的美国经济学会主席，来往于经济系所在的社会科学研究大楼。

校园周围有大片的绿地、树林，让我艳羡。

把上次没来得及逛的主图书馆逛了逛。还逛了 2008 年由校友捐建的新图书馆。

新图书馆

博物馆

把上次没看的东方博物馆也逛了，关于古伊拉克的收藏品让我饱了眼福。

芝加哥大学是财阀洛克菲勒个人掏腰包兴办的。在看过的芝大建校历史书籍文章里，我印象最深的一则轶闻是芝大的校长（名字我忘了）向洛克菲勒要财政支持。故事发生在芝大已经根基扎实、茁壮成长的时期，洛克菲勒每次见这名校长都先声明不谈资助并且要芝大自立。校长则答应不提钱的事，只是先提议：我们来祈祷吧。祈祷过程中，校长向上帝陈明办学的种种困难和他对上帝坚定的信仰，祈求上帝指引和帮助。每次会面结束，校长要走的时候，洛克菲勒都会主动开出一张大支票。

洛克菲勒教堂

肯花世界上最高的薪水请教授，肯把学校交给德才兼备的教育家打理，并对其言听计从，从不干涉，肯花大把银子买图书、买设备，背后又没有官僚指手画脚，大学焉有办不好之理？

五、草根美国

修车铺老板的小日子

小熊在巴尔的摩市开修车铺，因为要收拾摩托，所以我这次来美国就直接住他这儿了。真住对地方了。我自己带了几把扳子套筒之类的工具来，开始弄摩托之后才发现简直像是拿把吃饭的叉子上阵打仗，不但于事无补，而且耽误事儿。要不是傍着车老板，简直束手无策。

六年前从巴尔的摩路过，就曾经到他这里蹭住，还劳烦他接送我上下飞机。这次刚到，首先发现的是熊老板排场与往年有些不同。那次来，他的主营业务是给中餐馆送外卖，似乎刚开始在业余时间学修车，在一个两室一厅的公寓房里租了一间房，和另一间房的租客共用客厅。他的屋里基本上就一张大床，也没什么像样的家具。他把大床让给我睡，自己打地铺。

如今，他在他当年租住的房子附近的居民区拥有两处房产，一处是200来平方米的“汤耗子”（Townhouse），一处是独立房子，带一个能停十几辆车的院子：他现在不但开修车铺，出租房屋，也经营二手车生意，手下雇了三四个“鬼子”伙计。

他是12年前来美国的。我买了摩托就开到他的修车铺去请他和伙计帮忙收拾，正好趁此机会观察一下他的工作。

小熊的伙计在工作

他很忙：接待顾客、给伙计派活、指点、监督他们工作，自己动手修车，跟踪改造车间的装修师傅的工作，满嘴脏话地咆哮、训斥不听话的伙计，回应左一个右一个业务的和私人的电话……早上10点开工，到下午六七点钟散工，连续工作，中午把带的盒饭用微波炉热热，几分钟就扒进嘴里，然后接着干活。偶尔抽支烟就算休息了。除了吃饭那几分钟，我没见他坐过，连用电脑都站着用。

他的车厂当然不像4S店那样宽敞、整洁、井井有条，不过也花了十几万美元购置设备、工具。他如数家珍地向我介绍那些在我眼里像破烂一样的汽车零件，告诉我这样值多少钱，那样值多少钱，这当然是对牛弹琴，我除了知道他生意门槛精以外，其他完全不得要领。

看得出，车铺生意兴隆。他说，连广告都没做，完全靠口碑。他显然一点也没把样子光鲜的4S店看在眼里：4S店里要1 000美元的活儿，他这儿只收500美元，甚至更少。怕他们做什么？美国的汽车出了事故，保险公司评估以后，开张支票给你，你爱上哪里修上哪里修。支票要是2 000美元，修理只花了1 000美元，剩下的钱归车主。小熊不怕没生意。

下了班，回家自己做饭。他那套“汤耗子”，自己住一间，剩下几间一间给他从国内来留学的侄子住，还有三间给在附近的大学读书、进修的中国学生、老师住。大家各有各的时间表，各过各的。

他做饭的手艺很好。饭做好后，倒上酒，我一边喝酒吃菜，一边探听他的奋斗史。先问他：“跟你聊的，可以写出来吗？”获得了他的首肯。

说起他出国的事，也算有点传奇色彩：12年前，他是个小公务员，出差到美国，然后就留下来了。不辞而别，他问心无愧：“我没有拿公家一分钱。”

小熊本来在国内也是个人物：在大学读水生物专业，出来后在县委宣传部干，当过科长，下放锻炼当过副镇长，停薪留职干过买卖，是国内最早用上砖头一样的大哥大的那批人之一，后来年纪轻轻就当上了外贸局长。

小熊的办公桌

他也曾经雄心勃勃：要干到副省级！但是事情慢慢地起了变化。当他看到他周围一些无才无德、狗屁不是的人靠溜须拍马、请客送礼而平步青云，他就知道他这想靠本事混饭吃的穷小子前途堪虞。于是，就自导自演了出走美国的一幕。

留下来容易，过下去可不容易。他和很多举目无亲、无依无靠、来美国讨生活的中国人一样，从餐馆打工迈开异域创业的第一步。通过职业介绍所，在东海岸好几个州的餐馆都干过。洗碗、切菜、清扫、油锅（炸春卷之类）、跑堂、送外卖，除了主厨以外，什么都干过。一天干 12 个小时，站得腿都肿了，夜里起床上厕所腿都疼，白天像在梦中，有时候，他到洗手间喘口气，拼命抽自己嘴巴："你来美国干什么来了？"

和很多发财心切的移民一样，他也偶涉赌场，交上好运，赢了钱就想靠赌博挣钱，结果血本无归，又回餐馆打工。送外卖还曾经被人设计连车子都被偷走。

小熊的奋斗留下了很容易辨认的痕迹：他做饭很有一套，而且炒菜是不用锅铲翻的，一只手直接拿着锅把颠。我的朋友里，厨艺再好的也不会这一手。他开车麻利极了，赶得上出租车司机。我们共同的朋友当他面评价他的驾驶技巧："他可不是麻利？他送外卖的。"

我爱吃比萨，有一回在他店里弄车，到了午饭时间，我订了外卖比萨叫他一起吃，他说："你要吃你吃，我不吃，我以前送外卖的时候，吃伤了。"他让我想起我的另一个朋友，我在饭馆里点棒子面粥，他不让我给他点：他家农村的，小时候曾经一天三顿喝棒子面粥。

他吃了苦，尽了力。他脱下棒球帽告诉我：头发都掉光了。我观察了下实际情况，发现他的话有些夸张，不过也不全是夸张。他才四十多岁。

即使现在，他也过得一点也不像中产阶级。下了班，还要修理房子，割草坪，打扫，跟房客周旋（他有八九个房客），带人看车等。但是，我很少看到他露出疲态。周日偶尔他还要上教堂。和我同住的北京小伙子说他像打了鸡血一样。

晚上十一二点，喝得半醉，他还要看几集国内的垃圾电视连续剧才睡。几次上午碰到刚起的他，都跟我说："10 点都不想起，浑身瘫软。"那是干体力活儿的人的感受，我有过体验。其实是不错的感觉：要极度疲劳，睡得又踏实，才会有那种感觉。问他后悔不后悔当初跑来美国：在国内当个小官，靠民脂民膏生活岂不更滋润？我知道，只要地方合适，手段够高强，即使在国内当个村长，要秒杀小熊的家底，也不需要流一滴汗。他说不后悔。他的感想是：即使是普通人，只要肯吃苦，也有机会。

一个出身寒微的移民，既无有力的人脉，又没有丰裕的物质基础，甚至连教育背景都和从事的工作毫无关系，语言也不很灵光，从农民工那样低微的工作做起，拼死拼活，流汗流泪，12 年的工夫，赤手空拳为自己打下一片天地，为社会作贡献，顶天立地地做人，这样的业绩，说实话，比李彦宏从美国拿风险资本回国创立百度获得的成功还让我钦佩。

我的地下室室友

这栋房子，有五个房间，一楼两间，二楼一间，地下室两间。一楼和楼上住的是三个中国人，有两位在附近的马里兰大学读书和进修，一位是从加拿大过来找工作的北京小伙子。地下室两间，我住一间，另一间住着个六十多岁的美国白人，叫理查德。

理查德是唯一一个和我有比较密切接触的美国穷人。入住前，小熊警告我，不要理理查德，他是个酒疯子，有两次醉酒后，把他房间的天花板和门捣烂了。小熊想轰他走，大概因为这样，对他很粗鲁。我从来不知道小熊对人还可以这么粗鲁：当着很多人的面对坐在公共起居室的理查德说："理查德，别跟我们说话，到你屋里去。"

其实，理查德不醉酒的时候，看起来很像富裕的中产阶级：个子高挑，身材匀称，面色红润，衣着随便但整洁，说话语气柔和。我没有看

朋友小熊的出租房

见过他烂醉如泥的时候。

四个中国人过得很热闹，时不时聚谈一下，高谈阔论，声震屋瓦，到饭点儿也常常同时在公用的厨房做饭，满屋子喧哗与菜香。理查德像只老鼠，无声无息。很多时候，他待在他的房间里，长时间没动静，偶尔听得到他的自言自语。他从来不用楼上的煤气灶做饭，他的饭都在地下室做，那里有一排橱柜，里面摆满了他的瓶瓶罐罐、作料、食品什么的，而炊具只有一个微波炉。

他自己房间里有电视机，但偶尔也到楼上的公共起居室来打开电视，坐在那里，心不在焉，有时候会咕哝几句。黑龙江过来的小伙子跟我说，他其实是想找人说话。有时候，他会出门大半天，回来时，大概因为走得远，衣服都汗湿了，手里提着几个塑料袋，里面装的应该是吃的、日用品之类的。

理查德是我认识的美国人里面唯一一个出门不开车的。小熊说，理查德有一辆丰田佳美，被他扣在手里，因为怕他赖房租。我问北京小伙理查德靠什么生活，他说，他就靠政府救济，每个月几百美元。

但是，理查德有一点是我的几位同胞比不了的。我刚到的时候发现，一楼的公共空间比较脏乱，公用卫生间的洗手池、澡盆和厨房洗碗槽全部有不同程度的堵塞，澡盆里到处糊着毛发，简直不堪入目。但是，地下室那一层里我和理查德共用的厕所、洗澡间都整洁如仪，而我从来没打扫过。

同住的前几天，理查德也不爱理我。有一天我写字写累了，用打扫屋子当休息，理查德看见了，立即赞扬。以后几天又多次提起。大概他慢慢发觉我们同是天涯沦落人，所以当我在公共起居室上网、写东西的时候，他开始有意无意地到我跟前站一下、坐一下，聊几句。刚开始，我还记得小熊的警告，只是应付地跟他打个哈哈。后来，当我发现他其实是无害动物的时候，也就放心跟他聊起来。一聊不打紧，居然发现他还挺有故事。

他今年 67 岁了，已经去世的父亲原来是中央情报局的官员，曾经长时间住在亚洲，所以他上大学前的岁月是在亚洲度过的，他在台湾住过四五年，在日本住过，印尼、菲律宾、缅甸什么的，也都去过。他跟他爸爸去过 30 来个国家。

“总是在迁徙，日子也不容易吧？”我问他。

“是啊，你会觉得你没有根。”他说。

1962 年到 1966 年他跟父母住在台湾，记忆最深的大概是趁他爸爸不在的时候把他的车偷开出去玩儿。我问他有没有见过蒋介石，他说见过，跟他爸爸一起。

“你觉得蒋介石怎么样？”我问。

“他很客气。”

我猜他不是在瞎编故事。我的阅读经验告诉我，抗战初期，许多美军军官和美国记者都和理查德有相同的印象。理查德大概是为了证实他的故事的真实性，那次跟我简单谈过他的身世以后，他再跟我说话时，偶尔就会蹦几个中国词出来：“什么”、“不要”、“谢谢”等。

到了该读大学的年龄，他回国读大学，学过和建筑有关的专业，和机械有关的专业，换了好几个。离开学校后，他干过很多种工作，搞过贸易，跟朋友开过饭馆。现在他有时还上街找些零工干干，比如修剪树木什么的。

据他说，他的家族似乎有酗酒的基因。他爸爸酗酒，他有兄弟也酗酒。他爸爸酗酒和工作性质、压力有关。北京小伙子跟我说过，有一次他在电话里和理查德的一个兄弟聊了一次，他替理查德求情，说理查德很可怜，问为什么不把他接过去一起住，他的兄弟说："除非他先把酒戒了。"

"你试过戒酒没有?"我问理查德。

"我每个月都戒，有时候一个星期，有时候十来天。"

我看他手上戴了只挺好看的戒指，我就夸了下。他说，那是他的婚戒。他的太太是小熊介绍的中国商人，住在纽约，为了绿卡，付钱让理查德跟她假结婚。

"她没给我多少钱。"理查德说。

跟我聊婚戒的时候，他从屁股后面的兜儿里掏出一个扁酒瓶，喝一口，完了解释说，现在喝是为了镇痛，他狠狠摔过一跤。有一次，他把大门钥匙弄丢了，怕跟小熊要新的小熊会骂他，就翻院子里的木板墙，结果从近两米高的墙上摔下来，摔伤了右肩。刚摔的时候，只有北京小伙子在，看他肩都摔得变形了，吓坏了，要叫急救车送他去医院，他拒绝了，就那么忍着。头两天夜里我听得到他呻吟的声音。

北京小伙子对于健康问题是绝不含糊的，一个碗如果用了洗涤灵洗过，他要放一吨清水来清洗；看我吃放了三天的剩饭，几乎要跟我拼命。他显然不知道穷人并不爱看大夫，如今理查德肩膀摔得都变了形，还不看大夫，他简直骇异，跟我说了好几次，还要理查德把衣服撩起来给我看他胸脯、胳膊上的大片淤血，反复敦促他去看医生。

后来，理查德到底还是去看了大夫，大夫说，关节脱臼，也许还有骨裂，要手术。理查德不干。他说："我就是靠走路、活动来恢复。"理查德当小熊的房客都六年了，其间有三次被小熊叫救护车送到医院抢救，有一次人都僵直了，差点送了命。小熊的解释是，如果他不喝酒，他就会得病。

他每次到医院，医药费几千美元，签个字就出来了。他没有医疗保险。

"国家有责任给我们看病。"理查德理直气壮地说。

小熊和另一个从国内来打拼的福建餐馆老板吃饭喝酒的时候都在感叹，在美国，没钱的人最好。

北京小伙子特别担心我这个只看得见美国社会皮毛的过客会稀里糊涂地宣扬“洋鬼子”的自由、民主、幸福的生活，再三嘱咐我一定要写理查德。我答应他一定会写，但是也跟他说：“这样的穷人，在中国是没有人会同情的。”

“那也要写。”他说。

第一州

我的二手摩托是在特拉华州买的。这个州和美国首都华盛顿所在的马里兰州接壤，我估摸着开车到华盛顿市中心约需两个小时。它是美国面积倒数第二的州，很小，但是却有全美国（也许是全世界）最大的空军基地。我还记得很多年前听新闻的时候就老听到“特拉华空军基地如何如何”的新闻。如今它成了我买车的基地。

朋友两口子自从2000年来美国，一直在这个州读书、工作。原先买了栋独立的房子，如今因为孩子上学，所以把独立房子卖了，到这个好学区来买了这栋“汤耗子”。地下一层、地上两层，车库能停两台车，面积约300平方米，30多万美元。他们两口子都在公司打工，普普通通的工薪阶层，有两个孩子，一儿一女，堪称美满。看着他们美滋滋的小日子，我猜不出他们当初打拼的艰苦岁月是什么样子的。我朋友是学法语出身的，来美以后，读了财会方面的专业，然后慢慢站稳脚跟。

其实我和这位朋友总有20年没见了。来美以后，好像有神在指引，我最想要的摩托，最便宜的一辆就出现在这个州，我马上厚着脸皮请求借宿，立刻被接纳。不但被接纳了，还劳烦她家先生深夜到邻城的灰狗车站来接我。我稀里糊涂睡了一宿，第二天才慢慢琢磨出门道来：他们把家里最大的卧室腾了出来给我住，她自己和老公跟孩子挤着睡。其实，他们家起居室装修很敞亮，带卫浴的地下室空空如也，搭个沙发床招待客人就很阔气了。

朋友家的两个孩子，老大奇奇是男孩，上小学一年级，老二畅畅是女孩，上幼儿园。两个孩子对我的摩托都兴趣浓厚。

畅畅像个混沌未开的小动物，说话叽里咕噜的，我听不大明白。

我格外喜欢奇奇，他和我接触比较多。说话声音从容、清楚，和你说话的时候，他会非常专注地看着你的眼睛。他的有些表达很有意思。在地板铮亮、宽敞得像个小体育馆的地下室里骑单车的时候，我问他这里是不是他爸爸自己动手装修的，他说不是，是请了别人弄的。另外他还补充一句：“花了比 1 000 美元还多的钱。”

离开他家骑车回马里兰那天早晨，奇奇到车库里和我一起查看摩托。他指着我的风挡玻璃一字一顿地说：“这里很脏，你应该擦一擦，用毛巾和一点点水。”我还在看呢，他已经走开了，一会儿工夫，他带了一块湿毛巾和一块海绵回来，仔仔细细、里里外外地把风挡玻璃擦得焕然一新。

美国各州的车牌也喜欢印上各个州的别称。比如，特拉华州，车牌上都印着“第一州”。因为它是美国历史上第一个通过美国宪法的州。这次我准备把美国各个州都视察一遍，但没想到，我买车的地方就在特拉华州，更没想到，它还是“第一州”。如果不是有朋友住在这里，这个因缘的链条可能就断了。命运的安排，妙不可言啊。

离开朋友家骑车回我寄住的马里兰时，朋友特地开十多公里车送我到高速路口，一来怕我迷路，二来也为了让我躲过一个收费口。其实美国公路收费很低，我跑了近100公里收费路，才花了3美元，和跑一趟首都机场高速差不多。朋友让我躲过的那段路，估计还不够她的油钱呢。

不过让她见证一下我的“第一骑”，也是蛮有意义的。这里是特拉华州和马里兰州交界的地方。

想起李白著名的送别诗句：“桃花潭水深千尺，不及汪伦送我情。”

美国清洁女工的家

一个中国朋友在华盛顿远郊一个小区的一户人家租了间房住，我拜访他的时候，顺便参观了下整套房子。房东是一位清洁工，老太太，都有孙子了，还在工作。小区在地铁沿线，坐地铁去华盛顿市区大约需二三十分钟。房子共分三层，地下一层，地上两层，总面积大约200来平方米。一间房一个月的租金是900美元。她家房子在美国大概算比较小的了。我在美国直接、间接认识的中国朋友，买了房子的共有二三十位，没有一位是大富大贵的，但房子都比这大。

地下室里除了洗衣房、储藏室、取暖设备外，还有一个起居室和一个吧台。女房东的先生是个小业主，开了间印刷店。从他们家房子的大小、位置可以推断店里的盈利也就是能维持温饱而已。“混得好”的人谁会出租一个房间？

从他们房间的家具、装饰、布置、摆设看，无处不体现出中产阶级甜腻、心满意足、兢兢业业、谨小慎微的风格。有人说，在美国凡是有个固定工作的人都认为自己是中产阶级。信哉！

厨房

餐厅

小摆设

起居室

地下室一角

“更年期综合征康复中心”

从巴尔的摩市出发，只要骑六七十公里我就能越过华盛顿特区，进入弗吉尼亚州。在弗吉尼亚州我先要去一个“鬼子”朋友家歇歇脚，然后他开车带我去弗吉尼亚州山里他的一处度假小屋。

他是我原先在学校“误人子弟”的时候的同事。原先我们是球友，常常一起打篮球。那时候，我们管所有来中国教外语的外国人都叫专家。各个大学都有一个专家楼，“专家们”的房间都有 24 小时热水，我们打完球，学校的公共澡堂都关门了，没别的地方可以洗澡，我就去他的房间享受一下专家的特权，然后他请我吃饭。

他大学毕业后加入了和平队，到很多第三世界国家当过志愿人员。曾在尼泊尔的偏远农村教过农村孩子卫生常识、英语什么的，村里的专家楼是个两层的小楼，二楼住人，一楼养猪。有一天夜里，老虎还把他楼下的“邻居”拖走了一头。因为他为人很好，诚恳热情，幽默风趣，深受当地村民喜爱，有个农民表示，家有五朵金花，只要他愿意，娶哪个都行。

结果他没做尼泊尔女婿，却娶了个印度尼西亚太太。那是他在印尼做和平队工作期间的最大成就。他都三十好几了，才回国读了个博士，毕业后在华盛顿的大学找了份教职。

我有时候自己也琢磨，我走上今天这条浪迹天涯的人生路，也许和这个不靠谱的家伙有关。当时我们的球友里面还有另一个“鬼子”，和他们一起，他们老是吹嘘自己的旅行经历。我们还一起去过四川、甘肃。1997 年，也许更早，背包游的概念还没几个人知道的时候，我已经自己去了趟越南。那会儿，到越南的任何

“鬼子”家

地方，我都是唯一的中国游客。我估计，那时候在绝大部分中国人心目中越南和天方夜谭里的波斯一样神秘，但它对我来说，完全不陌生，因为我已经从他们的旅行故事中得到了很多信息。

在“鬼子”家喝了杯茶，我们就重新上路。“鬼子”开车在前面带路，我骑车跟着，路上还去超市买了些补给品。跑了100多公里，就到了他在谢南多国家公园附近的山中小屋。对美国的经典乡村歌曲熟悉的朋友应该知道谢南多这个地名，因为约翰·丹佛在《乡村之路，带我回家》那首歌里把这个地方唱得举世皆知。一路行来，我对这一带的乡村之路已产生了喜爱之情，可惜沿途路都很窄，不便停下拍照。

这一带人少车少，风光又好，我打算住几天，熟悉一下路况。

他这所房子，带三英亩的地，加上地上的几百棵大树，现在大概值七八万美元，因为位置偏远，附近也没有学校，上山的路都是石子路，也没人上门收垃圾，总之没有什么市政服务，所以每月只用交40美元的房产税。

我们刚到，一只小狗就过来打招呼。那是负责本地治安的山姆的狗，叫蜜莉。它显然很寂寞，又和“鬼子”很熟，“鬼子”给了它根玩具骨头啃，它开心极了，背部着地，在草地上扭来扭去，极力表达喜悦的心情。

“鬼子”给屋前的花浇了水，确认了一下屋里各项设备都运转正常，水电畅通后，就领我去山姆家里，给我们互相介绍一下。他说：“这里的人都有枪，给你介绍一下，省得回头看见你在路上闲逛拿枪打你。”结果山姆不在家，他就带我继续顺着路走，去看我们唯一看得见的邻居迪安。

这一带一共有 69 栋度假木屋，基本上都建在我们来时那条弯曲、粗劣的山路两边的树林里。常住在这里的人也许不到十家。迪安是英国人，但在这里已经住了很多年了。跟迪安寒暄了几句，我们就往回走。晚上 7 点他开车回家，要回家赶学校的功课。

群山寂静，连树叶都不摆动。鬼子屋里没有电话，没有手机信号，没有因特网，电视只有三个频道，最近的超市在 16 公里外。

我嫌木屋里的客房太小，床也太小，就搬到起居室睡地板。

对于一个学艺不精、但充满革新精神的中国厨师来说，厨房的装备已经很齐全了。

他屋里我最喜欢的东西是一个烧柴的火炉，虽然现在天气已经变暖，可能不需要烧火，但如果天气突变，我就有机会傍着烧得火红的柴炉夜读，想想我就很开心，恨不得马上降温。我先在附近的林子里捡了一堆松球准备用来引火。这让我想起小时候在长沙岳麓山上做的同样的事。那时候，大家都用蜂窝煤做饭、烧水、取暖。煤炉一旦熄火，就要重新点燃，这是个很麻烦的事，所幸我们家住在岳麓山上，可以到家附近的山上捡些枯枝、松球

引火。

这里的松球遍地皆是，木柴也是取之不尽，我急切地盼望气温骤降，那样我就可以重新施展小时候学的本领了。

2008 年秋天我来过一次，那时小屋刚刚整修完毕，尊贵的业主准备盛大入住，需要一个从悠久历史文化传统里熏陶出来的知识分子的墨宝以提升它的文化品位，我欣然提笔。四年过去了，没想到墨迹依然那么新。

山居的日子

在国内准备旅行时，千头万绪，匆匆忙忙，临走的那天晚上我连觉都没睡成。到了美国又忙这忙那，买车、各种烦人的手续，加上在州际公路上跑了几次，饱受惊吓：像我这样在国内连车都不开的人，突然一下子置身于美国最繁忙的州际公路上，大家都以 100 多公里的速度疾驰，我一个慢吞吞的摩托车跟着起哄，又不认路，交通标志也是半懂不懂，那还是有点辛苦的。

我需要到康复中心疗养一下，需要离开人群一下。路过“鬼子”家的时候，我问过“鬼子”：“家里不挺舒服的吗？为什么还要在这么偏的地方弄个木屋？”

现在我彻底明白了，“结庐在人境”、“心远地自偏”不是普通人具备的境界，还是靠大自然帮忙来得简单。反正我是非得上康复中心不可了。

屋子周围的林子里有很多鸟，根据叫声的不同，我听得出大概有六七种。其中一种鸟叫声很是洪亮，“光、光、光”的，像是个结巴在念《关关雎鸠》。

动静最大的是啄木鸟，如果它离我近的话，简直像放鞭炮。得使多大劲儿才能让它的尖喙把树干敲得这么响啊？它怎么不得脑震荡呢？如果我们研究一下它颅骨、颅腔的构造，根据仿生学的原理，我们是不是可以制造出更安全的摩托车头盔呢？

树林里“鼠口”稠密，松鼠们在枯叶上跑动的时候声响惊人，搞得我老是热切地跑上阳台往外张望，看是不是有熊来打招呼。

起床后，我先活动活动胳膊腿，做做伸展运动，然后给屋前的花浇水。浇完花，我就开始劈柴。四年前我在这儿劈过一段树桩，劈到树心部分，劈不动了，就放在那儿没动，现在接着劈，当锻炼身体。再说了，我总得把自己要烧的那部分劈出来。“鬼子”比我还大几岁，占他的便宜不太好。这里事事得靠自己，万一有个自己应付不了的事情，需要劳烦相当于国内农民工那样的人的话，费用就像修过了保修期的 iPhone 那样惊人。我记得上次来时，他家地上有一棵大树倒了，需要把树干锯成一段一段的才能劈，这事儿他自己干不了，得请工人，结果花了不少钱。

我从小就喜欢体力劳动，大概不算是叶公好龙式的喜欢。念小学的时候，学校有劳动课，下地干活，用锄头挖地，用扁担、粪桶挑粪，给庄稼施肥，在田间除草（用手拔），摘棉花什么的，我都干过，总是很卖力气，跟学生一起劳动的老师都要认真对付才能赶得上我的节奏和速度。我读小学从来没当过学习积极分子，但几乎每年都被评为劳动积极分子，年年弄个奖状回家贴墙上。现在的孩子知道什么是锄头吗？

演《教父》的马龙·白兰度说过一句话，深得我心，他说，如果扫大街和演电影挣的钱一样多，他更愿意扫大街。我猜这是时代的印记。经历过“文革”的知识分子，都有原罪意识：知识分子是“臭老九”，知识是可以随时扔到茅坑里的东西，手上有老茧的人最美。我算是看过一点文化大革命的，那一点革命，对我还是有很大的影响。

恢复午睡。而且睡出了新花样——在阳台上睡吊床。睡前读了会儿最近热卖的乔布斯的传记，一边看一边想：像乔布斯这样的人，虽然曾

经热衷于禅修，但是让他到这张吊床上来睡个午觉，他睡得着吗？

我是睡得挺香的。难怪人家二十几岁就当了亿万富翁呢。

下了一夜的雨，因为开着门窗睡觉，清晨我被冻醒了。我起来烧火，大概因为炉膛宽阔、结构合理、烟囱又高，旧报纸、松球一点燃就烧得呼呼作响，很快就引燃了木块，一点也没有小时候生火时的艰难、紧张：那时候，不拿蒲扇煽个一二十分钟是点不燃那块蜂窝煤的。

火太旺了，估计都能炼铁了，一米多以外的睡袋都烤得热烘烘的。半个小时后，整个屋子都暖和起来了。熊熊的火光很美，它让我想起几年前在尼泊尔雪山上度过的日子。

一个比我聪明三倍的人

住到山里的第二天，一大早我就去拜访我的英国邻居迪安。

我拜访他的原因主要有两个：第一，他有无线网络，头天他已欣然允诺我可以蹭网；第二，他门前停着一辆650cc的铃木摩托，看样子他挺愿意跟我切磋一下。而且，头天我的“鬼子”朋友和我去打招呼时，刚谈了几分钟他就自动透露他结了三次婚，他的现任老婆和孩子住在山下一处他买的公寓里，而他一个人住在山上这个简陋的木屋里。他跟第二任老婆比跟现任老婆还亲。我觉得他有故事，而且想讲给我听。

他门前有两把破旧的沙发，一个破茶几。我到的时候他已经坐在其中的一把沙发上看他的电子书了。我们互道早安，然后我上我的网，他看他的书。清晨的阳光和煦、明亮，山风簌簌，他门前挂着的七八个风铃在轻轻低吟。

我上网该办的事办得差不多了，他就请我喝咖啡，我们开始聊天。

“有个中国访客，那可不容易。”他感叹道。

一般来说，我不爱打听别人的私事，基本上也没兴趣。但是，如果我碰到有故事的人，又受到鼓励或暗示，我也可能有兴趣。一天下来收获极大。下面是迪安的故事。

迪安今年70岁，20世纪60年代后期就离开英国来美国了。20世纪60年代前期，英国的首相是麦克米伦。有一次他宣称，英国人民的生活是世界上最幸福的。迪安的第一个太太很有个性，她听了首相的话很不服气，说："我们的确很幸福，但是世界上肯定还有更幸福的地方，我们找找看。"于是，迪安开始找国外的工作，结果在美国东北部的佛蒙特州找到一份工作，干了三年，后来又到新西兰工作了五年，然后又回到美国，就没再回英国了。

他现在就靠在英国积累的部分养老金和美国的社会保险生活，偶尔也搜集一些二手自行车、摩托，修理好以后，在网上卖出去，挣点小钱。他购置的那部摩托车，本钱来自另一辆他在人家院子里看中的很旧的日本摩托，他花 25 美元买下来，收拾了一下，放在网上卖了 200 多美元，再用 200 美元去收购别的摩托，再收拾，再卖掉。如此蛋生鸡，鸡生蛋，最后攒够了 800 美元，很高明地砍价后买下了这辆人家要卖 1 600 美元的铃木 650cc。

他是从学徒出师的印刷工人，正经跟师傅学过石印，还会装订那种古典的皮面书册，曾经在牛津大学图书馆打过工。和第一任老婆离婚后，他用手里的钱买了辆二手车，还剩下 28 美元。在征得前妻的同意后，他带着他 15 岁的儿子，从堪萨斯州前往西部去寻求新的生活，头两个星期，还是他儿子先在一家餐厅找到工作，才使他们有饭吃、有地方住。两个星期后，他重新找到一份印刷行的工作。

"怎么跟第二任老婆又离了呢?"

"因为她嗜赌。你知道，谁都喜欢赌一下，但她是上了瘾。其实我现在还是很喜欢她。她住得也不远，我们还常联系。跟她离婚，我觉得很遗憾。"

"你现在还和第三任妻子维持着婚姻关系对吧？为什么分开住?"

"你知道，我是个很传统的人。我爸爸教我的哲学：努力工作，诚实做人，与人为善。我从 9 岁就开始工作了——送报纸——那时是战后，英国还是供给制，买什么都要票。但是她不一样，她一辈子没工作过，就靠政府救济。"

"政府为什么救济她？因为她养孩子?"

"因为养孩子。而且她会得病，得那些不容易查明白，政府又非救济不可的病。而且，她对待孩子像对待奴隶，家务全让孩子做。"

"这样的人，当初为什么要跟她结婚?"

"别提了，我真蠢，我真蠢。我跟她交往时，我比她大 30 岁，跟她上了床，结果她怀了孕。我就说：‘我会承担责任，跟你结婚。’其实，承担责任也不必结婚，对吧？我真蠢。”

三任老婆跟他生了不少孩子，有的还带着孩子跟他结婚，两边加起来共有十来个儿女，最小的才6岁。“理论上讲他是我的儿子，我也当他是我的儿子。我也不想知道他真正的父亲是谁。”他说。

我说：“你在山里一个人生活，万一有个三长两短怎么办？比如说，你病了。”

“是啊，我是病过啊。不过，我对我的人生还算满意，如果到了我该离开的时候，我离开就是了。没什么吧？”

冬天里，大雪封山的时候，他曾经55天没下过山。虽然他有一辆四驱的越野车。

“你有水，有电，有吃的，有因特网，你哪儿也不需要去。”

我上洗手间的时候，听到他在跟谁说话。等我出来，他说那个过路的人住在我斜对面，刚才跟他说昨晚有一头300磅重的熊爬到她家阳台上来了。

“你在路上走要小心呐。我有一把9毫米的手枪。”

说着，他从门后的枪套里拿出那只小巧的手枪，把弹夹取下来递给我看。我很喜欢那把枪，重量、大小都适中。他说，这把枪是打不死熊的，但是也许可以吓走它。

“你想开两枪吗？”

我不想——才怪呢！

但是我不想给他惹麻烦：光天化日之下，没有任何事，想开枪就开枪？一个没有持枪证的人打枪，真的没事？他说没事。

他把弹夹重新装上，领我到屋子侧面的林子旁，把枪交给我，告诉我怎么开保险。我把保险打开，开始瞄准十几米外一棵一人粗的松树的树干，心里怦怦跳。我上一次实弹射击，是在30年前大学军训的时候。

在我扣动扳机之前，迪安阻止了我，纠正我的瞄准姿势。我开始采取的姿势是从电影里看来的抗日游击队英雄的姿势：握枪的手向一侧平伸，对准目标，另一只手叉在腰上。迪安建议我用好莱坞电影里美国警察的姿势：正面对着目标，一手握枪，另一只手托着握枪的手。

我扣动了扳机，结果巨大的枪声吓了我一跳，没想到那么小的玩意儿声音那么响。枪的后坐力也让我吃惊，子弹打出去以后，枪都快蹦回到我的额头上来了。迪安笑眯眯地站在我后面看着惊魂未定的我，问："你还要再来一枪吗？"

"那就再来一枪吧。"

打完第二枪后，我把枪交给迪安，然后跑到树跟前去找枪眼，结果一无所获。我以前在大学实弹射击时，五发子弹45环呢。

迪安安慰我，说这个枪管太短，不准，要准的话还得用柯尔特手枪，他一边用手比了一尺来长的长度，一边说："枪管有这么长。你在克林特·伊斯特伍德的电影里肯定看过。"

他说买枪很容易，即便是我。打完枪，我们继续聊。

他挺喜欢美国的，说是比哪儿都喜欢。但他最怀念60年代的美国：大家都努力工作，机会也多。不像现在，人人都说：给我钱，给我钱，给我钱。现在的美国，没有理想，没有雄心，没有方向。言论自由也很可笑，大家说话都谨小慎微，生怕冒犯了谁，他们管这个叫"政治正确性"。

他给我看他和女儿到亚利桑那州旅行时拍的照片。顺便说起美国历史课本的荒谬。有次他女儿回家跟英国父亲说起在学校历史课上学的美国独立战争前夕的波士顿茶党事件，说美国的爱国者如何如何。他很生气，跑到女儿的学校去跟历史老师抗议："那些所谓的爱国者，他们是哪门子美国人？他们压根儿就是英国人！你们胡教些什么？"

虽然在美国住的时间比在英国还长，但他没有放弃他的英国护照，骨子里他依然是个骄傲的英国人。我问他看不看NBA，他问我NBA是什么。他是狂热的自行车运动爱好者，骑坏了20多辆自行车。他也很爱看英式橄榄球。

"那美式橄榄球呢？"

"如果你喜欢英式橄榄球，你怎么可能看得上美式橄榄球呢？"

他很喜欢读神秘故事、侦探小说。如果我的理解没错的话，他很小就读过根据《狄公案》改写的英文侦探小说。

他问我结婚没有，我说离婚了。

"你是个聪明人。"他说。

"比你还差得远呢。"我说。

华灯初上的时候，我该回去弄饭吃了。我说华灯初上，不是瞎吹。他的确在门前弄了一排彩灯，弄得整个房子像棵圣诞树。

临走时我给他和他的“圣诞树”拍了张照。他在他的“圣诞树”前静静地看他的电子书。

听到我走开，他头也没抬，说：“想骑车去哪里，跟我说一声。”

我回到我的屋子，把照片复制到电脑里看，照片的色调那么喧闹，但我不知怎么地就觉得有一点凄凉的味道。

丁克家庭的生活

因为要申请加拿大签证，还要到华盛顿逛逛，所以我辞别了迪安和我的山居，去投奔我的一个小学同学。她家在首都圈内。

她和她先生都是 20 世纪 80 年代就来美国和加拿大学习，然后就业、定居、入籍的。80 年代读大学的人大概都有我这样的经历：同学中那些“学习尖子”几乎统统都是“托福敢死队”队员，考完后几乎全体到西方国家（也包括日本、澳大利亚）靠公立、私立奖学金留学。

这些同学毕业后，绝大部分都留在了西方，在那边落地生根了。他们中有的人嘲笑那些在国内被歌颂为“放弃了美国的工作机会和优厚的物质生活条件”而回去建设祖国的同学，说，他们其实就是在美国找不到工作而已。我觉得，很大程度上，这是实情。今天，一个留学生回国，很有可能会找到称心的工作，让他拥有先进的工作环境和优厚的物质生活条件。但 80 年代的中国完全是另一个国家。

我记得有一个陪读的同学，她家先生在国外读书，她在餐馆里打工，刷一个月盘子挣的钱，比她在国内工作十年的工资都多。所以，当他老公毕业后在美国找到一份工作，年薪相当于他在国内当教授的爸爸一辈子的工资的时候，不需要很聪明的人也知道应该怎么选择。

而且那个时候，学成归国，不一定有用武之地，就像学低温超导的，你总不能回来用你们家炒菜锅做实验吧？更不用说观念差别了。我们看看贝聿铭的传记就知道，他 80 年代给北京设计了香山饭店，那个饭店论硬件、环境都是一流的，但是开业之后，管理之差、损坏之严重，让贝聿铭又吃惊又痛心（去过的人应该知道，当然现在情形不同了），他还是被“钦点”回去建设祖国的呢。

在某种意义上，他们是少数的精英分子，那时的情况和现在留学生几乎泛滥成灾的情况也不同。

看看他们家房子就知道他们混得不赖。在美国，没有人会因为看到你骑一辆哈雷摩托就对你刮目相看，更别提用苹果手机之类的小玩意儿

了。车子之类的东西已经不大能代表身份了，最显眼而又相对大众化的身份标志是房子。

房子怎么样，评价标准和国内是一样的，首先看的是位置。他们家的房子，在首都圈内，据我有限的判断能力来推测，位置不算一流，但也很不错了，位于美国最富裕的县内，位置大概相当于北京的通县、大兴。他们的邻居里，有美国著名电视体育频道 ESPN 的主持人。看完位置，再看房子本身，这栋房子是我在美国住过的“行宫”里最大的，地上两层加地下一层，有 500 来平方米，还带一个大草坪，草坪大到一家学生不太多的农民工子弟学校的全体师生可以在那里开运动会。

这栋房子售价 100 万美元。这笔钱，在北京，只能买套位置较好的公寓房，而且面积不超过 200 平方米。

这也是我在美国视察过的唯一的丁克家庭：两口子都工作，没有孩子。当老公的自己开一家小软件公司，承包政府合同。我问他：“你这小公司怎么和 IBM 这样的巨无霸公司竞标呢?”他说，第一，他的公司做的业务在美国算比较尖端的，有竞争力；其次，美国政府为了防止垄断，不会把项目只给一个公司干；第三，因为政府的钱来自纳税人，所以政府项目规定必须有一定的份额留给小公司做：有钱大家赚!

好笑的是，他也应朋友的邀请到国内短时间发展过，给国内企业开发软件，结果他的尖端技术碰到铜墙铁壁，对他开发的系统，一些国内有兴趣的老板特别关心的问题是：“它能不能帮我做两套账？它能不能规定权限，规定谁能看什么，谁不能看什么?”他听了这些“尖端”的问题后，立即明白他报效祖国的心愿是不大容易实现了，还是回去建设美国省事儿。

我同学也在 IT 行业就业，所属的公司也做政府合同。因为没有孩子，他们的生活和我其他那些同学、老乡完全不同。举个例子，那些有孩子的同学、老乡，一到周末，就完全变成出租车司机，他们有一个固定的时间表：某时某刻，送老大到某处学钢琴；某时某刻，送老二打冰球；学完钢琴，打排球；打完冰球，上中文学校……各个地方离得都挺远，接完送，送完接，接完老大接老二，弄不好还要伺候老三老四，当爹当妈的要真是出租车司机，跑完一个周末都能发财了。

这对丁克的日子完全是两码事：周六上午，两口子先一起去打高尔夫球。打完球后，回家洗澡，简单吃点东西，然后看电视、小睡，睡起来，老公还要去跑步，因为他准备十月份参加海军陆战队主办的马拉松比赛。

我的同学业余还唱歌，不是在卡拉OK瞎唱，而是拜了专业的老师，认真学过的。她给了我一张她在录音棚里录的唱片，我听了，觉得相当不错，完全不像她平时的声音。她在华府（Washing ton D.C.）也有些名头，每年华府春晚，人家打破头争着上节目，她只用等人家来求。她唱的歌，不少是红歌。

说起来，唱红歌她也是老资格了。我们读小学的时候，她是毛泽东思想文艺宣传队的骨干。80后及其以后的年轻人，大概已经不熟悉这个组织及其名称了。20世纪60年代到80年代初，没有私人机构教歌舞、教乐器，没有歌厅舞厅，没有电视，没有因特网，有乐器的人家也不多，实际上，有钢琴的学校也不多。想唱歌、跳舞、玩乐器，没地方学，除非碰巧你父母懂。只有一小群人有这个特权，他们就是各个学校、机关、厂矿、部队的毛泽东思想文艺宣传队。从名称你可以看得出，他们跳舞唱歌不是为了文艺，而是为了宣传毛泽东思想，他们是专唱红歌跳红舞的。70年代末，邓丽君的歌像野火一样到处传开，但还被称为"靡靡之音"，只能偷偷地唱。虽然文艺宣传队是个业余组织，但是，其实整个社会的娱乐业都归他们独占。可以想象，那是个多风光的组织，一个一两千人的学校就那么二三十号人有份，所以必须要五官端正（当时对"漂亮"的官方说法）、品学兼优、嗓子尖，还得有拉二胡、手风琴、吹口琴之类的特长才行。

我写这段文字的时候，已经是星期日上午九点半了，两口子还在睡觉呢，我不得不自己亲自找东西吃。

院子

地下室

假如你足够幸运

从弗吉尼亚州往南走，头一个州就是北卡罗来纳州。这个州的汽车车牌上都有一句话："最早飞行"——代表本州最大的荣耀——这里是人类飞行历史上值得大书一笔的地方：莱特兄弟试飞成功就是在这个州。

和北卡有关，我可以硬扯上关系的，是一个生日比我大几天的人，打得一手好球，也是在这个州出生，并且是从这个州的大学篮球队走向世界的，他的名字叫迈克尔·乔丹。

不过这次我到北卡来，只有一个目的：重访五六年前朋友带我去拜访过的一对夫妇：罗蕊和米奇（是对老夫妇）。几年前的那次拜访给我留下的印象太深了，但是来去匆匆，没来得及好好聊。

他们给我留下的最初印象是：他们是普普通通的劳动大众，却过着亿万富豪的生活。

我纳闷呀，所以这次决心把谜底揭开。去之前，通过朋友表示想再去探访，马上得到答复：欢迎欢迎，热烈欢迎。

到了他们家，我果然受到热情的欢迎：拥抱，丰盛的晚餐，滔滔不绝的谈话。我们都没有感觉到时间和感情上的距离。我的房间准备得好好的：卧具、毛巾，桌上摆好了水果、巧克力、鲜花。

我请他们不必操心我的旅行节目：我就是来见他们的，我没有景点想看，没有节目想玩儿，对正在这里举行的在美国挺出名的乡村音乐节，我也没兴趣。我就和他们一起吃饭、遛狗、喝咖啡、聊天。他们不在的时候，我

罗蕊家

就自己喝茶、遛狗、到处逛、拍照。

我雨点般的问题一逮着机会就下，至少下了两天。罗蕊很健谈，米奇不算健谈，但如果有对手，他也挺愿意聊聊，有问必答，答必详尽。

米奇是在乡下长大的，老家在北方的缅因州，高中毕业后加入空军，到佛罗里达州的空军基地服役，做地勤，一辈子没上过大学，在空军服役期间学会了机械、电子方面的技术。在空军服役 20 多年后退役，现在在附近小镇的一家物业管理公司上班，管理一栋公寓楼：哪家的空调、水管坏了什么的，他管修。

罗蕊是个城市姑娘，在巴西第五大城市累西腓出生、长大：她父亲在普渡大学毕业后，被美国政府派到巴西做援建的市政工程师。她中学是回国念的，也没上大学。似乎她一辈子干的都是临时性的工作：小学代课教师（只需要短期培训，不需要文凭）、养蜂用品的售货员等。她现在的工作是在她家附近的这个小城的一家美容院当按摩师（也是参加短期培训得了个执照），一周去三天。她自己养了几箱蜜蜂，每年有几十公斤蜂蜜出售，赚点零花钱。

他们是在佛罗里达州认识并结婚的，他们俩都是二婚，有一子一女两个孩子，都是罗蕊第一次婚姻生的。孩子都大了，出去自己过。女儿已经结婚，并生了个儿子，他们已经当爷爷奶奶了。罗蕊今年 55 岁，她自己说的。米奇看样子得有 60 了。

他们原先在佛罗里达州有栋小房子，卖了以后差不多可以买下现在的这处房产，并加上将近 200 亩的山林、土地。子女读的是州立大学，学费也没太让他们犯难。孩子大学毕业后，没管他们要过一分钱。

我想，他们是搭上了“二战”后美国全盛时期的末班车，机会多，不需要文凭也能找到报酬相对优厚的工作。他们非常喜欢现在的环境。米奇说，他不理解为什么有人会花很多钱买城里很贵的房子。我说我也不理解。从他们家开车去他上班的镇子，半个小时都用不了。他们家孩子小的时候，5 分钟就可以从家里走到校车接送的地方。

他们从不锁门。他们不看电视，都爱看书。他们对中国问题也有兴趣：“文革”、改革开放、中国和印度的竞争……

他们家现在是“十三太保”：两个人，两条狗，九只猫。地下室里堆着大批狗粮、猫粮。

他们过得很环保，不用空调，垃圾很少，仅有的垃圾里，有机的部分挑出来，扔到他们自制的沤肥池里，准备用来养花、种菜。米奇常常就在房前屋后的树林里小便，这样既节省冲厕的水，又能肥地，没两天我也跟着效尤。

罗蕊每天早上都遛狗，我不等邀请就主动加入。我们从他们家山上的树林里纵横交错的小径中随便挑一条，一转就是一个小时。这里的地形、树木和我小时候我家附近的岳麓山非常相似，主要的树种和花都是一样的：杨树、枫树、橡树、映山红。罗蕊一边走一边介绍小径边的一草一木，告诉我哪种花蜜蜂最喜欢，她打算在哪里建一个小公园。偶尔也谈谈他们的邻居：

“这个邻居几年前死了，他是酿私酒的，很像你们中国的酒，烈极了！他坐过牢，住这儿的时候每天出门腰里都别把枪！人挺好。”

“那一家住着个 70 岁的老头儿，收藏古董车，有辆很拽的哈雷，有个年轻漂亮的女朋友。”

“这一家是加拿大人，他们用很少的钱租了处常年没人住的房产，然后在草地上养牛，现在牛肉贵，他们挣了好多钱。”

他们俩都不在的时候，我就自己出去转。他们家有两条狗，一条叫大河，我上次来就见过，这次马上跟我混熟了。另一条叫雏菊，是领养的被人家遗弃的狗，大概有不幸的童年，所以没有安全感，第一眼见到我的时候就大吼一声，作势要扑过来。但是，我住了两天后，它很快就发现我是好人，于是安之若素。它们俩只要看到我要出门溜达，就立刻跑到前面开路。

狗们不知道怎么回事，散一个小时左右的步，要尿五六次，每次就那么几滴。是它们前列腺不好，还是在作记号？看他它们尿得那么热心，搞得我有时候都想跟着“嘘嘘”。

早起，两口子坐在车棚里喝咖啡、抽烟、闲聊几句家常，大部分时间，谁也不说话，山谷间群鸟鸣啭，屋子边的溪水低吟浅唱，风轻轻拂

他们家屋里我最喜欢的地方是这间阳光房

过树叶。这是我见过的世间最恬静、美妙的生活场景。它唤起我儿时的记忆，应该是在“文革”期间，夏天的晚上，屋里溽热难耐，父母和我们兄弟四人每人一把竹躺椅，在家门前的路上一字排开，或躺着、或坐着，每人手里一把蒲扇摇着，乘凉、喝茶，听我爸讲故事。住在那栋楼的人，几乎家家如此。

他们儿子在这儿长大，念小学的时候，他们问儿子的理想是什么，他说：“我要住在大城市的一间公寓房，每天吃外卖的中餐！”他是个执着的孩子，最终实现了他的理想。他已经大学毕业几年了，一直在亚洲教英语，在上海也待过，现在在台中。

世间的事情就是这样，在我眼里亿万富豪的生活，有些人却弃之若敝屣。

罗蕊的孙子在看奶奶取蜂蜜

假如你足够幸运

上帝的候见室

在杰克逊维尔市停留是因为要看个刚认识的朋友杰瑞。我在弗吉尼亚州谢南多厄国家公园跑摩托的时候碰到过他，聊起来得知，他和他的马达加斯加女朋友正准备南下去美国陆地最南端的基韦斯特，我师父迪安提了下我也要去那儿，他马上说："好啊，你路过我家的时候，可以跟我们住。"他家就在杰克逊维尔。

摄于1965年的格林威治村有名的咖啡馆前。杰瑞和他的车，两个来给他拍广告的模特。

杰瑞的老家在靠近纽约的新泽西州，他在那里出生、长大，在曼哈顿开始职业生涯。20世纪60年代他迷上了赛车，参加比赛，然后慢慢开始做赛车零部件的邮购业务。大概因为是新领域，而他眼光独到，又肯干，所以业务发展很快。他给我看那时候他做的邮购目录：厚厚一本，从文字到照片都出自他自己的手，连排版什么的都是自己干，那时候苹果电脑还不存在，数码相机也还要很久才会问世。

杰瑞和女朋友伊芙琳

他的业务扩大以后，需要仓库，曼哈顿的太贵，他就把目光瞄向了佛罗里达州：杰克逊维尔是个工业化城市，生机勃勃，地价也便宜，他就在这里买了两个仓库，定居下来。

他今年70岁，赛车零部件的生意已经结束了，仓库也卖掉了。现在唯一还在经营的业务是汽车车身上贴的不干胶：广告性的，或者纪念文字、图案什么的。他就在家里工作，人家给他打电话、发电子邮件批量订货，他找美国中部的生产商定做，然后收货、发货。

伊芙琳是他在网上认识的女朋友，她在马达加斯加的一家贸易公司工作。他去年去马达加斯加看过她，这次费了好大劲才把她弄到美国来。半个月前我在谢南多厄河谷碰到他们俩的时候，实际上他从纽约机场接到从马达加斯加飞过来的伊芙琳才几天。

伊芙琳会跟他在一起待两个月，然后回马达加斯加。他说："这就是一次约会。我们在一起挺开心的。我70岁了，有点钱，我可不想死的时候觉得该做的事没做。"他认识我5分钟就发出邀请让我来蹭住，大概也和他这种人生态度有关吧。

我原先读张中行先生的文章，对他笔下的一些老先生的故事印象很深。中行先生和很多民国人物长期有交往，他们有的是书法名家，有的是公卿巨贾，有的是遗老遗少，都是历史舞台上有名有姓的角色。有些

杰瑞的后院

老先生在晚年得知中行先生喜好收藏名人墨宝字画，就会主动让他在他们和旧交的书信字画里任意挑选，并举以相赠。

身外之物，及身散之，那是一种境界，其中也许有一丝凄凉，但更多的是豁达和圆通。

佛罗里达州素有“阳光之州”的美称，因为这里地近热带，常年温暖，植物茂盛，四季常绿，又三面环海，风景独具一格，冬天很多北方的美国人会到这里避寒，有不少人在这里拥有度假屋。美国有多任总统都喜欢来这边度假。以报道水门事件出名的伍德沃德的妈妈就在这个州有栋度假的房子，事件结束以后，伍德沃德和伯恩斯坦向报社告假，借用伍德沃德母亲的度假屋，潜心创作他们关于水门事件的书——《秘密线人》，伯恩斯坦每天在游泳池边写，伍德沃德则在厨房旁边的屋子里写。

也因为这边优越的气候和地理条件，很多老人退休后，都会在这边买屋来安度余生。实际上，杰瑞的妹妹就住得离他很近，她也是丈夫过世以后从北方搬过来的。有人说，佛罗里达州是“上帝的候见室”。刻薄是有点刻薄，但不算胡说八道。再说了，能在这样的地方候见上帝，夫复何求？

杰瑞有条船，大概很长时间没开了，趁我和伊芙琳在，出了趟海，带我们去打鱼。

周日，有重要的赛车转播，杰瑞请老朋友来家里一起看电视。

一个老朋友带了大麻来。他说他有上等货，还有20世纪60年代很流行的大麻专用烟斗。装好了“上等货”，他很客气地让了让我。他问了我一个问题：在中国，抽鸦片合法吗？

杰瑞的船

杰瑞

杰瑞的朋友们

烟斗

杰瑞的游泳池

佛罗里达州的一个白领家庭

我人还在基韦斯特，特拉华的朋友就发来邀请，说已经在佛罗里达州北部的大学城格尼斯维尔给我找好了一处落脚点，让我去那里休整。这个地方离杰瑞家只有几十公里。

我是当天晚上10点多到的，女主人亲自热饭，我吃完就睡，地形也没怎么弄清楚。总之，挺标准的中国移民家庭，两口子上班，有两个孩子。我没仔细问，看样子两口子都是70后，都是来这边念书的，然后就留下来工作了。先生是复旦的本科加清华的硕士，然后在这边读博士、博士后。太太是在这边读的MBA。如今，先生在一家大公司做医疗器械的基础研究，太太在大学做财务。家里有两朵金花，老大叫牛牛，在念小学，老二叫童童，在念学前班。

我在这里没有观光，以休息为主，也参加了两次活动。因为母亲节在周末，所以牛牛和童童同读的小学把庆祝节目提前到了上课日。学校近，孩子父母又都要观看演出，我就请他们顺便把我也带上了。

好像是只有学前班的表演。演出在小学的大礼堂兼食堂、游戏室举行，来了不少家长。

基本上就是连唱带舞。歌词大部分我都听不懂，听懂的几句是："我们玩得猛，我们玩得凶，我们想要什么我们自己看着办……"听起来不像庆祝母亲节，倒像是在向母亲示威。

尽兴表演的孩子

孩子母亲特意提醒我注意童童的班主任——本校最美的老师。

童童的班主任

家长们来到教室

童童的母亲节作品

表演结束，家长被邀请到孩子们的教室，让孩子们展示他们给妈妈们预备的礼物、贺卡之类的，也看一下孩子们学习的情况。

学前班的孩子教室设备很先进，据朋友介绍，白板都是触摸式的。学校还预备了苹果电脑给孩子玩游戏。

赶上一个星期日，上午的节目是采蓝莓。

离他们家不远的一处果园的蓝莓已经采摘完毕，树上还有些零星的蓝莓，管理果园的人发出通知，对居民免费开放，可以随意采摘。据说每年如此。

大家都在认真的采摘

五个人摘了大约两个小时，我估计摘了有十几公斤。还有五公斤不在照片里，我吃掉了，一边摘一边吃。听说这东西在超市里一小盒要卖好几美元，我打算把这一辈子的都一网打尽。因为是绿色种植，所以可以直接入口，上面还带一层白霜。入口的感觉很棒，绵软、细嫩、清甜。听说吃多了拉出来的臭臭都是蓝的。两个小美女很可爱，摘到大个儿的就跑过来递给我。

劳动成果

十二点多离开果园，因为孩子下午要上中文学校，下课后全家要去南边不远的奥兰多的迪斯尼乐园度假。

下了课，出发去奥兰多前，牛牛给我表演弹钢琴。有首曲子居然叫《骑骡子》，我听起来像骑摩托：得意洋洋、顾盼自如的样子。牛牛还弹了莫扎特《魔笛》里的帕帕杰诺。欢快的曲调把我带回萨尔茨堡，让我想起当年在音乐之都夜听《魔笛》的美妙时光。牛牛几乎把一本本曲谱翻遍了，把所有她得意的曲子都弹给我听了，我很沉醉。想不到，小小的人，小小的手在琴键上滑来滑去，能把我的灵魂带进纯美的境界。

他们是晚饭前走的，走之前当妈的给我把担担面的调料拌好，晚饭时间一到，我只要把面煮熟夹到碗里吃就行了。当妈的是个川妹子，跟我算半个老乡。两个小姑娘跟我拥抱，说再见，大人也跟我说再见，就开车走了。把家留给了一个两天前才头一次见面的陌生人。

世界上最幸福的60后

得克萨斯州，基本上，我就一个地方得必须去——休斯敦。那里我有一个老邻居要看，而且要蹭住。五六年前我来美国，姚明还在休斯敦打球，我声称要去她家打秋风，人家姚明的球票都买好了等我去，结果我放了人家鸽子。

去她家的路上，我吃了一惊。她家在休斯敦西边，我从东边骑车过来，要横穿整个城区。10号公路，在休斯敦城区变成四五条车道或五六条车道的宽阔广场，每条车道都车流滚滚，大家全部以120公里左右的时速猛开，从城东开到城西，足足开了有一个小时。这个紧张激烈的场面，即使在繁忙发达的马里兰州、弗吉尼亚州我也没见识过，不知不觉精神高度紧张起来，连两肩的肌肉都绷得紧紧的。

在拉法耶跟旅馆前台的姑娘安娜告别的时候，她问我怎么去休斯敦，我说走 10 号公路，她说：“你不害怕吗?”当时我觉得她问得奇怪，天天走 10 号公路，有什么好害怕的?现在才明白过来：我被轰隆作响的车流裹挟着往前狂奔，我担心看到出口我都靠不过去。

还好，老邻居想得很周到，哪个出口下，前面一个的出口的名字叫什么，都事先交代得清清楚楚。而且他们家离 10 号公路只有几英里，我不费周折地直接开到了他们家门口。

他们家住出了新花样：后院有个游泳池，绕过游泳池，铁栅栏上有道门，打开门就直接进入高尔夫球场了。第二天早上他们家先生手里端着碗粥，把我领进了高尔夫球场散步。

他们家好像有四五个卫生间，我也分到了一个，这和我们二三十年前做邻居的时候可很不一样。

二三十年前，我们的父母都是一个单位的同事，我们家都住在一个居民区里，他们家住六栋，我们家住五栋，都是两层的楼房，他们家住的是筒子楼，就是学生宿舍那种形式：中间是走廊，两边是对称的房间。我们家住的也差不多，但是我家住的五栋每层都只有一排房间，所有的住户的门打开都是连接这层楼全体住家的走廊，走廊下来就是楼外边的路。两栋楼的共同特征是，谁家里也没有厕所，我们两栋楼，一共有四五十户人家，共用一个公共厕所。厕所是在一大块水泥板上挖几个洞的蹲坑式，厕位之间连隔板都不带，邻里之间“坦诚相见”、亲密无间，厕坑里的“轮回之物”，没有水冲，要堆积十天半个月，等附近的农民挑着粪桶来掏。那个厕所就在我们五栋的侧后方大约三四十米的地方。

那时候和现在不一样，没有隐私的概念，也没有人会吃个菜都要拍张照传到网上晒一晒。各家各户的活动似乎都在邻居的眼皮底下，大家来往也密切，吃饭的时候，端着碗串门是寻常之事。我们五栋有的人家吃饭就在门前的路上摆张桌子吃，他们晚饭吃几个菜、都是什么菜、有没有吃肉，都在五栋、六栋全体居民的掌握之中。只要天气好，几乎家家户户都开着门。夏天的晚上，我们五栋的人马，全体把椅子摆在楼前那条路上乘凉，像阅兵的队列。

六栋的人要上厕所，都得从五栋楼前那条路走过，所以六栋的邻居谁的消化功能正常，谁吃坏了肚子，谁便秘，五栋的邻居们是心知肚明的。他们“卸下包袱”回家的路上，心旷神怡地和五栋邻居聊几句，也是常有的事。我的老邻居的妈妈和我父母就很聊得来。

我们除了父母是同事，是邻居，还有多层关系。她家三兄妹和我家两兄弟都是单位附小、附中的校友，而且，她和我弟弟还是同班同学，她是班长，我弟弟是爱捣乱的落后生，经常需要班长亲自帮扶。班长大概没想到几十年以后她还要帮扶落后生的哥哥。

上次在马里兰碰到一个从上海来美国、现在在当大学教授的60后，谈起他在国内度过的青少年岁月，激动地声称：60后是最幸福的一代，我多少有些同感。

我的老邻居的丈夫又是一个突出的例子。

他和所有的60后有着相同的故事：童年时代，虽经历了“文革”，写过批林批孔的大字报，也写文章批判过邓小平的右倾翻案风，但是还没有大到可以参加红卫兵、暴力收拾反动学术权威之类反革命分子的年龄。在学校，虽然背诵毛主席语录、唱红歌是最重要的任务，但是读书写字、四则运算也都学会了，而且学习花样多，学工、学农、学军样样不落。白天上课背个军绿书包，书包里只有薄薄几本课本，一个铅笔盒；从来没有忙到需要晚上写作业的地步。高中毕业正好躲过了上山下乡，又赶上了恢复高考。

他个人的幸福故事是，1985年从哈尔滨工业大学本科毕业，考上最后一批国家公费的本科毕业生赴美留学，出国前，先免费到北外进修英语，然后又到休斯敦大学读计算机硕士。从小学到硕士，大概一共花过父母几百元。

从休斯敦大学出来，正赶上泡沫破裂前网络事业高歌猛进的年代，就业机会很多。因为 1989 年的事件，他和那时在美国的中国留学生一样，毫不费力地就拿到了绿卡。

1998 年金融危机，全世界都跟着倒霉，他却是仅有的一小撮受益者之一。那会儿，他已离开电脑行业，涉足地产租赁。金融危机爆发前，银行贷款极为宽松，利息又低，所以他贷款买了几处房产用来出租，十几年下来，他已经全款、分期买下十几处房产，都用来出租。他的职业就是打理这些房产。只要没有房客迁走，房子就基本不用清理修缮，他几乎就可以全时休闲，除了早上开几分钟车送儿子上学，其他时间想干什么就干什么：打高尔夫、散步、健身、看国内的电视连续剧……

今天，他有处房子要收拾，因为房客搬走了，新房客搬进来前，需要打扫。我自告奋勇地跟他去凑热闹。他开上他的工作车——一辆旅行轿车，带上割草机、水压机、高压水枪，开到房子所在的休斯敦市郊的一处蓝领住宅区。所谓蓝领住宅区，其实也都是咱们在国内所谓的“别墅”，只不过间隔较密，房子略小而已。依我看，比北京顺义那些富豪的住宅环境还要好。

刚搬走的房客，是一个黑人，自己经营上门收垃圾的小买卖。

下了车，他穿上长筒雨靴，立刻开工。把水管接上，水泵打开，拿着高压水枪对院内的铺砖地面、木板凉台、房子外墙、车库地面一通狂冲。这就是今天的主要工作。

我没用过高压水枪，看着新鲜，求他让我试了试，但主要还是看他工作，这让我对美国又多了一点了解。

我记得 20 世纪 80 年代的时候，在报纸上多次看到一则轶闻，说随官方代表团到美国访问的中国各界人士，回国以后都有件小事津津乐道：在美国从来不擦皮鞋，但是回国的时候皮鞋比出国的时候还干净。

他们有一男一女两个孩子。闺女今年高中毕业，以很好的成绩被休斯敦本地的赖斯（Rice）大学录取，还获得了几份奖学金。赖斯大学，小而精，声誉卓著，被誉为“南方的哈佛”。儿子受他的熏陶，9岁就开始打高尔夫，如今，最好成绩80杆的父亲，已不是13岁儿子的对手了。这孩子立志要拿世界冠军。

虽然家庭美满、富足悠闲，他还是觉得白璧微瑕：他不会骑摩托车。但是，他就这么幸福：我有辆摩托，我还干过培训。

休斯敦一日

朋友家附近有个社区图书馆，我一听就很来劲，今天终于抽出时间去逛了逛。

舒适的阅览室，太让我眼红了，想想我所在的北京市朝阳区那个丑陋、狭小、遥远、拥挤的区图书馆，我只能羡慕嫉妒恨。当然，这样的条件，在世界也是首屈一指的，即使欧洲富裕国家也比不上，更别提发展中国家了。

美国社会和中国社会一样，贫富悬殊惊人，但是，美国有一样做法值得中国好好学习：社会财富的分配相对公

美国为什么这么干净呢？我想答案就在这个高压水枪上。据他介绍，水枪压力很大，有次他不小心，让水锋在手上切了道口子，他没夸张。我用水枪在木地板上试了试，水锋所到之处，连木头纤维都能揭起来，像刀刮过一样，能不干净？我估计，美国的很多街道，大概很多是用这种水枪或者类似装置来清扫的，虽然我没有亲眼见过。否则的话，光靠洒扫车，不可能这样纤尘不染。

这件事还为我的另一个疑问提供了部分答案。美国人口在世界总人口中占比很小，但是他们消耗的能源在全世界消耗能源中占比惊人，为什么？最直接的原因是，汽车太多、太大。在佛罗里达州来拖我摩托车的拖车，发动机是6升多。有人告诉我，有些警车发动机是8升的。路上看到好多大得惊人的皮卡在跑，你以为司机是进山拉石头的，其实她不过是公司文员。最近，省油的丰田取代通用成为世界第一大汽车生产商，我估计其中一个原因很明显：如果全世界都像美国人这样开车，10年内地球上的石油就会用光。

今天我又有了新的答案，当然也大致一样：美国人太铺张了。朋友的整个清洁过程大概花了两个小时，期间两次给水泵加油，高压水龙也一直开着，还要用电。用油不少，用水量大概也很可观。

这让我想起一则旧闻，1989年，我认识的一个瑞典朋友去朝鲜访问，回来以后谈起一件趣事：有天晚上，他在平壤街头散步，看到很多人跪着、蹲着在街上忙活，他走近观察，发现他们在用洗衣粉刷地。原来赵紫阳马上要来访问了，他们在做迎接的准备。

美国是不可能这样刷地的，他们用不起这个人工。美国人工费用贵，能用机器代替人工就用机器；美国的清洁标准高，要达标就得靠机器；要最有效率地达标，也必须用机器、用电、用油。

问题是：人类需要这么清洁吗？我知道中国的富裕阶层的清洁标准越来越向美国标准靠拢。但是我个人认为，地板并不需要刀刮式的清洁，用墩布墩一下，已经够干净了。这就好比你并不需要在夏天把空调开到深秋的温度，然后盖被子睡觉一样。

干了两个小时，我们收工吃饭，然后回家睡午觉。午睡起来，他找出一把霰弹枪，擦一擦，带上几盒子弹，带我去射击场打飞碟。可惜我们去晚了，飞碟射击场刚刚关门。我们又掉头回家，拿高尔夫装备，他打球，我跟着散步。打到彩霞满天、看不见球了，于是就回家，他正好打了九洞。回家后，我弟弟的班长已经做好了满桌的菜等我们开饭。

平。在美国，如果你是个穷人，你想学习知识，你不必买一本书、一张碟，你甚至不必买电脑，去图书馆就好了。如果你的目的是获得知识，而不是文凭，你甚至不用上大学，去图书馆就行了。

我用朋友的图书卡到服务台登记了一张DVD，是经典的摩托车故事片*Easy Rider*，这个

图书馆的计算机室

这个图书馆，几乎和所有我去过的美国公共图书馆一样，有个儿童部。

图书馆没这张碟，但是隔壁县的图书馆有，他们会帮我调过来。图书馆工作人员说："你是第一个登记的，下周碟就会过来。"

刚到休斯敦，朋友就跟我说："你赶上了小女的Prom（高中毕业舞会），你得看看。"

当妈的好长时间以前就开始准备了：给女儿买礼服裙子、礼服鞋、花。每个参加舞会的男生、女生差不多都有舞伴，要互相送花。舞会在今天晚上，一大早，母亲要带女儿去做头发。发廊里排着长队，全是准备参加舞会的高中生。

当父母的最大责任是掏钱。这一套弄下来，一个女生花1 000美元是小意思：一条裙子三五百，一双鞋一二百，做个头发八十。租车子，租舞厅，吃饭，样样得花钱。

舞会的安排是这样的：参加舞会的人先到一处风光宜人的地方集中，跟同学和家人拍照。然后，租来的豪车会载他们到预定的舞厅跳舞、吃饭，再拉他们到海边一处同学家的大屋子开晚会、过夜。第二天，继续在海滩玩乐。

家长和亲属受邀请参加的是第一个部分——拍照。其他部分，就不

大受欢迎了。说是看 Prom，其实核心部分是看不到的。

当然我也不在乎。我们这一代人，受的是斯巴达式的教育。我还记得，我上幼儿园的时候，有一年冬天下大雪，我自己背着小小的包袱，走路去上学，大概两三公里的距离，父母不送。那段距离肯定比朋友的儿子上的小学离家远。那时候，父母都相信“黄金条子出好人”（黄金条子是四川对一种藤条的叫法，据说用它来抽人效果非常好，很疼）。不会发生父母端着碗追着孩子求他吃饭的事儿，孩子也没有花钱买的玩具。当然那不是最好的教育方式和环境，但放到我个人身上，结果并不坏：文会写字，武会打球，也还知道好歹，自认为身心健康，算得上合格的社会一员。对今天这种小心捧着、呵护备至、拿钱堆出来的教育方式，我是不屑一顾的。

中国的孩子，现在也宠得不像话，但他们跟美国孩子的生活比起来，还差十万八千里。我的意思是，美国孩子也被溺爱，但在很多方面，他们有更广大的空间发挥儿童的天性。看看朋友的儿子，下午两点多下课，球杆一背，就去打球了，我从来没见过他写作业。我的侄女比他小一岁，晚上10点，我很多次都听到她妈在问："作业写完了吗?"而且美国的孩子从小被平等对待，师生、父子都很平等。

国内的学校，在书本知识的传授方面，一定比美国强。但是，整个社会气氛、环境，对孩子心灵的影响就很难说了。今年年初，我去北京最牛的初中——北师大附中开过一次家长会。小孩家长忙，让我帮忙开会。会上，一个年纪轻轻的老师，年级组长，代表校方向家长训话。对，是训话，一副官僚腔，虽然她似乎作了努力让她的训话听起来客气一点。但是，我相信谁都听得出来她的话外音：我们知道，你们能把孩子弄到我们这儿来上学，一定都很牛；但我们并没有求你们来，是你们求我们的，所以你们最好老老实实听话。副校长给我们介绍各班级老师，发现很多还是留洋的。但是，这样的学校，这样的老师，你甭指望他能有多尊重学生，让学生发挥他们的个性。

我的朋友交了3万元的赞助费。教育部明令不许乱收费，但是，名校总有合适的名目收费。再说学校不收也架不住家长热情高涨啊。你不交，有的是人想交。

美国的孩子，除了吊儿郎当地上几节课外，就是玩儿，变着花样玩儿。老师不能给他们脸色看，家长也像供祖宗一样供着他们，他们要什么有什么。美国是孩子的天堂，那绝对是不错的。我知道中国不少有钱人，自己在国内打拼，却在美国买房子，把老婆孩子放在这边。但是，话又说回来，这样的环境就一定对孩子好吗？我不觉得。

看看他们踌躇满志、意气风发好像要去享用整个世界的样子，我想说的是：这个世界不是给你预备的，你要享受，就得流汗把它挣到手，没人像你父母那样宠着你。

看着孩子母亲跟着女儿忙前忙后像个老妈子，我很为她不值。女儿的裙子下摆沾上了点什么，当妈的赶紧蹲下吭哧吭哧地搓那块裙子，好不容易搓干净了，女儿用胳膊挽着男朋友昂首就走，连个谢谢都不说一声。

那孩子不知道怎么回事，见到我总是笑容可掬、很礼貌地打招呼。但是，跟父母在一起就沉着张脸，一天也说不上五句话，五句话里有三句还是"yes" or "no"。怎么回事呀？在美国，我还看到过对慈爱的父母态度更恶劣的孩子呢。

教育的重要目的是让受教育者知道好歹。不识好歹，就算是在常春藤联盟的大学毕了业又能怎样？

但愿这只是孩子短暂的叛逆期反应。

孩子们上了豪车，亲属和看热闹的也纷纷散去。

孩子的事再忙，朋友两口子也没忘给我这个挂单的和尚安排节目。

我们匆匆开车回家，拿上吃的、喝的和野餐用具，再开车往城里去。休斯敦的博物馆区里有个露天剧场，今天休斯敦大歌剧院在那里有场免费演出——《塞维亚的理发师》。据朋友介绍，现在在国内颇有名气的男高音袁晨野，原先就是这个歌剧院的演员。

美国人真行，看球也好，看戏也好，嘴都不闲着。看看那架势，就可以明白为什么美国到处都是巨型胖子。

音乐真美，我听了不到一半就躺在野餐毯上睡着了。

露天剧场

吃货

我有一个烦恼

休斯敦的朋友在看儿子的小学年鉴（Yearbook），我也跟着凑热闹。这东西我以前在美国电影、书籍里看到过，看实物这还是第一次。跟朋友请教得知，美国的小学、中学每年都会出一本这样的年鉴。我翻看以后，觉得这真是个记录学校生活、历史的最好载体。

年鉴是孩子们的作品。学校里会有一群学生负责这本年鉴的采编，有老师指导他们学习摄影、采访、编辑的技巧。

这本年鉴让我想起我的一个烦恼。60后很多人——实际上是上了年纪的很多人——都有这样的问题，几百年前跟我八竿子打不着的事情我也许记得很清楚，但是，挺近的事情，我反而一头雾水，比如：我跟谁小学同班。

这对我来说是个很严重的问题。

不少朋友都对我在国外有那么多地方可以蹭吃蹭喝蹭住感到吃惊，看样子也有人想知道其中的奥妙。我这里就跟大家交流一下。

简单说吧，要建立这样的优势，必须从小打下基础，而且是雄厚的基础。比如我，中学留了两次级。很多人都觉得留级抹不开面子，要转学，但我不转学，我坚持在一个学校读。今年我和陈某的哥哥是同班同学，明年我又变成他的同班同学，最后连他小妹都变成我的同班同学了。我们全校，像我这样基础扎实，和三届毕业生都说得上话的，很少。

但是，同学多，也是个问题：时间一长，岁数一大，脑子就开始糊涂，难免张冠李戴，“乱点鸳鸯谱”。这次到美国，问题的严重性就开始暴露了。冲着老同学的颜面，我跑到人家家里，住了下来，还蹭上了饭，最后老同学不忍我一直被蒙在鼓里，坦言我们并非我宣称的“同班同学”。人家做人厚道，没有在吃饭前揭露真相，否则，你说这口饭我如何咽得下去？

这让我对美国学校的这种年鉴大生好感。我要是有这样一本铁证在手，跑人家家里，还怕他赖账？按图索骥，一家一家吃过去，我看谁跑！

学习生活

课外活动

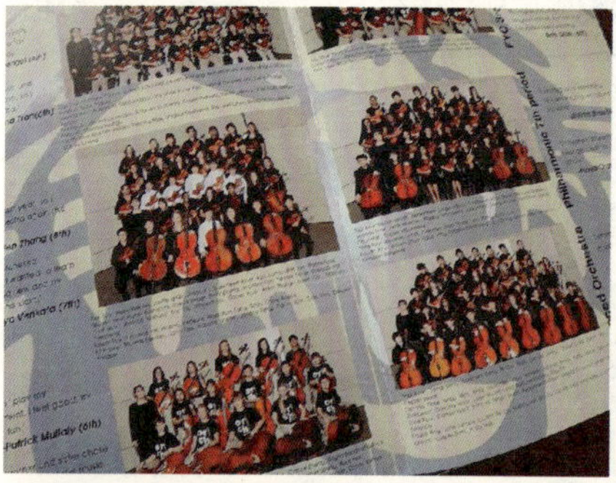

各种团体，都留下合影

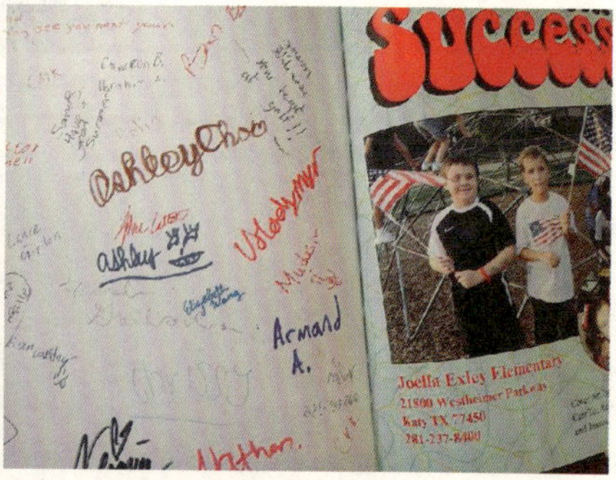

有空间给同学题字

哪个班，哪个年级，都有照片。当然还有和老师的合影。

采编班子

阵亡将士纪念日摩托游行

五月的最后一个星期一，是美国的全国性假日：阵亡将士纪念日。到了这一天，很多美国家庭门前会插上国旗，有的会插好多面。

四月份住在弗吉尼亚州的朋友家时，朋友就提醒我记住这一天，说首都华盛顿每年这一天都会有盛大的摩托游行，很多老兵从全国各地赶来，场面庄严、隆重。她说得我非常心动、向往。

一路跑到南边，我早把这件事忘得精光，都已经做好离开休斯敦的准备了。这边的朋友下班回家拿回一张打印的消息给我：休斯敦地区阵亡将士纪念日摩托游行活动安排。上面说了，欢迎所有的摩托参加。那我还有什么好说的，参加呗。

按活动说明，我从基地出发骑了差不多50公里到了游行的出发地，发现那里是个专修哈雷、代卖二手摩托和零部件的一个修车铺。这次活动是这个修车铺老板克雷格——照片上那个胡子——组织的。他这辆哈雷是1937年生产的，看那意思，还在骑。

我跟他打了招呼，告诉他我是中国来的，他说：

“哦，你骑什么车？”

“铃木。”

“哦。今天来的人很多，你要注意安全。”

三五成群的摩托迷

“一丈青”

带狗的老头和老太太

警察开路

队伍浩荡

说完他就不理我了。大概我骑错了摩托吧。

修车铺有个伙计，我问他能不能给他拍个照，他说：“拍吧，只要你不怕我把你的相机砸了。”

慢慢地，三五成群的摩托开始聚拢。

摩托迷到了以后，先签到，象征性地捐几美元，然后领一个腕带，到目的地后吃饭喝酒可以打折。

这样的活动照例有很多退伍的老兵参加，有的老兵一眼就能看出来。

百分之七八十的参加者是老爷们儿，但是“一丈青”也不算少。

有十几条狗也参加了游行。有两条是装备最整齐的，还有一条穿着哈雷骑车服。美国人照顾狗真是无微不至。我游行途中发现骑在我前面那部摩托后座上的老太太在上下抽动身后的一个水泵，用水泵连着的水龙头给她身后框子里的狗浇水。

来了三个警察开路。

中午 12 点整，克雷格一声令下，像打起一阵闷雷，几百辆摩托同时发动。警察和克雷格用眼神确认游行开始后，警笛大作、警灯闪烁，兵分两路开始行动：两辆车逆向驶上主路，瞬间截断了奔忙的车流，一辆车顺行引导摩托队伍前进，摩托车从停车场鱼贯而出，一条车道，两路纵队，呼啸而过。

游行的前 20 分钟，大约还在居民和车流相对较密集的地域，所以，警察很忙，他们在我们的队列两边穿梭接力，确保我们沿途两侧路口的交通被截断，红灯禁行。如果双向都只有一个车道，他们会让对向车道的汽车停在路边等候。我们以 100 公里左右的时速行驶的时候，他们闪着灯、鸣着笛，风一样地超过我们，到前面去开路，像招摇的坏蛋一样威风。

100 多公里的行程，我们没有停过一次。

那 20 分钟，是我这次游行体验的高峰。

回到朋友家，朋友问我有什么感受。我说，最大的感受就是美国摩托车的地位太高，高得像国家领导人。你想一下，换了是咱们，如果一个修车铺老板组织一次烈士纪念摩托游行，到公安局请求派警察开路，公安局的同志会不会笑他？

整个游行历时一个多小时，主要的路段在广阔的牧场、农田中，风光不俗。不过我并不很享受，因为我不喜欢列队行进，想想要配合前后的摩托，我就不爽。再说了，我的大排要跟上队伍，有时候也还挺吃力的。因为拍照，我本来就出发晚，路上又不断被超车，结果除了几辆中途加油落下的车以外，我是最后到达的一辆。我的车后面就是负责收容的汽车了。

目的地是一个前不着村后不着店的公园，不像中国的公园，是那种美国公园——只有树、草地。有一家餐馆兼酒吧，酒吧老板大概在摩托迷里也有些名头，似乎常有摩托迷聚会。

剩下的事就是吃、喝、看车、聊车、看人。

有乐队和歌手助兴，但像所有这种场合一样，没人认真听，他们只是烘托气氛的道具。

在北京，只要饭后要开车，我的朋友都滴酒不沾。美国好像没人在乎这样的规矩。

大家都像赶集一样，到处看、聊。我对车兴趣不大，也搭不上话，就自己看热闹。

每个车手都想别出心裁地装饰自己的爱车。几百辆车里，好像没有两辆是完全相同的。

吃，吃，吃。看到一对胖夫妇勇猛地把巨型汉堡塞进嘴里，我就无端地替他们担忧。在来参加活动的人里面，这两位身材不算匀称，但也不算一流胖子。来过美国以后，我才知道我以前从没见过胖子。他们俩的做派，让我想了想美国生活方式的缺点。

和别的民主社会一样，美国人拥有太多的自由，太多的选择，太多的资源，所以有些人的生活才会失去重心、失控，体重失控正是一种表现。

公园

聊天

玩双杠的

他们管这个叫摩托车，我管它叫手扶拖拉机。

胖夫妇

基督教青年会（YMCA）

休斯敦朋友家附近有一处基督教青年会的设施，朋友常去那里健身，我一听说，就饶有兴趣地去看热闹。在我看来，基督教青年会在美国做的事情就是中国国家体育总局群体司该做的工作。

今天朋友有空，我就请他开车带我去。朋友问我："为什么会对这个感兴趣?"我的回答是，基督教青年会对中国现代教育事业和体育事业的发展有过重要贡献，中国现代很多优秀的学者、政治家都和基督教青年会有着很深的关系。

迄今为止，在治政、治学方面成就卓越的中国人萧公权，在考上清华大学以前是从上海的基督教青年会中学毕业的。那个中学师资力量强大，教学得法，使萧公权高中毕业顺利考上清华高等科三年级。

第一次世界大战，中国作为参战国，派不出军队，但派出了不少工人到英法的军队、兵工厂工作。我最钦佩的中国近代史学者、我的同乡蒋廷黻，我喜欢的学者、作家林语堂，著名的平民教育运动的创始人晏阳初，都曾被基督教青年会派遣到法国，为那里的华工服务。他们替华工写家信，帮他们寄钱回家，给他们放电影、放留声机，给他们开法语班、中文识字班，也教他们玩简单的游戏。

宁波大佬、中国外交界的元老王正廷曾经担任过中国基督教青年会的总干事，他还担任过中国体育协会的会长。在他担任国民政府外交部长的时候，因为他热衷并擅长网球，网球运动在南京外交部风靡一时。他们还组织了外交部和各国使馆之间的网球赛，那个后来在密苏里号战舰代表日本在投降书上签字的、"九一八"事变时日本驻华公使重光葵，和王正廷在外交部的球场上交过手，他们俩还赛过游泳。

蒋介石和宋美龄结婚，证婚人是中国基督教青年会的总干事余日章。

这个组织这么活跃，这么受重视，当然和很多美国人在中国基督教青年会工作有关。美国当代中国学成就最大的学者之一——鲍大可，1921 年就出生在上海，因为那时候他的父亲在中国基督教青年会

跑步机室		器械操房
		*
另一间操房	休息区	免费供应咖啡、饮水
	室外游泳池，还有一个室内的	

注：* 篮球馆的一半现在给孩子玩。还有好几个健身室、游乐室也是给孩子玩的

婴儿房

工作。

基督教青年会是个宗教的外围组织，虽然有传教的潜在使命，但是，公平地讲，他们做的事情实在有益人类。看看我今天拍的照片就明白了。总的来讲，它就是个收费低廉、服务周全、设施一流的健身中心。

我看那么多当妈妈的都有空待在这里健身，还纳闷呢：美国人工费用这么贵，她们可请不起保姆。答案就在这几间房——还有好几间房是负责替妈妈们照看孩子的，这是婴儿房，一两岁的孩子另有专门的房间和阿姨照看，免费的。孩子再大一点，就可以参加各项运动的学习班了。

如前面的照片所示，在休斯敦地区，基督教青年会共有 40 多处这样的设施。

我的朋友来这里健身，一个月的费用是 35 美元。贫困的家庭还可以申请大幅减免费用。

难怪这些当妈妈的这么踊跃健身。她们要请隔壁邻居的孩子来家里帮着看两个小时的孩子，也差不多要花这么多钱了。花 35 美元，能天天健身，还有人帮你看孩子，没有比这更能博得妈妈们的欢心了。如果说，这些照看孩子的女人是上帝派来的天使，这些妈妈们肯定会信。

用这种方法传教，谁不信上帝？

一个密苏里州的农夫

从密苏里州 65 号路换到 54 号路的时候，我到路边一家乡村咖啡馆问路，问到了辛普森的头上。他向我详尽地解释了路线，还顺便回答了我几个关于他自己的问题。

他今年85岁，当过32年的高中教师，指导过学校的橄榄球队、篮球队。前20年在圣路易，后12年在这附近的一所高中。现在他住在自己的牧场上，面积有750英亩（约5000亩），养了些牛。

我从咖啡馆出来，正在戴头盔，准备上路，辛普森先生也跟了出来，建议我去看看他的牧场和家。我当然很乐意。他开车在前面领路，我骑摩托跟着，开一段，他会把车停靠在路边，下车指给我看：他的牧场边界从哪里开始算、到哪里为止，他正在开工兴建的一条路。如是者三，然后我们就去他家了。

到了他家，他先叫他老婆出来，介绍我们认识。他和她是在同一所高中任教的同事。介绍完，他让他老婆给我们端冰镇饮料来，饮料端来了，他又叫拿蛋糕，他老婆又进屋给我们一人端了一碟蛋糕来，然后进屋忙活自己的事情去了，留我们俩在外面聊天。

他们有五个孩子，都成家了，孙子辈人也不少，但都离得相当远，大部分在外州。他们偶尔回来看看这对老同志，帮着干点活儿，但主要是来度假。

我问他今天的安排是什么，他说，没什么安排，这几天修路有点累，想休息休息。说到休息，他说："现在有客人，我跟你坐在这儿聊，没事儿。要是我自己老在这儿坐着可不行，我老婆准得给我找点事做：修剪花园的花啦，割草坪啦，修院子的板墙什么的，她总能给我找到事儿干。所以我要想歇歇，得找片林子躲起来才成。"

他还有一台推土机，在修路的工地那儿。他说："你要不要去看看？"

我给他们的房子拍照，他们谦虚地说："不过是一幢老旧的农家房子。"其实看内部装修和城里的房子也没什么区别。毕竟是在大城市里待过多年的知识分子，都市生活的趣味早就成型了。

我最喜欢他们家的露台，对着他家的牧场，整

辛普森

辛普森的农场

四轮摩托，小卡车，全是他的装备

辛普森的农机

个被一棵大合欢树覆盖。

我喝完甜的饮料，跟辛普森先生讨水喝，他指着窗户下一根浇花用的胶皮管子，说：“你把开关打开，到头上接水。”我照他说的，打开龙头，走出去快 50 米了才走到头，接了杯水喝。

喝完水，我谢过了老两口，就重新上路了。还要去密苏里大学看看呢。

同桌的你

按照地址骑到拉斯维加斯的目的地，发现那是一栋“豪宅”。我有点疑惑：五六年前刚在他家住过，怎么一点印象也没有呢？给房子的主人打了个电话，才打消了我的疑惑，确定我没走错。他们全家外出购物了，这就回来。

房主是我中学同学，正经同班同学，不但同班，还同过桌，不但同桌，我们还是校田径队的队友。当时湖南省开中学生运动会，跳高、跳远、三级跳远，甲乙两组四个冠军由我们俩包圆儿。真遗憾，好不容易在美国有个“同桌的你”，如假包换，还是个爷们儿。不过好歹人家还认账，不像有的同学，同完班还不认账。

他们家跟他们拉斯维加斯圈子里的几个中国朋友的家一样，都是金融危机房价大幅下跌以后换的大房子，在很好的学区，400多平方米的房子带泳池，以前卖60多万美元，现在才40万美元。他们还带我去一个韩国朋友家里吃饭，那位朋友现在住的六七百平方米的房子最贵的时候卖到260万美元，去年她用100万美元就买下来了。

美国的金融制度鼓励公民“寅粮卯吃”，所以金融危机一来，很多人资不抵债，房子就扔给银行了。扎扎实实过日子的人，捡便宜的时候就到了。

我同学开一辆林肯（Navigator），那种三排座的大型越野车，他太太开奔驰轿车，要搁国内，别人一定觉得他们是富得流油的那一小撮人，而在这里，其实不过是朝九晚五的上班族而已，他们也都失过业，但毕竟有经验、有能力，换个公司接着干。

他们有两个闺女，一个9岁，一个7岁，正是好玩的岁数，成天叽叽呱呱、热热闹闹，和爸妈亲得不得了。老二从小就会疼人，刚3岁就怕妈妈抱的时间太长会累着，要求自己走。当爸爸的前些时候开车被别人撞过，问老二：“如果把爸爸撞死了，你怎么办？”

“我每年会给你送花。”老二说。

同学过的日子，是我看到的典型的中国家庭的生活，除了上班，就是忙孩子的事：一大早起来，叫孩子起床、给孩子梳头、做早饭、准备孩子的午饭餐盒，吃完饭送孩子上日托班（孩子现在都放假），下了班

接孩子，接上孩子直接送去学钢琴、学游泳，晚上回家，给孩子洗澡、监督孩子练琴……从早起到晚上把孩子送上床睡觉，中间似乎一口气都没喘，直接就到夜里 9 点了。

孩子可是真幸福，放假没有任何作业，在日托班就是玩各种各样的游戏，做各种各样的运动。

我和同学讨论：像《地球是平的》说的那样，美国教育危机重重，数理化之类的基础知识的学习，美国学生大大落后于中国、印度、俄罗斯等国的学生，还这样放任孩子，行吗？

我同学的理由是：该学的时候得学，不该学的时候，硬塞给孩子，效果反而不好；就说数学，他跟对数学界情况了解的人聊过，在数学界最强的还是美国人。

硅谷人家

隔着加利福尼亚州还有几个州呢，休斯敦的朋友就发来邮件说，已经给我在硅谷找好了落脚的地方。他和他硅谷的朋友是来美国留学前在北京外国语学院学英语时的同屋，很投缘，够交情。他可以把不相干的人往对方家里介绍。

20 世纪 80 年代的公派留学生充分享受了社会主义待遇，连学外语国家都包了，上课、住宿自然全免费，还要另发生活费。硅谷的朋友把我请进他们家 100 多万美元的房子，很抱歉地说："你是住过休斯敦的大房子的，我这里房子小……"言下之意好像是怕委屈了我。

他运气真好，赶上我这么个能屈能伸的人，400 平方米的房子住得，200 平方米的房子也不嫌憋屈。我怕他太内疚，跟他说："要是回北京，住十环外、10 平方米的房我也不叫苦。"

其实房子很不错，完全可以和北京顺义那些富豪住的宅子旗鼓相当。中国新建的豪宅也许还比不上，因为他家有个院子，花卉果树，种类繁多。李树果实累累，让我垂涎三尺。杏树结的果非常诱人，今年一共结了15个果，已经被我吃了一个。

他家还有个私家篮球场。他们家里一个小伙儿读高中，一个千金读小学，都喜欢打篮球。小伙子沉默如金，你不主动跟他说话，他绝不出声。小姑娘是个书虫，读书痴迷，而一旦她打破沉默，就口若悬河，滔滔不绝。我跟热情爽快的女房东攀了半个北京同乡，她二十几岁就来美国读书、生活，还没我在北京生活的时间长呢。

丈夫是辽宁的农村孩子，山沟里飞出的金凤凰，小学同班同学里，最后考上大学的就他一个，并且他还在大学留学考试的激烈竞争中拔得头筹，出了国，拿了博士学位。他说起小时候，生产队弄几辆马车把他们全班同学送到营口去参观动物园，算是整个小学记忆中一个耀眼的亮点。所以，谈起赵本山的小品，里头称铁岭是大城市，其写实意义和喜剧色彩他是很能欣赏的。

大概因为深知农村孩子的不易，也是对祖国栽培的报答，他现在在资助十名云南偏远农村的孩子读书。跟他聊起他当初留在美国的事，他提起一个事实是我以前所不了解的。他说，他们那批留学生很少有人想过要留在美国，很多人都像他的计划一样明确：读六年，先拿硕士，再拿博士，然后回国。1989年的事件一发生，他们才改弦更张的。

其实，我现在入住他们家也许时机不算好。女主人刚下岗，正在找新工作。她先生效力的一家靠风投生存的小公司的钱快花光了，而原先的收入根本不能维持开支，他也正向朋友放出风声：他需要另一份工作。不过也许我又该说我到的时机恰好：北京同乡天天在家做饭，一出手就是大桌，而且她打理厨政的时候，不喜欢有闲人在厨房里晃悠。于是我顿顿坐享其成。她有个理想：希望老公赚足够的钱，她就可以退休回家，专心享受操持家务的乐趣。

他们处变不惊、应付自如的姿态，

让我纳罕。两个孩子花钱都很厉害：千金刚从科罗拉多的一个合唱节回来，一个星期的活动花费是 2 000 美元。老二刚回家，又要送老大回国参加夏令营，一个月的费用是 4 000 美元。

他们家有只一岁多的花猫，跟我挺合得来的。它和我一样，爱喝自来水。

梦里不知身是客

硅谷的朋友是个毛泽东思想和中国传统文化的热心研究者和躬行者，和我聊天，言必有据，毛主席的著作《中国社会各阶级的分析》、《实践论》、《矛盾论》，共产党的群众路线、组织原则，四书五经里的《论语》、《易经》常被引用。他领我出去吃日餐的时候，我向他报告发现了一家叫韶山冲的湘菜馆，他没吃过，第二天就偕同全家和我去吃了。

其实那里除了剁椒鱼头、辣椒萝卜等极少数菜算湘菜外，其他的菜大都搞的是“修正主义”，是川菜、粤菜。

朋友边吃边向我介绍，他们家所在的硅谷边缘上这个 20 来万人的城市，80%的人口是中国、印度、韩国等国来的移民。硅谷的从业人员里，北大、清华的毕业生简直满坑满谷。他家同一条街上，隔几个门的一家，主人就是 80 年代的北京高考理科状元，清华大学的毕业生。

我想朋友大概没有夸张。我到处张望，店里的、门口等座的客人，全是中国人，点菜也用中文，感觉像在北京的簋街。

有两次我和朋友在小区附近散步，步行一两个小时，途中碰到的其他散步的居民，大部分人都是中国人，我看着觉得像中国人的，直接就用中文打招呼了，屡试不爽。

诺贝尔经济学奖得主弗里德曼曾经写过文章，表示他相信美国会赢得未来，因为美国最能吸引全世界各地人才。他说，太平洋美国这边的中国人会战胜太平洋那边的中国人。到硅谷这边看过后，我觉得也许我们该重视他说的话。

韶山冲湘菜馆

“红头阿三”，公园里休闲的人群也主要是中国人和印度人。

和朋友在公园里逛的时候，觉得这一群二胡演奏者拉的曲子很耳熟，问了朋友，说是《青藏高原》。我突然觉得恍如置身于北海公园。

湾区的一个老年活动中心，我没想到美国乒乓球这么普及。

公园里偶尔也看得到几个白皮肤的游客，他们只能算少数民族了。

别墅得而复失的玛蒂

在蒙大拿州，我住在一个叫阿纳康达（Anaconda）的小城里，它是19世纪靠炼铜起家的。这是个规划得很整齐的城市，宽敞的街道横平竖直，像棋盘一样规整，有很多上百年的民宅。

阿纳康达是个在慢慢死去的小城。炼铜业随着附近的铜矿被开采殆尽而走向衰亡，这个曾经辉煌的小城也在萎缩。据我的朋友玛蒂介绍，像她父亲这样原先在这里的工人，一辈子生活在小城里，炼铜公司提供一切：工作、住房、商业设施、教育，有点像共产主义，一旦公司消亡，工人们就不知所措，没法在新的环境下生存。

没有新兴产业的支撑，没有新的工作机会，城市就会慢慢走向衰败。挺可爱的房子就那么荒废掉，连我这个外人看着都心疼。

玛蒂家的房子是我在美国住过的最小的独栋房子，大概只有100平方米。玛蒂和她的九个兄弟姐妹就是在这栋房子里长大的。她和她大部分的兄弟姐妹一样，长大后到外地谋生。她在佛罗里达州工作、退休，只是每年暑假回来避暑，同时和其他家庭成员聚会。她自己有 5 个孩子，5 个孙子。我来的时候，他们家 45 人的家庭聚会正接近尾声。

玛蒂跟我说，小时候他们家 10 个孩子和父母就在厨房这块弹丸之地吃饭。她说，她童年时是挨过饿的，那时父亲丢掉了工作，全家没饭吃，早起会发现门口有邻居悄悄送来的食物。她耳闻目睹过因工会组织罢工、政府的镇压、资本家请流氓打手帮忙而引发的血腥事件。她说，美国的优越地位是美国人肯苦干、经历磨难换来的，如今正在被断送。

她家房子虽小，但有个相当大的院子，45 个人在这儿聚会也不会显得太挤。院子里有辆她儿子 10 岁的时候骑的摩托车。

玛蒂的兄弟姐妹都挺纳闷，都问她："你怎么认识柳的？"她说："我儿子介绍他来的，他在佛罗里达州从我儿子手里买了部摩托车。"

早起在城里散步真是难得的享受。8 月初，美国有些地方热到 40 多度，而这里温度只有十几度，阳光灿烂，空气清爽，街上人、车都少，柔和的阳光投在哪里，哪里就焕发光彩。那份恬静不像是在城里可以有的。

阿纳康达的地理位置很好，离两个国家公园——黄石公园和冰川国家公园——都只有 3 个小时左右的车程，气候又这么好，要开发旅游业是有本钱的。

很多房子空置着，房前插着待售的牌子。有的房子似乎已被遗弃，衰败的迹象到处可见。

"我的朋友"玛蒂和她的房子

本地人度假的热门地方：乔治敦湖

但我希望它保持现状，既不发展，也不衰亡，现在刚刚好。不过我知道，事情不会这样，若5年后我再来，要么它变成一个喧闹的旅游城市，要么变得更衰败、萧条。

玛蒂花了一天时间开车带我在她家周围转。

玛蒂特意把车子开到山坡上这栋俯视湖面的度假屋前，并作了详细介绍。这原先是她的房子，住了十来年，后来因为生意不顺利，转手了。

看了她的度假屋，我对玛蒂有点刮目相看。拿得起放得下，不简单啊。

一路上，玛蒂没少跟我讲她家的故事。她们10个兄弟姐妹，有的很阔，来聚会住在城里最贵的旅馆，也有一个弟弟、一个妹妹靠政府津贴生活，住廉租房，拿政府的钱，什么也不干。她这个妹妹，装疯骗取政府津贴，而且还有大学文凭，但就想这么过一辈子。“骗了40年，可不容易啊。”玛蒂说。现在，这个妹妹的儿子也决定接妈妈的班，大学毕业，什么也不做，靠政府救济。

她还带我到湖边她另一个妹妹的度假屋前看了看。她这个妹妹，和她结了婚的女伴在这儿度假，我们到的时候，她们正准备去游泳，跟我们打过招呼，就往湖边走了。

晚上回到基地，我做了肉丸汤，玛蒂那个疯妹妹也加入我们，坐在我旁边和我搭话，思路清晰，态度磊落。

密尔沃基访友

北达科他州的朋友带着三个孩子到周边几个州旅行一圈，我叨陪末座。

其中一站是威斯康星州的密尔沃基，我们住在一个朋友家。这对夫妇和我北达科他州的朋友经历很相似，都是来美国念书然后就业的60后，来美国十几年，大部分时间都在辛苦打拼，边养家边读书，如今夫妇两人都在密尔沃基的一所大学工作，一人教书，一人做教辅性质的工作，干了3年，买了这所房子。

这所房子的特色是带篮球场和排球场。雨刚停，孩子们就欢天喜地地打起了球。

看孩子们挤成一堆，无忧无虑、开开心心地玩游戏，最是让人舒心。

密尔沃基的一个居民区

密尔沃基朋友家的房子不错，我们一夸，这位朋友就很低调地强调他们家房子的平民性，同时为了让我们开开眼，他特意开车带我们到湖边看了看据说是几百万美元一栋的豪宅。结果，他的目的达到了，至少我印象深刻：且不说房子大、风格多样，只看环境之美，就让我这个见过点世面的人也忍不住点头称赞。

第二天早上，大家都还在睡觉，我特地早起骑着朋友孩子的自行车到住宅区、湖边转了转。

我第一次在鼋头渚看太湖的时候，叹为观止。其实要论大小，和太湖比起来，密西根湖要大得多。历史上美国经济的强盛得益于五大湖甚多。即使搁在今日，它的优势也让人羡慕：一个不缺水的发达经济区，是真正的得天独厚。

2002 年第一次到美国，在新奥尔良的住宅区，我看到大片优美的民居，像发现新大陆一样惊奇，拍了很多照片。10 年过去了，我在美国也看了不少地方，到过、蹭住过不少不错的住宅区。但是，到了密尔沃基这样的住宅区，我依然眼睛发亮，也为美国的成就赞叹。在北京，数千万元一栋的所谓豪华别墅所在的住宅区也没有这样的环境。而在这里，朋友住的这片住宅区，独栋房子成千上万，其中数百万美元一栋的房子也有一些，但绝大多数房子不过是和朋友家一样普通的中产阶级的住宅，但是，大家都享有水准接近的社区环境。在我到过的国家里，大城市居住条件之好，环境之美，水准之高，能与美国相媲美的，似乎只有澳大利亚。

其实这里的房子，以美国的标准来讲，大都很小，一二百平方米大小的房子很多，很多房子大概已经扩建多次，但整个区域显然是19、20世纪密尔沃基还是蓝领城市的时候已定下的格局：路宽、公共空间多、树多。经过一百多年的精心维护，这里显得既有人文历史的积淀，又有自然环境的优美。

早上到湖边的长椅上坐上那么一小会儿，就能给一天开个愉快的头。

清晨小区里跑步的人不少。

在家里换好衣服，抱上冲浪板，直接就下到湖边了，连车都不用开。

北达科他州的一所高中

家在北达科他州的朋友，大儿子今年上高中，今天报到。

朋友介绍，北达科他州最大的城市就是法戈，人口 10 万，一共有 4 所质量较好的公立高中，这是其中一家。

学校的停车场，因为没有正式开学，停车不多。按北达科他州的规定，居民 14 岁就可以考驾照，所以高中生开车上学的情况十分常见。

稀稀拉拉几个入学新生及其家属加上我这个看热闹的流浪汉，首先在学校礼堂开会，由大概是校长助理的女士致辞欢迎，简单介绍了学校情况。她面貌平庸、言语无味，我很快就坠入梦乡。坐在我后面的朋友的孩子都替我捏了把汗，怕我打呼噜打出声来。但是我很争气，睡得很香，也没有出声。

远处就是校舍

学校礼堂

简报会结束，由高年级女生引导参观校舍

学校有两个体育馆，这是其中之一

举重房

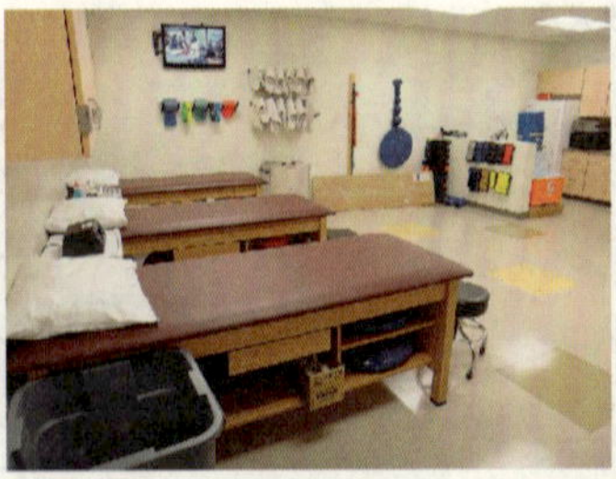
运动创伤诊疗室

游泳馆

大概因为这所高中 2008 年才建校，学校的图书馆还空空的。

烹饪课教室

陶艺课教室

学校附设的水上乐园

教室外的公共空间配备了厨房设备，方便学生聚会、活动。

操场一角，草坪球场可以踢足球、打橄榄球，另外还有棒球场等。

学校是公立的，上学免费，课本免费，校车免费，穷人家孩子连餐费都免，总之该免的全免，但是该赚的都赚在明处，比如穿带学校标志的纪念品、服装。

说是免费，其实都是从纳税人交的税金里出的，像我朋友，作为大学教师，一年要交3万美元的税，学校能不阔气吗？

朋友也没什么怨言。他也穷过，也享受过穷人的待遇。当年读书的时候，一家四口，就他一人有点收入，大儿子在校读书吃饭都不花钱。老二出生时，生孩子的费用一万多美元，也由政府负担。

他在江苏农村的弟弟，最近孩子要读小学，学校让交9 000多元钱，否则就读不上书。我还纳闷儿呢：咱们小学不是义务教育吗？我的侄女在长沙读小学，的确只要买点破葫芦丝什么的就行了。

中美发型师峰会

法戈的理发价格是15美元，我的朋友虽然有美国州立大学的教职，薪酬不菲，但毕竟出身江苏农村，小时候饿过肚子，以这样的价格剃个头，对他来说是骇人听闻的。所以，他们家自备推子，自力更生。访客愿意，他也乐意免费奉送教授发型；有更高要求的，也尽量满足。

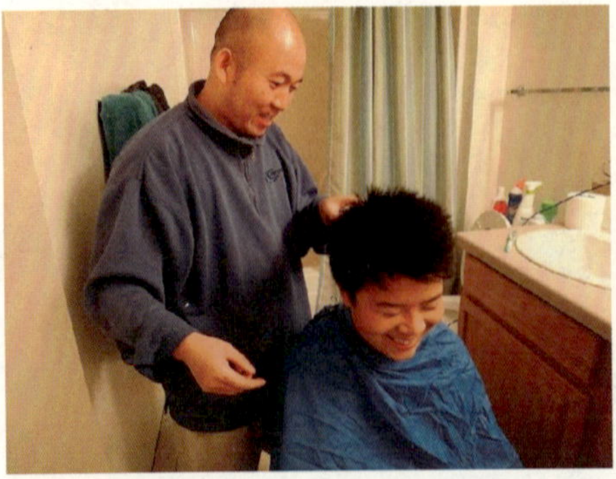

访客中有一名北京中学生，带来了中国遍地都是的学生发型。

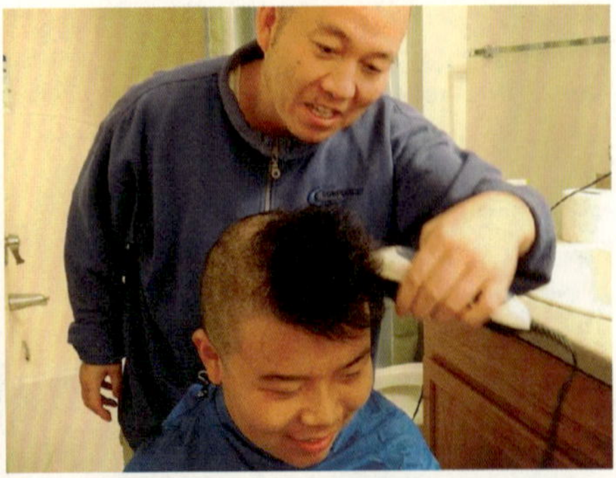

经教授亲手料理，循规蹈矩的发型顿生异彩。

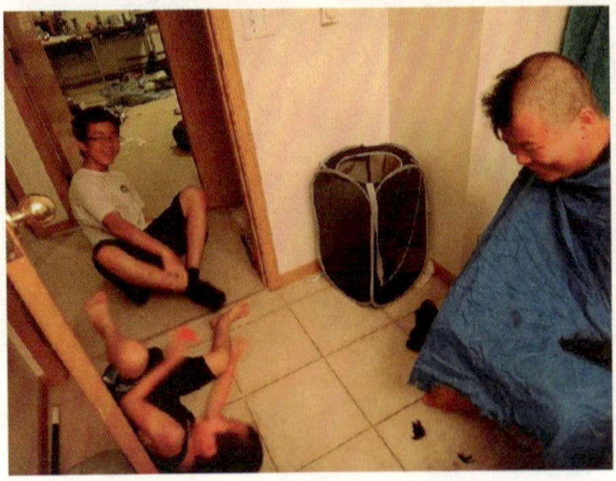

教授两位公子对他们玩伴的华丽变身有点措手不及。

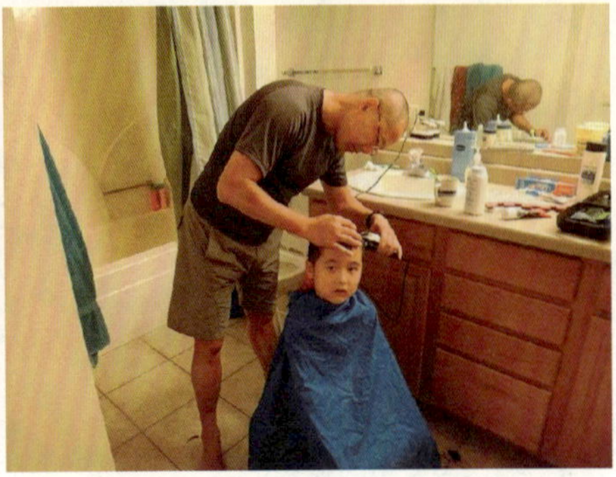

朋友赐我一个教授发型，我在他们家二公子身上投桃报李。

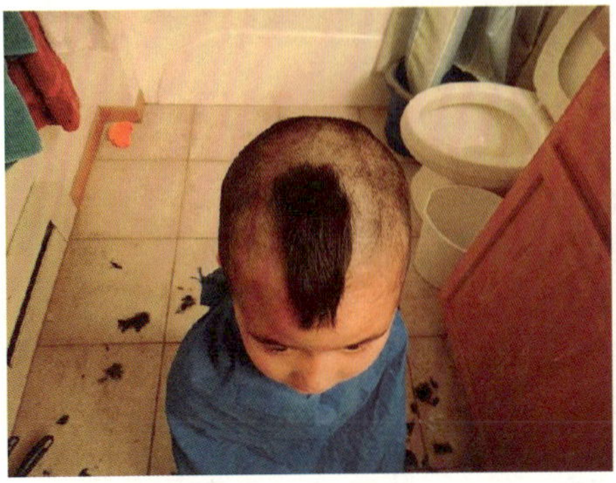

基本算是模仿教授的杰作。

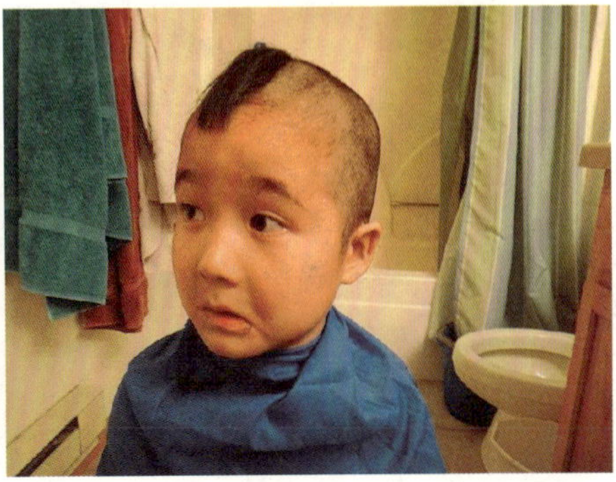

感觉二公子好像对新发型不是很满意。

一种教育

今天离开北达科他州。因为要赶远路，所以我早起装车、吃饭。朋友也跟着早起，给我做了简单的早餐。本来我想吃了饭就自己走人，不跟孩子说再见了，让孩子多睡一会儿。但朋友坚持要送一程，并且要叫上孩子一起去送，说："这也是种教育。"

因为是暑假，两个孩子平时要睡到 10 点钟左右才起床，今天 7 点多就被朋友叫了起来，睡眼惺忪地上桌吃早饭，却毫无怨言。

老二清清问爸爸："柳大大骑车，我们怎么送啊？"

结果是，他们开车，我骑车跟着，一口气跑出 100 公里，一直到了北达科他州和南达科他州交界的地方，在路边找了个地方停车，合影，互道珍重，挥别。分手以后，他们北返，我继续往南骑，一边骑，一边琢磨：这是种什么样的教育呢？我也说不好，只觉得这种教育挺特别的，而且惊人地成功，这在老大潇潇身上体现得最充分。

和朋友儿子的合影

这次在他们一家一共待了十来天，看到老大潇潇的种种表现，我常常暗自纳罕：这样懂事的孩子真少见。14 岁的男孩，家里所有的衣服都由他负责洗，还和爸爸轮流刷碗。爸爸开车跑长途一旦露出疲态，就不停地催促爸爸找地方停车休息。为了让爸爸睡好觉，就让弟弟跟自己睡一间屋，让爸爸自己睡一间屋。弟弟过生日，他花了几十个小时自己动手做了件迷彩斗篷当生日礼物，因为弟弟最近迷上了特种兵。弟弟哭闹、胡搅蛮缠的时候，他用惊人的耐心哄、劝。爸爸买了冰淇淋，他要求买一包奥利奥饼干做碎饼干和冰淇淋一起吃，爸爸同意后，他去货架找饼干，最后找来一包"山寨"奥利奥，因为比真奥利奥便宜一美元。

一条旧睡裤的一边裤腿已经破得快掉下来了，爸爸都建议他扔掉买条新的，他也不舍得扔，找来针线，一针一针缝起来接着穿。缝衣服的本领是在学校的缝纫课上学的，针脚稀松得可笑，但是，不论在美国还是在中国我从未见过14岁的孩子自己补旧衣服。

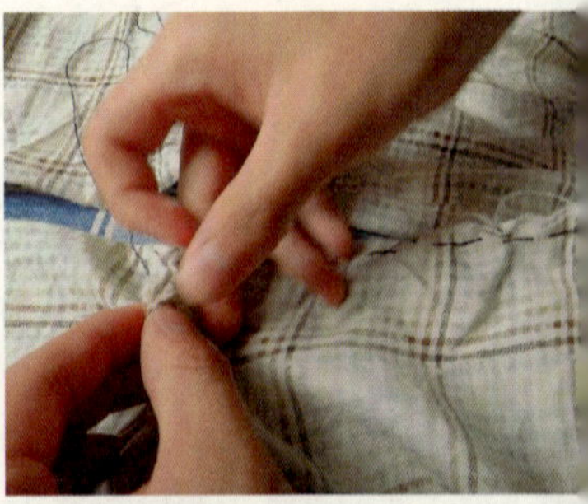
潇潇在缝睡裤

那么爱惜钱的孩子，管爸爸要了钱自己去商店买运动裤，买了条便宜裤子，付钱的时候，自己做主捐了两美元帮助穷孩子。学打篮球，练身体素质，叫他怎么做就怎么做，肯下死力，绝不偷懒。他功课拔尖不说，而且懂得自己用功，爱读书，立志要上最好的大学。

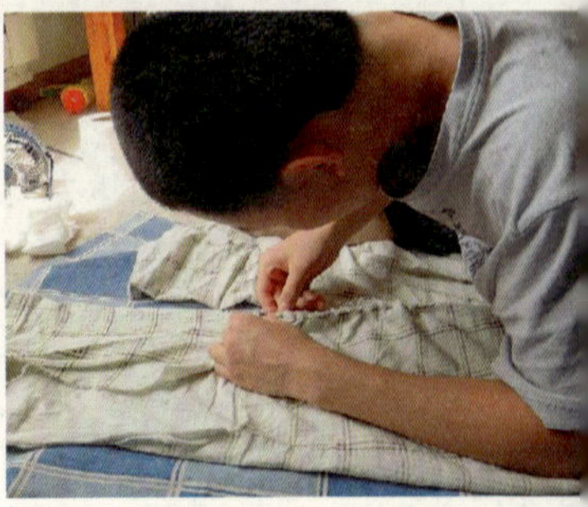
缝得很仔细

我觉得他像他爸，像个从小吃不饱饭的农村孩子。在美国这样富裕、奢侈、个人至上、孩子至上、物质至上的环境里，这么小就懂得心疼父母、懂得稼穑艰难、懂得照顾别人、吃苦耐劳、肯吃亏、有同情心，又有抱负的孩子，真是罕见。

没有比这更高的教育成就了。

冰淇淋社交

朋友的儿子上小学四年级，新学期刚开学时，照美国小学的惯例，会择一傍晚，让全校老师和家长碰面，进行“冰淇淋社交”（Ice Cream Social）：在学校操场一边吃冰淇淋，一边互相认识、随意交谈，家长们也可以趁此机会认识、联络一下。这个学期的“冰淇淋社交”正好在今晚。

不知道是不是美国小学的通例——至少这个小学的规矩如此——一个孩子从入学开始，每个学期都会分到不同的班，以便孩子更多地认识、了解学校的同学。

大约我好事的名声已先于我到达芝加哥，所以，这样的家庭活动，朋友的太太也问我：“要不要去看看？”

当然要去，别的社交活动我不一定有兴趣，这种社交，光听名字就知道对我有不可抵挡的诱惑。

学生、老师、家长

学校离他们家很近，我和朋友一家三口穿过住宅区走路前往，大概走了10分钟。就读美国公立小学的小学生似乎都遵守就近入学的规定，所以我认识的美国家庭的孩子读小学的，学校都在步行几分钟、十来分钟的距离内。

学校操场

朋友家所在的小城，离芝加哥约50公里，按中国的惯例，离市中心这么远，好学校就寥若晨星了。美国的情况有所不同，朋友的孩子读书的这所小学，质量就不错，小城同等水准的小学还有几个。奥妙在资源的分配：公立小学的经费来自政府财政，而支持教育的政府预算主要来自地产税，所以房子越好，地产税交得越多，学校也就越好。美国人住得分散，但是好的住宅区也多如牛毛，所以好的中小学也多得很。不远处就是学校所在的住宅区的房子。当然，穷人集中的住宅区，学校也差。

家长在分发冰淇淋

听说咱们也要试着开征房产税了，希望能学到美国做法好的一面。北京最好的小学都集中在弹丸之地的二环以内，但愿有朝一日房产税的开征、利用，能够改变这种资源分布的极度不平衡。

这个学校有400个学生，5个年级每个年级4个班，每个班20个学生。说起来不大，不过加上亲友，场面也就够大了。

分发冰淇淋的都是志愿服务的家长，不管是谁，伸出手来他们就发一个，吃完再伸手，再发一个。我怕影响朋友的形象，很节制，只吃了一个。但是朋友自己吃了两个，被志愿家长捉住胳

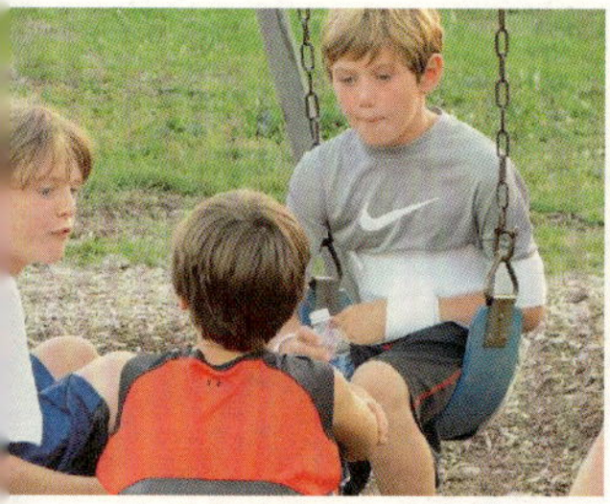

孩子们大概也不容易碰到这么热闹的场合，所以个个都聊得开心，玩得开心。

图书馆

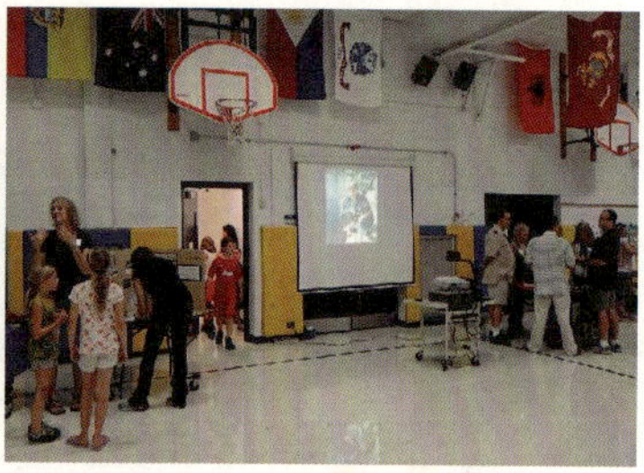

体育馆。各种课外活动、兴趣小组都在体育馆摆摊，招兵买马。

膊用彩色记号笔画了个叉：他们记得谁吃了“回头草”！不许吃第三回！

学校的门

据朋友介绍，学校的门开得颇有讲究：校舍只有一层，除了一个大门外，周围一圈都有门，一共有 11 个，每个都有号码，哪个班由哪个门出入都有规定，因此，发生紧急情况的时候，不会大家都走一个门，以免造成拥堵、踩踏事故。

新泽西州的一个房地产中介

屈指算来，这次来美国，东南西北，在十来个中国朋友家蹭住过，新泽西州的朋友家是唯一一家租房子住的。

这幢两层、三个卧室外带地下室、顶楼（相当于一个房间）、花园的独立房子，一个月租金是 2 500 美元。他家所在的这个居住区，有城铁通纽约市，原先他在曼哈顿上班，坐城铁路上大概要花一个小时。

之所以租房子住，原因在他老婆身上：她是个房地产中介。

她给我算了笔账：如果在这个小区买栋他们中意的房子，应该比现住的这栋要好一些，大一些，需要 40 万美元首付，然后还要每月付按揭，每年付地产税。如果她选择租房，既可以享受这个小区优美的环境、便利的位置、高质量的学校，还不用交地产税，还可以拿这 40 万美元进行投资，在别处买房，以房养房。

她自己投资的房子在佛罗里达州的奥兰多。奥兰多有全球最大的迪斯尼乐园，离海又近，所以是美国很热门的家庭度假目的地。她的房子基本就是向去奥兰多度假的美国人短时出租。除了出租自己的度假屋，她也出售那样的度假屋，买家来自哪里的都有，美国人、加拿大人，也有有钱的中国人。

卖出去的房子要装修，租出去的房子要清洁、维护，所以房子一多，所需的各项服务也多起来，她索性就自己成立了一个公司，提供一条龙服务：卖房、装修、出租、清洁、维护。让我觉得新鲜的是，她经营的所有的房子都在奥兰多，她的公司也在奥兰多，但是她却在新泽西州的家里上班，靠网络、电话和客户、员工联系，实行远程遥控。

她来美国十几年了，出国前在国内当过几年英文教师，来美国后做过各种各样的工作，包括在福建人办的学校给那些偷渡过来的华人黑工教餐馆英语，在风投公司做项目经理，在房贷公司做房贷等。干房贷的过程中发现房地产经纪这个行业有机会，于是去听课，参加考试，把执业牌照考下来，然后挂靠在一家地产经纪行，就一个人风风火火干起来了，几年下来，就自立门户了。

他们家有两个孩子，老大上初一，老二刚满 100 天，以一个月 1 600 美元的工钱请了个湘西农村来的大妈当保姆，带孩子、做饭、做清洁。我朋友在公司工作，朝九晚五，白天就她和保姆在家，各干各的。老大自己走路上学、放学。她在电脑、电话上工作，抽空还可以吼几句不做功课、不练琴的老大，抱着爱笑、脸红得像关公的老二逗逗笑、喂喂奶、喂喂水，偶尔开车去趟银行或买买菜，或者接送保姆、老二去社区的公园散步，所有的事情开车 5 分钟全部搞定。

纽约的伟大之处何在

我在从新泽西州到纽约的城铁上，马丁打电话过来，告诉我他的详细住址，还特意叮嘱我上地铁的时候，尽量上前面的车厢，这样下车就离他住的那条街近。

马丁是我几年前在印度旅行时认识的一个狂热追求旅行和美食的纽约律师，我们一直有联系。这次到纽约，我唯一想见的就是他。

果不其然，按他的指示上下车，下车后只走了几十米就到了他那条街——尽管地铁停靠的那一站名义上和他那条街隔着两条街。远远就看见他已候在临街的台阶上往我这边张望、招手，我突然觉得嗓子痒得厉害，猫着腰在街边咳了一阵，才过去跟他寒暄。

他把我请进屋子，介绍了一位从巴黎过来的朋友给我认识，然后我们仨就立刻出门上他的车去吃饭——已经是下午 2 点了。

头天跟他联系时他就问我这次来纽约要看什么，我说，就想跟他吃顿饭，聊聊天，有空就去哥伦比亚大学看看。但吃饭我有要求，要去本地人才去的饭馆。其实我多虑了，他是个那么讲究吃的人，不可能把我领到徒慕虚名的观光客光顾的餐馆。

一上车，他先递给我一块糖。我剥去糖衣搁进嘴里，凉凉的，大概有薄荷之类的止咳成分。他就是这么细心体贴，而且依然那么健谈，滔滔不绝。

“纽约的伟大之处何在?”

刚开车他就开讲了，我还在思考这篇大文章呢，他就已经自问自答了：“纽约有全世界各民族的饭菜，而且地道好吃。”

他举了个例子：“曼哈顿最近开了几家河南饭馆。”为了怕我误会，特意补充：“是河南，不是湖南。”

对于一个非中国通来说，知道川菜，知道粤菜，不算了不起。知道河南菜，就有点不寻常了。好比，学英语的人也许知道美国人吃恺撒沙拉、吃烤土豆，但是，知道凯郡菜的人就不太多了吧?而且，我教过外国人汉语，知道西方人说汉语时，把湖南、河南说得泾渭分明并不是件简单的事。马丁不说汉语，但其中的差别他很清楚，而且说得还蛮地道，由不得我不佩服。为了确保我清楚他的学问，他特地补充道：“不是那个吃米饭的湖南，是吃面条的河南。他们的面条真棒。”

这也代表了马丁一个很大的变化，他开始谈中国的事了，而以前他完全不谈中国。世界上哪里的事情他都知道一点，但没想到事隔几年，他开口像个中国通。

马丁带我去的是一家波多黎各饭馆，招牌菜是烤乳猪。

烤乳猪很多年前我在贵州吃过，觉得好吃是好吃，但也没觉得多了不起，哪种肉烤好了都挺好吃的，对不对?而且，乳猪的爸爸妈妈烤好了味道也不坏。

意外之喜是牛肚汤，真美。马丁说，这里每天的汤都不一样，我运气好，撞上了牛肚汤。其实对我来说，纽约的伟大之处在于有马丁这样的人。

体操教练的故事

回国的航班是从华盛顿起飞的，所以我走之前，先在华盛顿特区附近的马里兰州的一个中国朋友家住了两天。

朋友家也是美籍华人，四口之家。丈夫在国内有生意，是个空中飞人；妻子为美国政府工作。这样的两口子如果放在中国，你立刻可以看出他们是左右逢源、令人艳羡的特权阶级，不过在美国，他们也就和我住过的其他中产阶级家庭一样，毫无引人注目之处，自己守着自己那一亩三分地，过着殷实、安定、平静、在我看来还多少有些单调乏味的小日子。就以妻子为例，身为美国中央政府单位的工作人员，还是个小头目，但是，近 10 年来，我在她家加起来也住过七八次了，我就从来没听说过、更没见过她在下班以后因为公事有任何应酬：她连饭都没捞上过一顿。

而作为两个孩子的家长该劳心劳力的麻烦事，她是一样也不落下的。比如今天是星期日，她的一天又要贡献给孩子了：上午带两个孩子参加教堂活动，下午送小的去练体操。孩子一练几个小时，她要么和别的家长一样，在旁边看看孩子训练，看看手机、玩玩 Ipad，要么回车上给国内的亲友打打电话，困了就在车里补补觉，一天就这么过去了。

昨天一天也是，上午送老二练体操，下午送老大打排球。周末就这么过去了，每周如此。

其实在我看来，他们家孩子练体操，纯粹瞎耽误工夫，也是在糟蹋父母的钱。这孩子刚十二三岁，个子已经接近一米六了，在她所在的俱乐部里是最高的。根据她父母的身高推算，她以后长到一米七大概也不难，再长高些也属正常。这样的身高练体操，如果她打的主意是参加奥运会夺金牌，或者高考加分什么的，那是缘木求鱼，如果她真达到目标，那姚明也可以练高低杠并且为国争光了。

当然了，孩子练体操，奥运会参加不了，高考分加不了，好歹还能练个好身体，时间没白花。不过，要练身体，跑跑步行不行？自个儿弄

个球拍拍行不行？也不用家长大老远接送，等好几个小时，还要花钱。她这体操课，在俱乐部练一个月要300多美元，还要请私人教练开小灶，一个小时40美元。

当妈的其实和我有同感，很清楚孩子练体操没前途，也跟孩子商量过退出的事，不过孩子说有兴趣，那就天经地义，做父母的就只有接送如仪、继续掏钱的份儿了。

这就是美国体育和中国体育最大的差别了。从我在美国接触到的这些中国孩子来看，他们参加体育运动，是因为好玩儿，花的是自己父母的钱，至于是不是能玩出什么名堂、得到什么实利，完全不要紧，关键是自己开心，学到好玩的本领；在父母看来，至少他练出了好身体、好头脑。而在中国，孩子玩体育，一般也就是学校体育课上做做样子，一旦打算正儿八经地练什么，实际的考虑就多起来了，如果还能达到为本市、本省甚至为国争光的水平，那就花的是别人父母的钱了。

所以，看两国的孩子练体操，那感受是绝不相同的。80年代，我曾经在省体工队看过小孩子练体操，他们训练的时候，没有人笑，倒是经常哭。中国儿童体操训练的残酷和艰苦，没有到现场看过的人，无法想象。所以，专业体操队的孩子练习的时候，没有父母观看，我听说有规定，不让父母旁观，否则，看到孩子的苦状，大概要相当狠心的父母才会让孩子练下去。我敢武断地推测，这样的情况，现在也好不到哪里去。我没研究过中国那些拿奥运体操金牌的运动员的家庭背景，但我觉得可以打包票的是，他们的家庭，不大可能是有权的人家，也不会是有钱的人家。

几年前，我在美国新泽西州一家体操俱乐部第一次看到美国孩子练体操，当时的情景让我觉得很新鲜。我到的时间比较早，体操馆虽然已开门，但是练习场地还没有开放，早到的孩子，已经换好体操服，群集在练习场边的木栅栏边，跃跃欲试，兴奋，急不可耐。门一开，他们欢天喜地拥进去，在垫子上、海绵坑里奔跑、翻腾。这和我印象中的体操馆天差地远。

朋友今天之所以带上我，是因为孩子的教练和我算是朋友的朋友，所以事先约好训练结束后我们一块儿吃顿饭，聊一聊。

和在美国执教的很多体育项目的中国教练一样，这位教练来头也不一般，他在国内培养过赫赫有名的冠军。美国就是这么个杀鸡用牛刀的地方。昨天我跟孩子的妈妈一起送孩子去俱乐部练习，朋友指给我看场地中不显山不露水的一位中年女教练说，她是罗马尼亚人，20 世纪 80 年代的世界冠军，年轻的时候人称“小科玛内奇”。

晚饭吃得开心极了，主要是聊得开心。教练的经历丰富而奇特，人又风趣健谈，只是大概不容易碰到像我和我朋友这样有合适的背景知识的听众，看到我和我朋友兴趣浓厚而且样样事物接得上话，他讲得眉飞色舞、口若悬河。

其实，也许我们不该那么开心才对，因为教练讲的都是我们国家体制下竞技体育事业的可悲故事，讲的是闻名世界的面子工程让人伤心的内幕。趁教练吃菜的时候，我提起一个我们都认识的朋友，曾经和教练先后任职于省体操学校，后来得了精神病。

我这一提不要紧，勾起了教练一个话题。他说，有一次省举重队和体操队因为一项赛事而乘坐同一列火车出行，途中两个队的人偶尔聊起了这个话题，大家扳起指头数了数，发现结果惊人：自 1958 年以来，省体操队出过 28 个精神病人。这个数字我当然不知道对不对，但是，至少我认识其中一个，还听说过另一个。

为什么体操队会出这么多精神病呢？教练以做运动员时的亲身经历现身说法。他回忆起当年他练体操，当讲到教练宣布明天要他“脱保”（脱离保护绳）做某个高难动作时，他像回到了当年，双手握拳，全身缩作一团，僵硬，颤抖：“夜里通宵睡不着，不停地想，如果动作完不成，我头部着地的话，怎么办？如果发生了什么什么怎么办？如果我通宵睡不着，第二天的状态就更差……”

体操运动员就长期生活在这种紧张、恐惧的精神状态下。有的运动员会在“脱保”的头一天佯装自杀来逃避那种恐惧。

而奥运金牌背后的故事，比起谢亚龙的中国足协的故事一点也不逊色。

体制就是这么个东西，不光挥霍纳税人的钱，也糟蹋年轻人的生命。它和毛主席说的“发展体育运动，增强人民体质”没什么关系。

六、逍遥游

捷足先登的中国摩托手

刚进科罗拉多州，就游览了一个叫恐龙的小镇，在它附近地区曾挖掘出很多恐龙化石。我到镇上的游客信息中心去方便，顺便拿了张地图，结果服务人员请我在他们的访客签名簿上签名，并在世界地图上找出我家的位置，并在那里插颗图钉。

欧洲来的访客显然最多。

大陆来的中国访客中来钉图钉的，我是头一个。工作人员先给了我一颗白色的图钉，我请她换了一颗红的，我们是红色中国嘛。

一千道拐

来北卡罗来纳州本来没打算看什么景点。可是到了罗蕊家，翻翻书，发现北卡罗来纳州最西北角和田纳西州交界的地方有条号称美国东部第一、全美前五的摩托路线，叫 Deals Gap，又称龙尾，全美的摩托迷都有“不到龙尾非好汉”的情结。这样的地方我不来就有点说不过去了。

去看外孙的斯科特

打了份谷歌路书，我一大早就上路了，打算来个一日游。

在高速路休息站碰到这个骑摩托的，叫斯科特，今年 49 岁，今天他去看他女儿，她正在医院生孩子，也是他的第一个孙子。

水库

我骑着摩托渐渐接近龙尾时，看到这一片有个水库，水面狭长、后来曲折，我跑了近百公里，还是在水边。

都是慕名来跑龙尾的

龙尾之所以出名，是因为弯多：大约十七八公里的路，有 318 道弯。我跑了个来回，加上进入龙尾前的几十公里山路，也是一个来回，我估计总过了有 1 000 道弯。

据说龙尾常出事故。我估计都是车开太快闹的。这里很多地方有雷达，警车来回巡逻，不许摩托手玩命。但是，网上专门有网站帮助摩托手玩命：他们有详细的地图，告诉大家哪里有雷达。

弯道

我慢慢溜达下来，当然毫无危险。

跑完以后想一想，不太明白为什么这个地方名头这么响亮。好地方固然是好地方，山清水秀，地广人稀，道路完美，当然是骑摩托的好地方。弯道固然是密集，但也未见得就那么稀有，相信美国各

摩托的聚会

“耻辱柱”

地乃至世界各地的山区，这样弯道密集的路，不会少。估计主要是吹出来的，和大部分所谓的 5A 景区一样。

龙尾的入口处有个摩托车度假村。今天好像有个川崎车的聚会，很多川崎古董车停在那里。

度假村有一棵“耻辱柱”，上面挂了很多事故车的部件，大概是噱头。

70 岁的迪安说他可以一天轻松跑 500 英里，我半信半疑。但一看自己的：今天自己连看景拍照带赶路、迷路，跑了将近 460 英里。因此，我完全信了。

没别的，主要是路况好，通行效率高。

记者见线人的地方

我在华盛顿坐地铁橙色线，到罗斯林站下车。

罗斯林是个繁华的商业区，就在波托马克河边，高楼林立，十分热闹。中国很庞大的饭店连锁集团万豪、凯悦、假日在这儿都有店。看写字楼上的字，德勤会计师行也有办公室在这儿，看来大公司不少。它正好在弗吉尼亚州地界内，过了河就是华盛顿特区，五角大楼就在两站以外的地方。

出站以后看看附近的路名和门牌号，觉得离我要找的一栋大楼的停车场非常近。但是我找了半个小时仍然没找到，问了几个人也不得要领。我正大惑不解，怀疑是不是改了地名的时候，看到一个停车楼的看

门人，进去问了他，跟他一说路名、楼号，他立刻就知道了，并且非常准确地给我指出行走路线。

原来我犯了一个低级错误：我以为北纳什街 1401 号应该在 1400 号隔壁，其实单号在街对面。当然很近，就 5 分钟的路程。

我要找的是和北纳什街相交的威尔逊大道 1820 号大楼的地下停车场，它在北纳什街上有一个入口。

那是一个地下三层（也许四层）的停车场，我一层一层往下走，走了三层，大致看了看，发现它没什么看头，和国内的商业大楼的地下停车场没什么两样。停了很多车，看车牌都是华盛顿特区所在的马里兰州和弗吉尼亚州的，还有些车牌一看就知道是退伍军人定制的车牌。有一个车牌的车主我断定他以前是海军航空兵。

看完停车场，我坐电梯来到一层。出了电梯就看到旁边墙上有一块指示牌，标明这栋大楼里的各个机构的名称和房间号。我看了看，很多是军事单位。给我印象最深的是美国军队关于防止和应对性侵事件的机构。

我掏出相机拍指示牌的时候，一个爱管闲事的家伙过来问话：

“你为什么要拍这个？”

“你是谁？”我看他穿得像个普通上班族。

“我在这里上班。”

“你不是保安吧？”

“不是。有人在拍政府大楼里的指示牌，让人生疑。”

“这是公开信息吧？”

“是。这么说吧，我有点好奇。”

“我就是想知道是什么人在这栋大楼里。”

我看他态度有所转变，也就跟他说了实话：“你知道吗？在水门事件发生期间，你们地下的停车场是《华盛顿邮报》的记者伍德沃德和‘深喉’接头的地方。”

他不知道“深喉”是谁，这个蠢货，跟我岁数差不多。不过这不奇怪，事情已经发生整整40年了，来接头的一方——“深喉”，联邦调查局的副局长马克·费尔特——已经去世了。

这个地点是马克·费尔特指定的，他住在弗吉尼亚州，伍德沃德住在华盛顿市区，我猜这里大概位置居中吧。伍德沃德坐出租车大概十几分钟就能过来。他们一般是在夜里两点接头。

1972年10月10日，《华盛顿邮报》在头版头条刊出新闻《联邦调查局发现白宫助手破坏民主党人竞选活动》，点了白宫的名。

负责跟踪报道水门事件的是两名年轻记者：鲍勃·伍德沃德和卡尔·伯恩斯坦。拥有马克·费尔特这个线人的是伍德沃德，水门事件发生的时候，他才30岁，到报社工作不到一年，在这个美国舆论重镇，他是个不折不扣的一年级新生，周薪165美元，主要工作是跟踪夜间发生的治安事件——那是份没人喜欢的苦差。他干得很带劲，上完夜班不算，白天还老加班，结果报社的工会投诉他，说他没有请示就擅自加班。也许是天道酬勤吧，水门案落到他手里，它发生在夜间，最初警察还以为是入室行窃的刑事案。

正是在《华盛顿邮报》投出那颗重磅炸弹的头天夜里，伍德沃德和马克·费尔特在这个车库见了面，马克·费尔特非常明确地告诉伍德沃德尼克松的高级幕僚和此事有染：白宫插手了。

当年伍德沃德应该是从右边那个口进入车库和“深喉”接头的。

伍德沃德在回忆这个事件的书《秘密线人》里回忆了这次会面时的情景：“这个地方让人感到恐怖、孤独，只有很少的几辆车停在我们所在的这一层。”

到1974年8月8日尼克松辞职以前，《华盛顿邮报》的大部分同事，不觉得伍德沃德和伯恩斯坦报道的事情是真的，他们很多人觉得这两个捕风捉影的臭小子会把《华盛顿邮报》毁掉。这当然也是尼克松的班子的极力掩盖和诋毁所产生的效果。

尼克松辞职那天晚上，《华盛顿邮报》很多记者、编辑都失眠了：他们没想到事情是真的，更没想到世界上最有权力的人会因为两个年轻记者的报道而辞职。

如何跟间谍接头

水门事件发生时伍德沃德租住的公寓在华盛顿P街1718号。原先公寓楼卖相大概没有这么好，因为伍德沃德是《华盛顿邮报》薪水最低的记者，租不起好地方。不过它位置不错，从这里走路去报社只需要十来分钟。离地铁站也近，走路只需5分钟。

从尼克松的竞选班子指使的人在1972年6月17日潜入竞选对手民主党总部所在的水门大厦办公室安装窃听器事发被捕开始，到1974年8月8日尼克松辞职，将近两年的时间里，《华盛顿邮报》资历最浅的记者伍德沃德和伯恩斯坦一直追踪报道这一事件，并一举成名。伍德沃德在20世纪90年代出版的关于此事的书中说，他们从来没有感觉被跟踪、电话被窃听，也没有感觉到有生命危险。

但在当时，当他们和总统的人马交锋的时候，他们很早就被掌握内情的"深喉"（在整个《华盛顿邮报》报社，只有伍德沃德和伯恩斯坦两个人知道他们的线人马克·费尔特的真实身份，所以报社总编辑以一部电影的名字——《深喉》来命名这个线人）——联邦调查局副局长马克·费尔特提醒：尼克松政府会因为妨碍司法公正而垮台。开始的时候，

门厅

伍德沃德的房间有阳台，我估计应该是在楼侧面那片房子中。

照这个花盆的摆放位置，就是还不到接头的时候。

大厅里的信报箱

当然没有人相信：一个号称世界上最有权力的人，一个为人民做了不少事的人，会因为几个小喽啰闯入一间民主党的办公室而丢掉权力，这不可能。但是他们知道不管政府会不会垮台，他们攻击的是总统的命门，总统不会善罢甘休。更何况在水门大厦被警察带走的5个人里，有几个被查出有中央情报局的背景。马克·费尔特警告伍德沃德，包括马克·费尔特本人在内，他们都有生命危险。

所以在报道过程中，他们的行动方式有时候很好玩，像间谍故事：伍德沃德在自己的公寓和伯恩斯坦见面，不说话，只是靠写纸条来笔谈；他们一起去总编家里报告，不在室内谈，而是到屋外的草坪上；报社编辑部开会谈水门案的时候，不在报社会议室，而在报社大楼顶层的露天平台上；报社总编还请了专业人员来检查报社的电话系统是否被窃听；而最好玩的当然要数伍德沃德和马克·费尔特秘密接头的方式，当然这都是马克·费尔特教的。

当伍德沃德需要和马克·费尔特见面的时候，他可以发出暗号。他租的公寓有个阳台，阳台上有个空花盆，花盆里插着一面他女朋友从路上捡来的小红旗。正常情况下，花盆摆在阳台靠近栏杆的地方，如果要见面，他就会把花盆挪到后面去。

马克·费尔特也可以要求见面。伍德沃德订了一份《纽约时报》，每天都会送到他在公寓楼门厅里的信报箱。他得每天特别注意第20页，如果哪天那一页上被人画了个钟，他就知道他得在时钟指示的时间去罗斯林的地下车库。

有时候，他们也用电话联络。电话接通以后，10秒钟不说话，接电话的人就知道是谁打的电话。然后他会用事先约定的安全的公用电话打回去。伍德沃德用过的一个公用电话就在报社斜对面的麦迪逊酒店的大堂酒吧，那个酒吧也被用来和总编密谈。

如何去地下车库见面马克·费尔特也有详细的指

伍德沃德的房间号是 617 号

麦迪逊酒店的大门，斜对过那栋米黄的大楼就是华盛顿邮报大楼。

示。首先，不能像通常那样坐电梯下楼，然后经过门厅出去，他得走后面的楼梯，然后从后门出去。其次，他不能开自己的车去罗斯林地下车库，也不能打出租车直接到罗斯林地下车库门前，他得先打车跑几条街，到一个门口有出租车趴夜活的酒店，换一辆车，再往罗斯林去，还要在和车库隔一条街的地方下车，然后步行去车库。如果他发现被人跟踪，就应该直接离开，接头取消。

直到 20 世纪 90 年代写书的时候，伍德沃德仍然不知道马克·费尔特怎么发现哪天他的花盆摆在哪里，他又是如何避开耳目在他的报纸上做记号的，他完全不知道。他每天开车经过他楼下吗？联邦调查局有探头监视附近的伊拉克使馆，也顺便可以监视他吗？他不知道，一切都只能猜测。

我找到当年伍德沃德报道水门案时租住的公寓楼，发现大门已被锁上。我透过玻璃往里头张望，结果招来了在门厅值班的服务员，一位大概五十多岁的先生。当明白了我的来意之后，他很快把我请进了门厅，并且说起当初伍德沃德和马克·费尔特会面时的暗号。他告诉我，伍德沃德那间房在他搬走后，就立刻有人花高价买下了。

不过他是事发 15 年以后才来这儿工作的。

可笑的水门事件

我从罗斯林地铁站出来，走了几分钟就来到一座横跨波托马克河的

桥。从这座桥步行过河是件美事，因为往左看往右看都挺美。左边河的对岸林木茂密，蓊蓊郁郁，山顶上遍布乔治敦大学老旧却好看的校舍。右边的河面开阔，往远看能很清楚地看见波浪形的水门大厦建筑群和棱角分明的肯尼迪艺术中心。

我最感兴趣的当然是水门大厦。

自从 1972 年 6 月 17 日 5 个人夜间潜入大厦民主党总部的一间办公室被警察发现逮捕以来，它就臭名远扬了，40 年后依然臭气熏天。现在但凡说到丑闻，总要加个“门”：“伊朗门”、“间谍门”……这个“门”的祖先，就是“水门”。

看看照片上水门大厦背景里的华盛顿纪念碑就知道它离华盛顿行政中心很近，我估计开车的话 10 分钟就可以到白宫、国会山。

它是一个巨型建筑群，有公寓、写字楼、酒店。位置好，又在水边，建筑风格也时髦，所以大公司、名律师事务所在这里租办公室的很多。民主党总部当时没有自己的办公楼，所以在这里的写字楼租下 5 楼一整层作为自己的办公室。

公寓的住户也非富即贵。水门案的要角之一，美国前司法部部长、时任尼克松竞选连任委员会主席的米切尔就在这里的公寓楼里买了房子。随尼克松走马上任到华盛顿履新的内阁成员住这儿的也不少，他们的邻居里有抗战时因嫁给飞虎将军而名噪一时，80 年代又因周旋于美、中和中国台湾地区高层而驰名三地的陈纳德遗孀陈香梅。离我们时间最近、也许最出名的房客是克林顿总统的绯闻女友莱温斯基，她那件闻名世界、糊了总统精液的裙子，就是她和总统幽会回来时随手扔在她在水门公寓房间的衣橱里的。她虽然是个薪水微薄的白宫实习生，但是她爸

爸是洛杉矶的医生，很有银子，因此她妈妈在水门公寓也有套房子。

水门事件的发生很可笑。

本来尼克松已经胜券在握，但是他的竞选班子卖力过了头，非要在竞争对手民主党总部装窃听器以策万全，行动的时候又毛手毛脚，让一个工作不算很尽心的守夜人看出了破绽，然后报了警。先是尼克松的高级幕僚，后来是尼克松本人，都企图阻止联邦调查局的调查。这是妨碍司法公正，天大的罪名。最后牵出来的事情越来越多，总统不得不辞职以避免弹劾，总统的高级幕僚、喽啰中有十几人吃了官司，甚至坐牢。

那么芝麻大点的事，结果闹得这么凶，真是不可思议。

唉，如果我是总统，我只要让我的秘书的秘书打个电话给水门大厦所在的街道委员会主任，让他通知民主党的主席：总统要看你们的会议记录，马上送过来。我要看了不满意，就让他们再开一遍，如果我还不满意，我就让他们修改党章、改组领导班子。窃听他们？笑话。

也有了解内情的人说，那几个潜入的人进入的房间其实并非民主党要员的办公室，他们之所以在那里装窃听器，并不是要窃取政治机密，而是想收集民主党人乱搞女人的证据。这大概不算捕风捉影，因为有证据显示，此前他们就已经有计划在民主党在迈阿密开代表会议期间，租一条船，找一些绝色妓女，色诱民主党要员，并在他们寻欢作乐的时候用隐藏的摄像机拍下来,然后泄露出去，搞臭他们。

显然政客搞政治斗争都比较喜欢这个套路：要搞臭政敌，不爱说他的政纲有问题，或者他的施政不对，更爱说他乱搞女人，道德败坏。

这方面，还是法国人有见识。法国前总统密特朗的情史比较复杂，虽然记者起哄，但密特朗的女人说：“密特朗是个政治人物，还是以他的政绩来评价他吧。”

拉法叶

冷清的市区

罗纳德

进入得克萨斯州以前，我先在路易斯安那州的小城拉法叶住了一宿。

一看这名字，就知道它法国殖民地的前生。似乎路易斯安那州的法国风情全由新奥尔良代言，别的地方都只好屈居在它的阴影下面，比如拉法叶，我就从来没有听说过。在市区逛的时候，它的冷清也让我惊讶，这么小巧美丽的城市，居然游客寥寥。

在拉法叶公交中心逛的时候，一位仁兄看到我，过来攀谈，还带我参观附近的政府办公楼。他叫罗纳德，是保安公司的员工，负责公交中心这一带的安保。

“你从日本来的吧？”

“不，中国。”

“哦，中国。中国什么地方？”

“北京。”

“那个在休斯顿打球的中国人，叫什么来着？七英尺多高，是北京人吗？”

“不是，他是上海人。”

“哦。我们的国债都在你们手里哦。你们拥有美国，感觉怎么样？”

“很不好。我觉得欠债的人过得比债主好多了。”

他哈哈大笑。

他把我领进旁边一座政府办公楼，一楼大堂里有座罗莎·帕克斯的雕像。这座办公楼就是以这位黑人妇女的名字命名的。她的故事就发生在我昨天路过的阿拉巴马州蒙哥马利：1955 年 12 月 1 日，她在那里坐公共汽车，因为没按规定起身给白人乘客让座而被捕了。此事成为轰动一时的蒙哥马利黑人居民抵制公交运动的导火索。

在拉法叶我找到了让我中意的旅馆。离通衢大道不远，但是独处一隅，相当安静。

公用厨房设备也是一应俱全，实用、舒服。

我的同屋弗里斯特是从科罗拉多州过来的，想在附近的墨西哥湾的钻井平台找份工作。他也骑摩托车，听到我的计划羡慕不已，跟我谈了很多科罗拉多州的骑车路线，让我心跳加速。

旅馆前台的姑娘叫安娜。我找她办离店手续，她说：“你才住了一晚就要走吗？这里的活动什么的你都还没赶上呢。”

罗莎帕克斯雕像

独处一隅的旅馆

公共用餐空间

在这样的环境夜读一下，不是也很好吗？

我的同屋弗里斯特

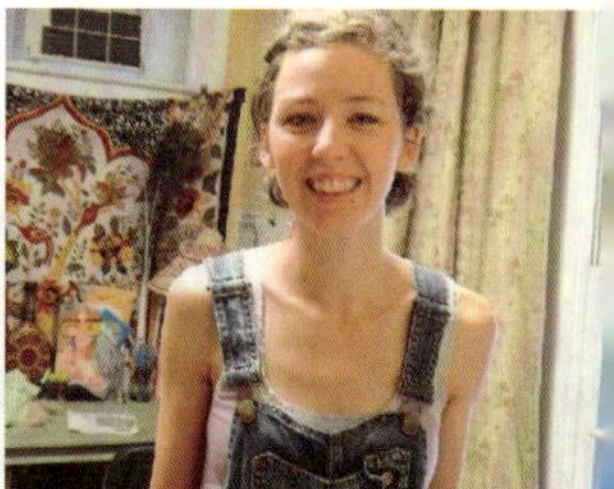

安娜

极南的岛屿

赶上看海中落日

A1A 海滨公路

海中落日

到达目的地

今天的目的地是美国陆地最南端的基韦斯特(Key West)。以前朋友开车带我去过，这次再去，主要是有着象征性的意义——骑摩托到了美国最南端。

本想一路走州际高速过去，但“鬼子”朋友杰瑞向我推荐了另一条路线：A1A。这个推荐高明极了。因为这条路线是一条滨海公路，很多地方公路离海的距离只有十来米，沿途整洁美观的民居、度假屋也很多，还经过美国的“古城”——圣奥古斯丁。大部分路段单向只有一条车道，但车少人少，风光绮丽，像是专门给骑摩托的人预备的。

想去基韦斯特的另一个原因是，上次的坐车旅行让我对这条路印象太深了：一溜小岛在海上排出去100多公里，完全靠桥梁连接，最长的桥干脆就以长度命名：七英里桥。骑着摩托，在海上航行，那是什么感觉？这样的地形似乎世界其他的地方都没有，墨西哥的坎昆虽然和这儿有一点像，但是，一来短得多，二来它在海中延伸的部分是和陆地连成一线的，不需要桥来衔接。

我到了那一溜岛中最南端的一个，离古巴只有100多公里远了。难怪好多古巴人弄个木筏子就往这边漂。

今天跑了513英里，合820多公里。

一日四州

我沿着 10 号公路西行。从彭萨科拉（Pensacola）出来，不到 10 分钟就出了佛罗里达州界，进入阿拉巴马州界，再往前开不到一个小时，又进入密西西比州界了。我对这些州名的熟悉，大概要归功于马丁·路德·金那篇著名的演讲。20 世纪六七十年代这两个州是美国数一数二的贫穷、不开化的州，也是 60 年代人权运动风起云涌的时候白人种族主义者最顽强的堡垒。

刚进入阿拉巴马州不久就看到往蒙哥马利去的路标。

1961 年 5 月，一群青年学生（有黑人，有白人），为了宣示种族平等，挑战种族隔离的观念和制度——那时候美国南方的长途汽车站的候车室、餐厅、厕所都挂着“白人”、“黑人”的牌子，实行严格的种族隔离——他们乘长途车从首都华盛顿出发，向南方进军，被称为“自由乘客”。从北卡罗来纳州开始，他们乘坐的车被扔石块、自制燃烧弹，有几个人被称因为违反（种族隔离的）地方法规被当地州警抓进监狱。他们一路到处遭到手持钢管、木棍、铁链、自制燃烧弹的三 K 党党徒和普通白人市民的袭击，被拖下车暴打。最严重的事件就发生在蒙哥马利。他们的车到达蒙哥马利车站时，数以千计的白人已经等在那里，“自由乘客”不论黑白男女一律被痛打，有人被打断了腿，还有人身上被浇上汽油来烧。从华盛顿派来和阿拉巴马州州长谈判的总统私人顾问，因为在现场试图帮助“自由乘客”，也被打得昏迷过去。一个蒙哥马利女人举起她的孩

子，好让孩子的拳头够得着一个黑人。

我接下来经过的密西西比州在民权运动中也闹得很凶。有个叫梅雷迪斯的黑人 1961 年初向密西西比大学递交了入学申请书，到了 1962 年 9 月他还没踏进这所大学的门。有人帮他打官司控告这所大学违宪，结果地方法院支持大学，原告又申诉，事情闹到最高法院，最高法院判定梅雷迪斯胜诉，但学校就是不服，州长也大力支持密西西比大学，亲自去大学注册处阻止梅雷迪斯注册入学。美国司法部官员拿着法院的判决书送梅雷迪斯到学校都被挡驾。几次三番折腾，梅雷迪斯就是入不了学。密西西比州的检察长乔·帕特森发表了一项声明，说“梅雷迪斯的胜诉使自由遭到了一次沉重的打击……为了满足一个人的莫须有的宪法权利，竟无视 5 000 多名学生的宪法权利”。

结果美国司法部部长罗伯特·肯尼迪（总统的弟弟）亲自来处理这件事，给州长多次打电话商讨解决办法。州长为了找个台阶下，跟司法部部长谈了他认为合适的条件：请部长派 30 名联邦法警护送梅雷迪斯入校注册，当碰到佯装阻拦的州长时，他们所有人必须拔出手枪，以便州长不失体面地撤退。但是，当联邦法警和梅雷迪斯分乘十几辆车准备到校配合州长演出这可笑的一幕的时候，戏却没有演成：密西西比州的地方事件已经演变成了整个南方的事件，甚至全国事件，越来越多的白人从邻近的州——佐治亚州、路易斯安那州、阿拉巴马州、田纳西州、得克萨斯州——涌入密西西比大学校园，到处有气势汹汹的白人在打听那个“黑鬼”在哪里注册。州长和 30 名法警已经控制不住局面了，于是演出取消。

事态发展至此，联邦政府不得不动用军队了。参谋长联席会议主席泰勒（此人咱们中国人应该知道，他是“二战”时赫赫有名的 101 空降师师长，在朝鲜曾接替麦克阿瑟担任联合国军的最高指挥官，并和志愿军交过手）深夜召集会议，调遣军队介入。司法部也把联邦法警的人数增加到 400 人，司法部副部长亲自乘飞机过去，和法警一起护送梅雷迪斯。

在重兵护卫下，梅雷迪斯终于注册成功了。但是，他们行进的过程中，有 160 多名法警被打伤，其中 28 名是枪伤。这些法警都是南方的白人，但是暴民们声称“要打死这些爱黑鬼的杂种”！一名法国记者和一名看热闹的市民被打死。大学所在的小城满城都是高声叫骂的白人公民和学生，他们向法警和军队投掷石块、砖头以及玻璃可乐瓶做的土炸

弹，用各种枪支射击。事情过后，校园满目疮痍，像经历了一场战争。

当梅雷迪斯完成注册，从注册处走出来时，一名白人学生愤怒地质问他："黑鬼，这值得断送两条人命吗？"

大家不难想象，参与此事的那些白人公民、学生，平时绝大多数也是奉公守法、温良驯顺之辈。

读美国人权运动的历史，我会不由自主地想起我们的"文革"以及"文革"前17年的各种运动，在那段时间，善良的人能做出的各种残忍、暴虐、令人发指的兽行，让真正的暴徒都瞠目结舌。

进入20世纪以来，人类的思想、观念被高度操纵，让他们如痴如狂地荼毒同类并不很难。我们当然还会，也许正在上演类似的悲剧，普天之下，莫不如此，想想真是令人悲观。

从彭萨科拉出发，跨越了阿拉巴马州、密西西比州，我就进入了今天的目的地——路易斯安那州。一天之内，我经过了四个州，还参观了10号公路旁各州的休息区和厕所。

得克萨斯共和国

如果把得克萨斯州比做一个女人，那么她的婚史很复杂，比得上伊丽莎白·泰勒。最早她跟美洲的原住民过，最后嫁给了美国，嫁给美国前，她还结过五次婚：跟她过得最久的是西班牙，他们16世纪上半叶起就同居了；然后她被法国短暂、部分地拥有；19世纪初墨西哥从西班牙殖民者统治下独立后，她又归墨西哥所有；1836年和墨西哥兵戎相见后，得克萨斯州有12年是独立的得克萨斯共和国；并入美国以后，她还离婚再嫁了一次——美国内战期间她脱离美利坚合众国加入了南方

得克萨斯州历史博物馆

历史博物馆的展品：墨西哥总统的夜壶。

得州政府大厦

为国捐躯的战士雕像

的邦联。

得州历史博物馆前飘扬的六面旗帜：美利坚合众国、邦联、得克萨斯共和国、墨西哥、法国殖民地、西班牙。看看这些旗帜，再看看展出内容，看得出得州这碗水端得很平：虽然现任丈夫很体面、很成功，但是她并不故意隐瞒婚史，也不往前夫脸上抹黑，不分新社会、旧社会，实事求是，如实陈列。从印第安原住民开始，到现代的得州移民，大家谁也不是天使，谁也不是天生的恶棍，都是为了幸福的生活，为了发财，为了传播上帝的福音，在这片土地上打拼，谁都有自己的小算盘，谁都有屁股擦不干净的时候，但是大家也都有高尚、美好的一面，在得州值得骄傲的传统里，大家都留下了不可磨灭的印记；得州繁荣昌盛的今天，大家都流了汗、流了血、尽了力、作了贡献，所以大家脸上都有光。

1836 年得克萨斯州的军队偷袭率部亲征的墨西哥总统桑塔安那并俘虏了他，同时还缴获了总统的夜壶。

得克萨斯州挣脱墨西哥统治，为的是更多的自治权，这是得州人冠冕堂皇的说法。有欧洲的研究者指出，其实还有别的原因导致得州和墨西哥决裂：得克萨斯州拒绝向政府交税，此乃其一；1829 年墨西哥已经废奴，也要求得克萨斯州遵章办事，得克萨斯州又不干了，此乃其二。

在我眼里，得克萨斯州今天依然还是一个共和国，而不是美利坚合众国的一个州。

得州是唯一一个以盟约形式加入美国的州，至今仍保留依据自由意志脱离美国的权利。她的政府大厦比华盛顿的国会山大厦还要高，大厦上州旗迎风招展。

州政府大厦前立着一组雕像，是纪念在南北战争中捐躯的邦联也就是南部各州的将士。

长角牛

得州纪念品："别跟克萨斯来劲！"

看看那个车饰，就知道车主是个耀武扬威的得州佬。

石油！

雕像下的文字指出了英雄们为国捐躯的事业："为了捍卫《宪法》赋予各州的权利。"

长角牛是得州的特产，也是得州的象征物。这个展示方法挺有象征意义："横行天下，狂放不羁。"

肯尼迪就是在得州遇刺的，得州人大概把他成当外国的总统了吧？

1901 年，得州钻出了石油，得州开始在美国甚至全世界都变得举足轻重。"二战"期间，德国潜艇封锁墨西哥湾和大西洋上的运油航线，美国铺设了从得州到东海岸的输油管，整个"二战"期间，由得州输出的石油超过一亿桶。这些石油在炼制完成以后，很多运到了海外的战场，其中包括中国，虽然中国所占的份额不大。曾在昆明指挥飞虎队对日空中作战的得克萨斯州人陈纳德将军对记者说过："我夜里躺在床上睡不着觉，想的就是汽油。过去 10 天里我用了 4 万加仑汽油，可是我只得到 17 000 加仑的补充燃料。这个问题愁得我食欲不振。"要是没有得州的油，恐怕情况还会更糟。

奥斯汀的鳞爪

我有个小朋友阳阳，他的地理知识很丰富，我考他世界各国的首都在哪儿，他都说得上。不过我没考过他美国各个州的首府在哪儿，不知道他的表现会怎么样，反正如果我自己考的话，一定不及格。中部那些籍籍无名的州像内布拉斯加州、阿肯色州之类的就不说了，单说那些大名鼎鼎的州吧，纽约州的州府在哪里？加利福尼亚州呢？得克萨斯州呢？

如果拿中国的情况来推测美国，我们一定会觉得加利福尼亚州的州府一定在旧金山或者洛杉矶，纽约州的州府一定在纽约城，其结果就会大错特错。美国搞笑的地方之一是它会把州府设在不起眼的小地方，好比湖南把省会放在隆回。

得克萨斯州的州府在哪里，这是我不久前才学到的知识，它在一个叫奥斯汀的城市，在休斯敦西北约 200 公里的地方。这当然只能说明我孤陋寡闻，其实奥斯汀对美国人来说应该是既重要又出名的城市。

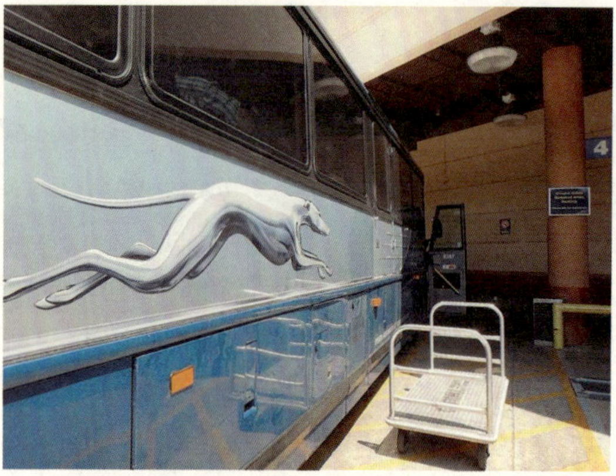

因为奥斯汀不在我下一步的前进路线上，所以我没骑摩托去，而是坐美国的“文化遗产”灰狗巴士专程跑了一趟。我上车的灰狗车站就附设在一个路边加油站，在网上买的票，就在加油站的商店里出票。美国人经营公共事业方式之灵活总是让我赞叹。

在奥斯汀的灰狗车站下了车，我先到服务台要了张奥斯汀交通图，并请服务人员在图上给我标明车站、我住的旅馆、我要去的几个地方，我自然就知道该坐什么车了。一大张交通图，详细得很，而且不要钱，在长途车站、酒店大堂、游客信息中心，到处都可以拿到。

奥斯汀和休斯敦相比，居民对公交的利用率似乎高得多。24 小时公交通票是 2 美元，可以在 24 小时内(不是一个日历日）不限次数使用。北京的公交费用之低廉，居全国大城市之首，我得益很多，但对游客来说，还可以有更优越的做法。

这样的地图，公车通票，我多次呼吁希望国内旅游城市效仿。国内很多城市，宁可花大笔的钱去央视、去外媒做广告，宣传他们的旅游资源和服务，但是这样实惠而大大方便游客的事情他们不做。像杭州那样拆除西湖边所有公园围墙，全部免费开放，这样看似吃亏、实际高明的做法，咱们实在太需要了。

我猜各个地方主管旅游部门的官员一定比我游踪广泛，不过，他们都是公费旅游、业务巡视，大概不容易体验到自费游客的某些需求。

奥斯汀的公交站牌上有条形码，乘客用手机扫描一下，马上就可以在手机屏上看到自己坐的那趟车下一辆什么时候到。奥斯汀的公交也很方便，线路分布很广，坐的人不是特别多（相对中国而言）。和美国其他不少城市一样，车头前有自行车架，方便骑自行车的人乘车。

奥斯汀曾被美国《金钱》和《财富》杂志评为美国前五位宜居城市，我一个看热闹的人自然看不出所以然来，不过，它公车系统的完善，我觉得是美国第一。

和休斯敦相比，奥斯汀的生活节奏似乎要慢一些。在街上能看得到不少当地人步行、骑自行车，骑踏板摩托也比较常见。

公交站牌上的条形码

带有自行车架的公交车

街上悠闲惬意的奥斯汀人

地下的圣安东尼奥

到过圣安东尼奥的得州人跟我说起这个城市，有点不以为然，说圣安东尼奥就是一个 Riverwalk，走一回就够了。

对我来说，圣安东尼奥真的就是 Riverwalk，因为我在圣安东尼奥市中心待的七八个小时里有五六个小时都在这里。只不过作为一个来得州一次并不容易的过客，我觉得走一次还不够，总要多走几次才过瘾，至少白天走一次，晚上走一次。因为世界上像这样的景观城市，独此一家，别无他处。

Riverwalk

闲适的人们

滨河路上的餐馆

俯瞰圣安乐尼奥

Riverwalk，如果让我来给它起个中文名，我就会用中文里现成的“滨河路”。世界上的河流很多，但是像这条小小的圣安东尼奥河这样担当起这么重要角色的，却很少见。它比塞纳河对巴黎所起的作用还大。顺着滨河路走，你能掌握圣安东尼奥的全部。

世界上滨河路有的是，伦敦、佛罗伦萨、上海、苏州、广州，它们的滨河路都很出名，兰州、长沙的也不坏。圣安东尼奥的滨河路最大的特色是它是半地下的。

市区的街道有很多延伸到河边的入口，再往下走几步，你就离开了都市的喧嚣，迎接你的是一湾绿水，安静的河边小径，投下浓浓绿荫的高大粗壮的乔木……可是你刚刚还在隆隆作响的州际公路边呢，真神奇！

从路旁的出口走上台阶，有无数的去处：美术馆、剧院、学校、公园、会议中心、购物中心……

当然滨河路上最多的就是餐馆、酒吧。看看这里，北京后海、杭州西湖新天地、云南丽江多少也有这么点意思。可惜它们都规划成型晚，不如圣安东尼奥规模这么大，也没有这么浑然一体。圣安东尼奥的滨河路，总长将近 10 公里，而且大部分在最核心的闹市区。

从空中看，圣安东尼奥不过是个相貌平庸的美国城市，这就更显出滨河路的弥足珍贵。

得克萨斯州的中国孪生兄弟

朋友的比较观察引起了我的兴趣，我也琢磨了下：得克萨斯州跟咱们哪个省最像呢？

我的考察结果是新疆，它们都是地域最辽阔的省份。新疆不用我细说，得克萨斯州在美国相邻 48 州里面积第一，而且遥遥领先。我进入得州前，一天经过了三个州，到休斯敦我曾经合计了一下，出得州的时候，如果我继续向西沿 10 号州际公路走，以我的速度，三天也未必出得去。我看过骑摩托去新疆的摩托手的帖子，在新疆骑摩托，也有这种“路漫漫其修远兮”的感觉。

得州大概太辽阔、政府支配的土地太多，所以，“二战”期间这里的军事训练基地很多，光空军基地就有 40 个。得州政府拨给得州大学奥斯汀分校的土地是 200 万英亩，不是 200，是 200 万，也就是 1 200 多万亩。

大概因为地广人稀，偏远、穷困，它们几乎在同期——中国的清代——是发配犯人的地方。了解中国近代史的人应该记得，林则徐是被

发配到新疆的。鲁迅的祖父，因为科场舞弊案，也差点被充军新疆，虽然有家族营救，没有真去，但是结果更糟——判了个死缓，每年要家里花钱捞人，鲁迅家就是这么中落的——扯远了。这个传统一直延续到20世纪。年轻有为的作家王蒙因为写了《组织部新来的年轻人》被打成右派，结果他的美好青春是在新疆度过的。因此，他学到一口流利的维吾尔语。80年代，他获得平反，还出任过文化部部长，我猜他应该是新中国汉族干部中唯一维吾尔语流利的部级高官——又扯远了。

美国开国的根基北美十三州之一的弗吉尼亚州，早期刑法中有流刑，其严厉程度仅次于死刑，流放地就是得克萨斯州。

它们都是边疆省份，都是不同地区文化交流的通道：新疆在汉唐和汉唐以前是希腊文明、基督教文明和西亚、中亚、南亚文明与中华文明交融最紧密的通道；得克萨斯州在历史上也是原住民文化和中南美洲文明发生接触的地方，而近现代它更是一个以西班牙殖民者主导的西洋文明与美国本土文化，以及来自世界各地的移民所传承的各种文化的熔炉。

它们的物产也很相近。我没有研究，但我觉得我的推测大致不错：它们都是所在国最大的产油省。

得州几个主要城市百业兴盛、文化繁荣，想来和石油经济关系不小。他们总统的候选人在政治界多有斩获，我猜石油帮的忙也不小。约翰逊我没研究过，布什父子是都在石油行业有所建树，而且成就不小。莱斯大学，一个只有五六千学生的大学，一年接受的资助有十几亿美元；NBA只有二十几支球队，却有3支在得州。哪里闻不到石油的味道呢？

四五十年前，美国政界都爱嘲笑来自得克萨斯州的暴发户。

诺贝尔文学奖得主斯坦贝克驾车周游美国途经得州的时候，当地一个自家有牧场的朋友接待了他，牧场主人在自己家的酒吧亲自招待客人。接待规格之低和牧场主人及当地朋友生活之简朴给加州长大的斯坦贝克留下了深刻的印象：他们的牛仔裤相当破旧，牛仔靴磨损得很厉害，上面还沾着马匹的汗液挥发后留下的盐粒，男人皮肤晒伤，有人干活儿时手指骨折，随便用两块木板夹着，一个女人在织毛衣，牧场主人殷勤地给客人倒饮料，而他的酒吧里只有3瓶汽水、2瓶威士忌和1箱可乐。

这让斯坦贝克想起他年轻时（应该是20世纪二三十年代）的一件事：有一次他在加州的家乡和一个帮手一起给他父亲的小木屋上漆，因为两个人都是二把刀油漆匠，结果身上弄上了很多油漆。油漆用完以后，他让帮手去镇上的商店买漆。帮手说："行，等我洗洗，换件衣服。"斯坦贝克大概从小就有艺术家气质，并不在乎穿成什么样，对帮手的讲究大不以为然，说："如果是我的话，我就这么去。"不料他的帮手说了一句很有智慧的话，让他一辈子都记得："要穿得像你这样邋遢，一定要非常非常非常有钱才行。"

要证明他的判断不错，也很容易。从主人和当地朋友的谈话里很容易听出：他们刚从英国买了头公牛，是一头在英国被评为冠军的牛，正在用飞机运回来。几个小姑娘也在旁边讲她们的马驹的故事……

最近这几年，我也听到过不少在新疆靠做跟石油有关的生意而发财的人物故事。

两个省都盛产棉花（至少曾经是）。我在得州待了一个多星期了，还没见过棉花地，显然棉花的地位已经被石油取代。但在19世纪，得州的棉花，是美国内战中最重要的战争资源，南部邦联靠这里的棉花出口到欧洲换取战争物资。驰名美国的赖斯大学，也是得州的棉花大亨捐资兴建的。

两个省也都是畜牧大省，早期的居民很多是马背上的少数民族。

这几天在朋友家吃了很多西瓜，感觉也赶得上新疆西瓜的水平。

它们在性格上也很接近，都那么桀骜不驯……

当然两者的差别也很明显，主要在地理位置和地形上：得州没有像样的山，而新疆是个内陆省，没有海。不过即使如此，我还是觉得，中美两国各省中，没有比这两个省更像得了。

请看她的屁屁

经过UT（得克萨斯州州立大学奥斯汀分校）田径场的时候，看到很多人在训练，结果发现那些人还很有来头：明天美国大学生体育协会田径锦标赛西部赛区

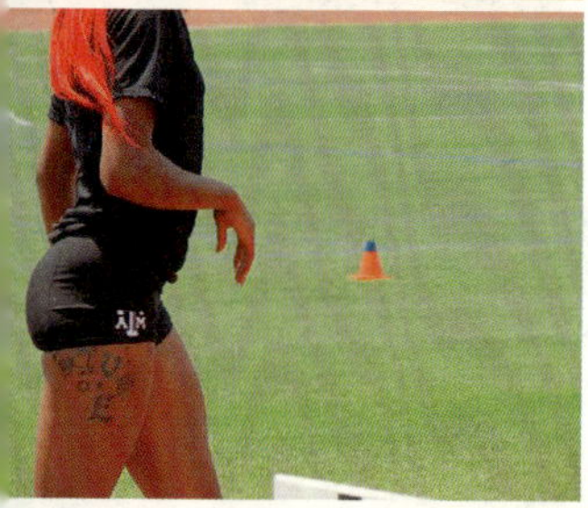

第一轮比赛要在这里进行，这些人都是准备参赛的各个大学的选手。于是我顶着大太阳，兴致勃勃地看了一个小时左右。看台上就我一个人。

篮球和田径是我最感兴趣的体育项目，但我已经很多年没怎么到现场看田径比赛了，除了上次北京奥运会——博尔特破200米世界纪录那天，我在现场，呵呵。

有个小伙子从俄克拉荷马大学来，明天要参加110米栏的比赛。看看他那身材，真太棒了。不过他的跨栏技术真烂，他那个身材、身体素质，要让上海的胡教练来指导，他能跑12秒。

最美的享受是看到几个黑人短跑姑娘的英姿。

短跑、跳远这几个项目，只有黑人既能跑得快、跳得远，又能优美、舒展，在力量中展现柔韧和弹性。在这几个项目上，他们是上帝的宠儿，就好比要写交响乐你得找雅利安人，要出思想家，你得找犹太人，而谈到七言律诗那种在精微的桎梏下舞动文字的芭蕾创作，你就得回到一千年的中原和长江中下游地区去找那么一群人。你就管我叫种族主义者吧，但事实就是这样。其他肤色的选手，可以跑得很快，跳得很远，但他就是跑不了这么美，跳不了这么美。

秘密就在黑人姑娘的屁屁。

没有那种屁屁，任什么先进的训练手段，不管吃多少乌龟、甲鱼，都是没有希望的。这种屁屁，除了上帝分派，别无来路。

爱荷华州的玉米地

早上离开杜鲁门的老家独立城，我先往东边的斯诺故乡堪萨斯城跑了跑。堪萨斯城一部分归密苏里州所有，一部分归隔壁的堪萨斯州所有，我在堪萨斯州部分跑了一段，算是到此一游，然后再拐回密苏里州境内，晚上再到内布拉斯加州住。

我在密苏里州境内先跑了段州际公路，正跑得春风得意的时候，突然耳旁警笛巨响，我惊慌地看看后视镜、再扭头看看，没看到任何车辆。是我自己的车子在鸣笛！

赶快减速、停靠在路边。奇怪啊，我的车还有自动报警系统吗？我把车子仔细看了一遍，没看出任何异状。

突然闻到一股橡胶烧焦的呛人味道，立刻查看轮胎，后轮外侧不知被什么划得破破烂烂，我心里慌极了。这可怎么办？走不了了。这种车不常见，即使到铃木专卖店也不一定有现货，倒霉。

再说了，怎么会划伤呢？看了好半天，才找到祸根：支撑边包架子上的一个螺帽脱落，结果架子把轮胎给划伤了。我心情糟糕极了，又赶紧安慰自己：发动机没事，别的没事，即使轮胎坏了，也没什么大不了的。于是，我把车子往前推，仔仔细细检查了一圈，发现好像还没有伤筋动骨，就继续骑。

不敢骑州际了，我从地图上拣了条通往密苏里州北边爱荷华州的地方公路走。从州际公路下来，先到加油站加油，问加油站的小姑娘，我要走的路好不好，她说："不错，只是有点起伏。"

我又找了个做汽车轮胎生意的路边小店，请店主帮我看看我的轮胎。他得出的结论和我一样：伤得不算太重。

我把行李都卸下来，仔细检查了所有边包架上的螺帽：都有不同程度的松动。从轮胎店借了扳手，挨个上紧了，折腾了一个多小时，一身臭汗。唉，因祸得福啊，要不是这个提醒，也许麻烦更大。

其实我几乎天天在检查架子是否松动，奇怪的是，架子没松，但螺帽却松动、甚至脱落了。

轮胎店旁边是这个小城的市政厅，这算世界上最小的市政厅了吧？

我打算接着跑。加油站的小姑娘说的起伏就是这样的，跑起来感

觉真好，只是想想轮胎上的划痕，还有刚刚路上惊魂的那几秒钟，还是心有余悸，不能全心地欣赏。

路边也没个牌子，不知不觉我已经跑进了爱荷华州。在爱荷华州我没什么想看的，除了玉米地。很多年前看过凯文·科斯特纳主演的电影 *Dream Field*，故事发生在爱荷华，那里面大片的玉米地给我留下了深刻印象。

估计可看的也不多。爱荷华州出生的美国作家比尔·布莱森写他的家乡最传神："最大的杀手就是单调乏味。爱荷华州处于这个半球上最大平原的中央，在这个州任何一处爬上屋顶，穷目力所及，你面对的都是大片平淡无奇的玉米地。这儿不管哪个方向距大海都有一千里，距最近的山脉四百里，距摩天大楼、劫匪和趣事三百里……"

但他倒是承认爱荷华州的人很可爱："最为重要的一点，就是爱荷华州人的友善。你若走进南方一家陌生的餐馆，那里马上会万籁俱寂，你会发现所有的客人都在盯着你看，似乎都在掂量抢你钱包、杀人灭口，再把尸体扔进外面沼泽浅坑的风险有多大。但在爱荷华州，你却是万众瞩目的中心，自从上周五老弗兰克·斯普林克尔和他的拖拉机被龙卷风卷走之后，你的到来就是全镇最有趣的事了。你遇上的每个人，好像都会向你献上他的最后一杯啤酒并且让你和他的妹妹睡觉。人人都那么开心，又那么友善，却又是那么怪怪的安详。"

不过，其实它是个很重要的地方，对美国重要，对中国也重要。它对中国的重要性，我想我们的总书记知道的最清楚：他 20 年前当县委书记的时候带队来参观过，今年再度重访，还带来了 800 多万吨粮食订单。

可以断言，如果有一天爱荷华州和相邻这几个大平原州遭受天灾或者人祸而导致粮食大幅减产，我们中国人就得准备吃 50 元一斤的猪肉了。

中国喊了多少年保住 18 亿亩耕地底线了，但是，那条底线到底在哪儿没人知道。这么多年一直在征地修公路、修铁路、盖房子，退耕还林，一寸荒地没有开垦，居然还能保住这个底线？其实呢，我也许对皇帝这件新衣太较真了。粮食当然不必都自己种。英国人不种一棵蔬菜，不一样过得好好的？

晚上我到了内布拉斯加州的林肯市，绕过了这个州的第一大都市奥马哈，那个有名的阔人巴菲特就住在那里。我的哥们儿听说我要去奥马哈，问我："你不去看看巴菲特住的房子？四万美元买的。"

我不看，如果我要看四万美元的房子，我只要去北京八环外就行了。

又是一日四州。

横穿怀俄明州

怀俄明州像中国的青海，地理位置像，都在西北，地势也像，都很高，大概怀俄明州还高一点，昨晚住的拉勒米（Laramie）有 2 000 多米高，当然那还不是最高的地方。地貌也像，而且地广人稀。气候大概也差不多。

我做学生的时候，有一年夏天和同学去青海，和路上碰到的人一起在刚察县租了台卡车去看青海湖，女生坐驾驶室，我和男同学坐车厢，冻得够呛。这也是今天发生的事情。

说起来这里最高气温也有十几度，我穿得也不少，抓绒衣裤、皮裤、羽绒服、骑车服、防寒手套，全副武装，但车一跑起来，还是冷得涕泪横流，有时候哆嗦得简直控制不住车把。这里全天都在刮时速 50 公里左右的风。

更让我心惊肉跳的是我的摩托：上路刚十几公里就显出要熄火的迹象，实际上我几次都刹车减速、开上路肩了。我的心情霎时降到冰点，

虽然我是做好今天打持久战、打攻坚战的准备才上路的，但状况出得这么早，实在让我猝不及防。

但俗话说得好，天无绝人之路。正当我暗自心惊的时候，突然发现一个可喜的现象：虽然油门已经不管用、开始失速，但是发动机并没有停止运转，我把速度降下来后，它还是在继续转。这样反复试了几次后，我隐约觉得熄火和行车速度有关，如果我把车速控制住，我就可以避免熄火。所以，我跟摩托做了笔交易：我不催它快跑，我保证平路和上坡车速不超过 80 公里，下坡速度不超过 90 公里，作为交换，它不擅自熄火。

订了这个我一相情愿的条约，我就一相情愿地接着跑。

当然我还是担心车子不能守约。虽然我开出了条件，也言出必行，但是它可什么也没说啊。心情不算轻松，就像那个扔靴子的故事，要两只靴子都扔下来，就踏实了，但扔一只，另一只不知道什么时候扔，也挺熬人哪。

我可笑的车速还带来些小插曲。别的车一般都是以 120 或 130 公里时速超过我，因为一般至少都有两个车道，我走外道，他们内道超车，大家互不干扰，但是也有两段路因为对向的路封闭整修，我们西向的路

被临时隔离成双向单车道，长的那段有将近15公里。我像开路的警车，以八九十公里的速度慢条斯理地在前面领骑，一夫当关万夫莫开，等我骑出单向车道路段时，后面已经压了有六七十辆车。我想有不少人在冲我竖中指吧。

一路的风景其实相当不俗，这让我想起多年前我从嘉峪关坐长途汽车去敦煌的情景：经过的都是辽阔无边、壮丽无比、没有人烟的地方。

结果出人意料的好。我和摩托一路相安无事，我信守承诺不超速，车子也从没有自己做主熄火，我们同舟共济，交出10小时520公里的好成绩，到了怀俄明州最西边的城市伊文斯顿（Evanston），一个一万多人口的小城，安静、整洁，小巧宜人。

我的旅馆房间相当好，清净、宽大、舒适，暖气很热，鸭绒被也很舒服。

房间外面是个高尔夫球场，这让我喜出望外，多少有点回到休斯敦朋友家的感觉。本来今天打算只跑300公里，到一个叫罗林斯（Rawlins）的地方投宿，而且我做好了一半的时间用来骑车，一半时间用来车子熄火的时候在路边喝西北风的心理准备。

世事难料啊。

穿行落基山

我穿过了科罗拉多州境内的落基山国家公园，证明了早就听过的一个说法：落基山大部分在美国境内，只有一小部分在加拿大境内，但加拿大境内那部分最美。看过贡嘎山、玉龙雪山等中国名山的中国摩友，美国的落基山就不值一提了。

但是落基山国家公园还是值得跑一趟的，别的不说，单说它这条穿过公园的公路，修得就很棒，质量好，也够高，最高的部分修到了4 000多米的地方，我都觉得有点头晕气短。

路边也没护栏什么的，有的地方我都害怕地靠边骑，顶多只敢跑个四五十公里的速度。

大峡谷

亚利桑那州的别名是大峡谷州，由此看得出大峡谷在这个州有多大的分量。

大峡谷我以前看过，这次还是再看了看，依然觉得它气势恢宏，独一无二。这和看长城、故宫一样，不会因为你看过再看，就觉得它不那么伟大了。

我猜有些中国人也许不知道，至少我以前不知道，亚利桑那州还有一样东西很出名：它的气候，它是美国最热的州。到亚利桑那州之前我到的二十来个州，我绝大部分时间都在 30 度以下或顶多三十一二度的温度里骑车，一进亚利桑那州，偶尔看到路边的 LED 显示牌上面的读数：100 华氏度（38 度）。也许经过了更热的地方也说不定呢，反正我全天大部分时间都只能穿 T 恤骑车了。幸亏休斯敦的朋友给了我一支高级防晒霜，要不我早晒爆皮了。一天涂两遍防晒霜，胳膊还是火辣辣的像放在烧烤炉上烤过一样。

亚利桑那州也是美国人口最稀少的一个州，这很容易看出来：骑一天车，不管往哪个方向看，都是漫无边际的荒原。远远的天边镶着一线光秃秃的山脉，红色的沙漠，一丛丛稀疏的沙漠灌木，也许几十公里没有一棵树，也许 100 多公里没有一个加油站，没有水，没有耕作，猛烈

的阳光下，没有任何可以遮阴、歇脚的地方，好像什么东西都不动，都不出声，只有一会儿一个的气旋卷起沙土，在荒野迅速地移动、上升，希望制造出龙卷风之类的奇迹。

如果我能像飞行员一样突然空降到这样的地方，停上个半个钟头，到处张望一番，拍拍照，那是非常惬意、新鲜的经历。但是，在这样的环境里骑上十个小时车，骑了一天，再骑一天，那感觉就很不一样了。

偶尔看到荆棘中孤零零的一栋住宅，我甚至会心生怜悯：犯了什么错才被发配到这样遥远、荒凉的角落来日复一日地被寂寞和烈日拷打呢？

其实，长途旅行和过日子是一样的。绝大部分时间都是为了一个清楚或者不清楚的目标在努力、挣扎、付出，也许在很无聊地打发时间，疲倦、乏味，到了终点，也许有或大或小的奖赏，也许什么也没有，只不过是到了另一个起点而已。

但是，途中当然也不是全无意义，有时候还会有意外的收获，就像我在去大峡谷的路上看到的景象。当然，我得承认，旅行途中获得奖赏的机会太多了。

66 号公路

从大峡谷出来，离开亚利桑那州向内华达州走的时候，我跑了一段近年重新变得出名的 66 号公路，约翰·斯坦贝克称它为母亲之路，大概是因为它是 20 世纪 30 年代美国大平原几个州的灾民由东向西大迁徙、寻求新生活、寻求幸福的咽喉要道吧。

我跑的这段完全在亚利桑那州西北角，从一个叫 Seligman 的地方到一个叫 Kingman 的地方，大约 130 公里长。

刚跑上去，就看到路边有几家复古风的店铺，门前摆着几部老爷车，用一些 20 世纪的旧物做装饰，其实都是向游客兜售纪念品的铺子：这里显然已成为旅游景点，有旅游公司的大巴把游客送到这里看看热闹，买点东西，然后就掉头回去。

真上了路，才发现能唤起 66 号公路历史记忆的也就那几家店，再往下，简直无处可看。它和新修的公路毫无二致，也许质量更好，只是因为从 Seligman 到 Kingman 另有 40 号州际高速连接，所以 66 号公路上的车非常少，倒是适合我。

我在路上碰到一队由十几辆哈雷摩托组成的车队，一个车道两列纵队风驰电掣地从相反方向驰过。看车子上挂的英国旗子，我猜他们应该是从英国来的客人。戴半盔的骑手们，露出了苍苍的白发。清一色的黑摩托、黑皮衣、黑头盔，在骄阳的照射下闪闪发亮，威风凛凛。我的心咚咚跳，觉得很感动：那么大岁数了，生命的活力依然旺盛；这么严酷的环境，依然打不垮理想的热情，可敬可佩啊。

跑了一百来公里，才看到路边的另一家复古风店铺，依然卖各种纪念品、小吃、饮料，不过破旧简陋的房子、20 世纪的加油泵、酒吧陈设，让人觉得蛮舒服，怀旧的情绪油然而生。

死谷历险记

那些喜欢炎热气候的人，如果夏天的时候对上午 10 点只有三十五六度的温度觉得还不过瘾，他就该去死谷了。

死谷在加利福尼亚州东南部和内华达州交界地区的沙漠里，不知道为什么起这么个吓人的名字——Death Valley，难道曾经有旅人死在那里？我感兴趣的原因是那里很特别：它是美国陆地最低的地方，在海平面以下将近 100 米。而且，那里也是美国最热的地方，极值高温达到摄氏 57 度。我去的头一天查了一下，今天高温是 47 度多。而且，它基本上在我从拉斯维加斯去加利福尼亚州的路上，不用绕路。如果我的摩托再次发病，我回拉斯维加斯也算方便，只有 200 多公里的路。

我不是很想在气温正好 47 度的时候在沙漠里逛，尤其不想在那样的高温里伺候我的“病驴”，所以依然沿用头一天的办法，早上 5 点就上路了，9 点来钟就到了公园大门。虽然一路提心吊胆，但是车子竟然一路踏踏实实地跑，完全没出状况。

死谷的地貌相当有特点。虽然还是早上 9 点多，阳光已经相当强烈，可以想象，如果是在清晨和黄昏柔和的光线里，这里一定是个异彩纷呈的世界。实际上，死谷里有个地方叫画家的调色板。

我此行最大的收获是一个叫但丁的地方，大概是地狱的意思吧，在死谷旁边的一个制高点上。我觉得这里视野的开阔、恢弘和大峡谷都有一拼。谷底的白色应该是结晶的盐。

俯视死谷的小伙子叫内森，带着几个孩子从拉斯维加斯来玩。知道

内森

和内森几个孩子的合影

我骑摩托来玩，立刻很关切地问我："水带够了吗？带干粮了吗？"一边问着，一边还让其中一个小朋友拿来一份他们带的干粮给我。

海平面以下 100 英尺。感觉身上的衣服都要烧着了。这不是海拔最低的地方，最低的地方没敢停下来拍照，因为担心停下来以后车子就会不动了。爬到海平面以上 2 000 英尺的地方，才感觉到风略有凉意，看车子没有罢工的意思，我才松了口气，停下来冲死谷的方向拍了张照，算是正式告别。

死谷国家公园很大，我也没忘我骑的是头"病驴"，没敢多停留，匆匆往外骑，但也骑了两三个小时才骑出去，都正午了。

话说回来，死谷里的路真好，真适合骑摩托，质量高不说，而且起伏回环，变化无穷。

公园的名字看起来那么可怕，其实无险可冒，如果你的摩托好的话。开汽车就更不用说了，车里还有空调。不过我是做了冒险的准备的，那个从来没用过的备用油桶，我装满了水，有将近 4 升。

其实出了死谷，前面还好几道山、好几个谷等着我，个个都像死谷。我一边骑一边看着路边的标高牌，就知道我在一千英尺、一千英尺地爬高，空气在一点一点地变凉，等爬到四五千英尺高的时候，看到前面有一片死谷那样宽阔的谷地，我又一千英尺、一千英尺地往下滑降，空气一点一点地变热，直到谷底，身上的衣服又重新接近燃烧状态。一而再，再而三，从进入死谷公园开始，又骑了八九个小时，才算离开那种死谷地形。

景色照例粗犷雄浑，顶部那条细细的线是我西去的道路。

加州 1 号公路和 58 号公路

头天投宿的地方是在加州的东南部、洛杉矶北边的贝克斯菲尔德(Bakersfield)，今天的目的地是太平洋边的小城蒙特雷（Monterey)，要是走全世界汽车驾驶者、摩托手交口称赞的加州 1 号公路，全程 400 多公里。

我早起研究了下地图，找了条我觉得通往太平洋沿岸最近的路：加州 58 号公路。从地图上看，它直直地向西，直通加州 1 号公路。

开拔前，我把抓绒裤、皮裤都套上了。事先看了出发地和目的地的天气预报，最高温度都不到 20 度。加州就这么邪门，同在一个州，有的地方 40 多度，有的地方不到 20 度。不过这倒是令人愉快的体验，让我想起 10 年前第一次来旧金山的奇遇：6 月份，清晨在旅馆里醒来发现房间开着暖气，昨天还是阳光灿烂、温暖宜人的夏日呢。我还想起有一次在捷克的一个城市碰到的一个欧洲旅行者，跟我谈起他旅行路上碰到的天气戏法：他从阿根廷边境城市门多萨出发，前往智利，穿过两国之间的一座山中的隧道，隧道这头的阿根廷是赤日炎炎的沙漠，从智利隧道那头出来，漫天大雪。其实我原先在四川的二郎山也有过类似体验，只不过没这么剧烈罢了。估计在某些特定的时间段秦岭南北天气泾渭分明的变化也很有趣吧？

开出贝克斯菲尔德不远就上了加州 58 号公路。这是一条寂寞、荒凉却美丽的公路，我跑的这 100 多公里，穿过了沙漠地带、荒山中的油田，人烟很少。跑了两三个钟头，来回两个方向一共看到的车似乎不到 10 辆，想想它离人口稠密的沿海地带不过两三个小时的车程，这般静谧、出尘却无人问津，真是觉得不可思议，也让我充满了发现美的喜悦。想来美国这种籍籍无名但是景致出色的公路大概不在少数，昨天到贝克斯菲尔德前最后跑的那段395号公路，以及离开科罗拉多泉去“四角”（Four Corners）的那条550号公路，都是这样。

我之所以觉得58号公路美丽，大概是因为我心情放松的缘故。似乎自离开佛罗里达州后，两个月以来，我第一次觉得太阳没有敌意了，晒在身上暖洋洋的让人觉得舒服、安心。自进入几个沙漠州以来，路边的景物也头一次清楚明白地让人感觉有了勃勃生机，而且有了丰富多彩

的文明迹象：虽然绿色还不算多，但是会时不时地出现一片农田，一片牧场，一处果园。加利福尼亚州特有的山峦也让人觉得耳目一新：猛一看都是濯濯童山，多看几眼就发现，其实它们都被茸茸的草均匀地覆盖，稀疏但青葱的林木点缀其间，别有一番风韵，山坡的线条也十分柔和。

来美国几次也没有跑过加州1号公路，一直引为憾事，今日得偿所愿，真是大快我心。更重要的是，它超出了我的预期。因为海中有寒流，洋面的低温气流和岸上的暖热气流遭遇，云雾顿生，所以岸上常常

云雾缭绕、仙气飘飘，看上去像海上仙山，连我也忍不住频频叫好。

公路的大部分路段都修在海边悬崖上，偶尔也有几段路铺在山脚的开阔地带，可以让菜鸟们放心大胆、左顾右盼地跑上一会儿。

在加州 1 号公路上跑着，我不由得想起意大利南部那段号称世界最美海岸的阿玛菲，我想阿玛菲的那段路，要不是有沿途那些古雅可爱的小镇来帮忙，不一定保得住世界之最的称号。

离蒙特雷还有十来公里的时候，在加油站碰到两个从加拿大骑车过来的摩托手，他们加完油，从包里取出半长的皮衣穿上。我虽然早上就进入秋冬模式，这时也还是觉得身上冷飕飕的，但我也不想太夸张，没

路边常见的植物，像不像珊瑚

有把羽绒服翻出来穿上，只是把单手套换成了棉手套，果然感觉好多了。离开加油站，只跑了十来分钟就到了今天的目的地蒙特雷，一个安静的海边小城。

我投宿在一家可爱的小旅馆。踏踏实实地躺在床上，我觉得今天是幸运的一天，风景壮丽，而且车子也很给面子，全程没捣乱。

蒙特雷

和我住的旅馆隔一条街的地方有一个大型购物中心，我没什么东西要买，但还是去逛了逛。结果看到的是我在美国看到过的、设计得最优美的购物中心。蒙特雷不简单哪，虽然看样子也就是个几万人口的小城。

优雅的购物中心

它和美国大多数中小城镇的购物中心一样，建筑都只有一层。只是它的建筑风格让我觉得新鲜，似乎是日式的：长长的、宽敞的柱廊，平缓、宽阔的歇山顶。往根儿上说，也就是仿中国唐代的建筑风格。

购物中心露天的地方有那么多沙发也让人称奇，大概只有加州这种宜人的气候才配得上这种奢侈吧？东海岸那几个大城市，夏天酷热难耐，建筑师如果也在购物中心露天处摆上几组沙发，岂不惹人讪笑？

长长的宽敞的柱廊

我记得小时候写作文，形容人多拥挤，有个现成的比喻叫“挤得像沙丁鱼”，别人用，我也跟着用，其实没见过沙丁鱼，“挤得像沙丁鱼”到底怎么回事也并不明白，总之很挤就是了。

蒙特雷在“二战”以前号称世界沙丁鱼之都——那里沙丁鱼罐头的产量居全世界之冠。诺贝尔奖得主约翰·斯坦贝克有篇著名的小说就叫《罐头厂街》，故事背景就是蒙特雷的罐头厂街。

蒙特雷的旅游核心区之一就是这个叫渔人码头的地方。我想破旧的栈桥上的那些旧房子应该原来是渔人或船家的家，或者是鱼铺之类的地方，现在是清一色的旅游商店：饭馆、酒吧、纪念品商店、旅行社。这

海边的礁石上睡懒觉的海狮，你看看它们那个吊儿郎当的样子。

个破破烂烂的样子，没给它统统拆掉，重新盖个迪斯尼式的渔人码头，也是令人惊奇的。

码头附近的海里有很多的海狮、海獭在嬉戏、游泳。不知道是不是到了发情期，老远就听到海狮的吼声，“昂昂昂”，又粗又响，像驴叫。

小城的居民似乎家家依山面海，小巧精致的民房很多，西班牙风格的住宅也很多：继原住居民印第安人之后，最早来加利福尼亚州开疆拓土、寻找发财机会的是西班牙殖民者。

小巧精致的民房

我超到一处房前根据房前的说明牌介绍，得知这是加利福尼亚州重要的历史建筑：18 世纪西班牙统治下的蒙特雷海关，来做买卖的商船在这里验货、交税，建筑风格自然也是西班牙的。

蒙特雷海关

想想美国也真是个鸿运当头的国家，它在国力上升的时期搭上了国土买卖、通过战争割地的末班车，买来、割来的还净是好地：从法国手里买下路易斯安那州，从俄国手里买下了阿拉斯加州，从墨西哥手里买下加利福尼亚州、科罗拉多州、犹他州、内华达州、得克萨斯州等一大片土地……都只花了些小钱。加利福尼亚州是美国面积第三大的州，美国只花了 1800 多万美元就买过来了。头天买过来，过几天就挖出了金子，10 年之内，光金矿的产出就有当初地价的 30 倍。想想哥伦布和他的后辈，含辛茹苦、九死一生来找金子，结果为美国人做了嫁衣裳，真堪浩叹哪。

也许当初那些出卖国土的政府也没把这些地方当回事吧？阿拉斯加州、科罗拉多州、加利福尼亚州大约当年都是叮当响的穷山恶水，19 世纪的人哪里想得到穷山恶水会变成国家公园、旅游胜地呢？更想不到还有一种叫石油的黑金埋在地下，真是造化弄人啊。

反观咱们伟大的祖国，伟大了几千年，好不容易轮到咱们当家做主了，国土面积却大幅瘦身，看看乾隆爷的版图，真叫人欲哭无泪啊。不过也不是光咱们时运不济。看看“二战”前大英帝国的疆域，再早一点，看看拿破仑旗下的土地，一二十年间，失而复得，得而复失，也称得上是翻天覆地。

在蒙特雷山上一处视野开阔的山头俯视渔人码头的时候，我遇到一个流浪汉，他坐在草地上喝着饮料、听着音乐，怡然自得。那是个相当僻静的地方，四下无人，有几分寂寞寥落，看到他像在自己的王国里一样心满意足的样子，敬佩之心油然而生。

三十年河东，三十年河西。国家的命运如此，个人的命运又何尝不是呢？命运之神没有眷顾的时候，依然能心平气和、泰然自若，这是多么令人敬佩的境界啊。

乔布斯故居

朋友听说我要去硅谷，说："如果去看乔布斯的墓，替我哀悼一下。"我的编辑朋友也让我替他致敬。

其实我原先没打算去向乔布斯致什么敬，因为来美国前，我对乔布斯毫无了解，而且我也从未用过苹果的任何产品。对于像我这样喜欢乱跑、又爱舞文弄墨的人来说，毕昇发明活字印刷术以来，我最满意的发明是 Kindle。不过这一路走来，我用 Kindle 断断续续地读完了乔布斯的传记，对他传奇的一生也的确产生了些兴趣。

我没想到他是这么聪明、这么理想主义的人，但又那么胡搅蛮缠、嘴又那么臭。这样的人做别人的老板，琢磨出那么多古灵精怪的东西，我是很喜欢的，这个世界上毕竟平庸、无聊的人太多。不过，他要是做我的老板，我肯定会在他炒我鱿鱼的时候暴打他一顿。

他的墓我没去，我觉得他还没有伟大到那个程度，值得劳烦我去看他的墓。不过专程去看了他的故居，就是他去世的时候住的房子。

我先去库布蒂诺的苹果公司办公区看了看。那里如今大概算硅谷名胜，不断有游人来拍照留念。

苹果公司办公区

苹果专卖店

然后我去了帕洛阿图的一家苹果专卖店，进店试了试几种产品，不得要领。戴耳机听了听 Ipod，觉得和我 20 年前听索尼的 Walkman 也差不多。开车带我去的朋友跟店员聊了聊，得知这家店是乔布斯生前来得最多的一家店，因为乔布斯家离这儿很近。

大树和花草

乔布斯住的那条街很长，朋友很体贴地就在离乔布斯故居几个街区以外找地方停车，然后我们步行过去。那是非常适宜步行的居民区。我一看街边至少有数十年树龄的大树以及悉心维护的花草就知道这不是一般的居民区。

这条街上有很多很好看的房

乔布斯隔壁邻居的房子

围了纤维布的围墙

子。朋友边走边用手机在网上查我看中的房子值多少钱，它们一般都值三四百万美元。朋友说，硅谷先后当红的那些公司一上市，就会有大批的公司雇员发财，因此有钱来这样的地方置业。

这哪里像高科技园区附近的民宅？我看像深山老林里的猎人山居。

我不太走运，赶上乔布斯的故居在修缮，围墙整个围了一圈纤维布。不过，即使没有那道墙挡住视线，估计它也不像是一栋我会给它拍照的房子——如果不知道是谁住过的话。

乔布斯毕竟不是凡人，那么有钱，却不请保镖，不住大房子。

波西米亚的波特兰

也许在大部分不熟悉美国的中国人眼里，美国大部分城市，包括一些名声很大的城市，都不算城市，只能算农村，因为没有林立的高楼，也没有车水马龙的闹市。

波特兰是很符合中国标准的城市：人口稠密，高楼成群，商业繁荣，时髦玩意儿多。

同时，在我眼里，波特兰又是很有个性的城市：气氛让人放松，既有大城市该有的时尚气息，又有小城市的安宁和便利；既有点旧时代慢条斯理的优雅，也有点新时代铺张扬厉的前卫；有点拘谨保守，又有点宽容、叛逆，就像那些在街边读书的姑娘。

很少有大城市能让人在繁华热闹地段的室外找到一个舒服的角落静心读书，但是波特兰就行。

在我去过的美国城市里，从来没有哪个城市比波特兰的流浪汉、街头卖艺的人多，几乎每个街角都有一个卖艺人或一个卖艺的小乐队。

河边、街边的草地上随处可见席地而卧的流浪汉，而且大部分看起来高枕无忧。我想这样的现象得有几个条件：城市环境要好，气候要宜于户外生活，市民要宽容，警察要好说话。这样的城市我以前只在巴西见识过。

河滨公园最受流浪汉青睐

不少流浪汉和美国普通旅行者一样喜欢带着狗到处走。

光顾图书馆的流浪汉也不少

这位大妈境界真高，读书读得简直乐不思蜀啊！

波特兰是环保意识极强的城市，也是我见过的骑自行车人数最多的美国城市。

不知道为什么我觉得这两位是恋人关系

看到一对学生模样的年轻人坐在街边地上，身前摆着一块从纸箱上撕下来的纸板，上面写着：旅行中，破产了。纸板旁边放了个纸杯，一人手里端着一杯星巴克咖啡，一边喝着，一边谈笑，中国同行那种悲惨万分、低声下气的样子一丝也无，一派“姜太公钓鱼——愿者上钩”的超然态度，完全不担心过路人是否能理解他们二人破产和波特兰市民的关系。

波特兰同性恋的人数不少，他们对同性恋也很宽容。同性恋约会的地方环境也真好，看那些树多大，就在市中心的街边啊。

据波特兰的朋友介绍，波特兰和中国的苏州是姊妹城市。波特兰州立大学的城市规划专业是中国负责城市规划的政府官员趋之若鹜的培训基地，但是我很怀疑他们是否真的能在波特兰学到什么。苏州是著名的园林之城，但是我印象里苏州市中心是找不出这么个地方让情侣们约会的。也许是我在苏州走的地方不够多吧。

在波特兰的鲍威尔书城——美国最大的书店逛的时候，在电脑书籍专区碰巧看到书店收藏的苹果公司专做电脑的年代的产品线：苹果2，丽萨，Mackintosh, Next方块。

书店陈列古董苹果电脑也许不是巧合吧。乔布斯是波特兰里德学院肄业生。波特兰的朋友的孩子明天考大学，她谈起里德学院，笑呵呵地说“太野了”，表示不希望孩子去那里读书。不过，像乔布斯那样喜欢穿印度袍子、光脚到处走、身上老是臭烘烘、对朋友圈里互换女朋友视若等闲的年轻人，在波特兰读大学我觉得倒是得其所哉。

除了一部分年轻公民没有自由之外，波特兰样样好。

哥伦比亚河谷 1 000 公里环游

按摩托旅行指南建议的路线，以波特兰为起点和终点，我跑了个两天的环线，长度大约 1 000 公里。环线基本被美国第四大河哥伦比亚河分割成南北两半，南半在俄勒冈州，北半在华盛顿州。

几个在美国的朋友知道我骑摩托环游，都不解地问我：“游美国，为什么不开车呢？买个二手车也未必比摩托贵呀。”

他们的不解当然很有道理，最浅显的道理是：摩托远不如汽车安全。其次，摩托没有汽车的全天候性能，下雨、刮风、天冷、天热，骑摩托都挺遭罪，更别提下雪、结冰的天气了，遭罪不说，还会非常危险。

但是，话又说回来，如果安全、天气不成问题，也不很着急赶路，那汽车就无法和摩托抗衡。比如这条环线，很多路段比我在美国跑过的绝大部分州际高速公路的质量要好得多，柏油路面新新的、黑黑的，平滑如镜，每个弯道都恰到好处的倾斜，拐急弯的时候，路边几乎像自行

车赛场弯道一样立起来，连我这样的菜鸟师傅骑过去都能像一块黄油在热锅沿儿上滑过一样轻快、顺溜，那种美妙体验我总觉得开汽车无论如何也难以体会到，更不要提和自然的亲密接触了。虽然时值盛夏，但是沿途气温最高也只有二十多度，清晨和黄昏时分，温度只有十几二十度，穿着单衣，摩托只开到三档，引擎低吟，信马由缰，软风轻抚，四肢百骸，都酥酥的。骑行在麦地边，闻得到麦子的芳香；在河边，水草的清香扑面而来，那都不是汽车哪怕是敞篷车能体验到的，至少体验没这么充分、妙到毫巅。很多老骑手说，“不是目的地，而是骑摩托旅行本身就是奖励”，就是这个意思吧？

我原先没来过俄勒冈州，印象里总觉得是穷山恶水，哪里知道自己这么孤陋寡闻！这 1 000 公里，几乎每个小时，我都像是置身于不同的世界，而且异彩纷呈：开阔的河谷壮丽如挪威峡湾，无垠的麦田如北大荒，荒凉的原野如川西高原，溪山清秀窈窕如江南山区，还有起伏绵延的丘陵，寂寞美丽的农庄，水草丰美的牧场，乔木高大的森林，湖泊，瀑布，雪山……

有时候骑上几十公里也见不到一个人，一辆车，我很不解：路这么好，像中国城市新修的去机场的高速公路；景色这么美，在中国当得起 5A 级的国家公园，也不收门票，怎么会没有人？我觉得好像所有人都准备跟我开一个玩笑，相约今天都不出现，吓唬吓唬我。当我终于迎面碰到一辆车，就会松一口气，笑一下这个玩笑的组织者：这个人没通知到。

经过不少牧场，牛也好、马也好、羊也好，有时候会从它们的餐桌上抬起头，长时间盯着我看，忘了咀嚼，似乎很长时间没见到人了，表情极其诧异、好奇，好像在问：“他来干什么？”

沿途居民很少，这 1 000 公里，我只经过了些小镇，小得没有饭

馆，没有加油站，这让我有点措手不及。

在一个叫夏妮科的小镇，没油了，跟路边摊的大姐打听有没有加油站，她说最近的加油站在 40 公里外，正一筹莫展呢，旁边路过的一位大叔就在一边搭话了：“你要油啊，跟我来吧。”

他领我到几十米外路边的一辆露营车旁，提过来一个塑料油桶，让我自己加。我加了大约一加仑，够我跑到加油站的。加完油，跟他聊了两句。他叫约翰，家在南方的亚利桑那州，每年在那边住 7 个月，在这边住 5 个月，就住在露营车里。他在这个镇上有一家卖纪念品、杂货的小铺，他住在车上的这 5 个月就同时经营这家铺子。

我要给他油钱，他说，留着帮助下一个需要帮助的人吧。

环游的中点是一个叫 Heppner 的小镇，全镇就一家旅馆，我傍晚到的时候已经客满，我有点失望，天色已晚，不太想继续往前骑找旅馆。前台的先生看出我的犹豫，说："你也许可以在我们的营地露营。"他带我离开旅馆，走过一条街，穿过一个房车露营区，来到一条小溪边，那里有几棵大树，树下有一块半个羽毛球场大的地方，芳草如茵。前后左右，就那么一块草地，整整齐齐，长着茸茸的嫩草，还带一把沙滩椅，一个带凳子的野餐桌，全归我了。

"15 美元一晚。有公用卫生间和淋浴，需要的话来找我拿毛巾和香皂、洗发水，都免费。行吗?"

行吗? 不行——才怪呢。自从四月份离开北卡罗来纳州，我对那边价廉物美的摩托车宿营地一直念念不忘、四处寻觅，曾经在阿肯色州的温泉城找到一处差不多的，那也是快两个月前的事了。

洗过澡，天已经完全黑了，我打着手电穿过碎石地面的房车营地，四下漆黑、安静，头上星光点点，我哗啦哗啦的脚步声显得很响。回到我那片草地，在野餐桌上用便携气炉、野营锅烧热一瓶瓶装水，冲了杯速溶咖啡，然后坐在沙滩椅上小口小口地喝着，看看星星，然后就着头灯看了会儿书。

几口咖啡下肚，人就慢慢松弛下来，很快就有了睡意。钻进帐篷躺下后，在进入梦乡前那几分钟，我凝神谛听溪水奔跑发出的细碎悦耳的声音，感觉妙不可言。

回味过去的一天，我有点不相信自己的好运气。

那感觉好比我随便走进一家百货大楼的洗手间想方便一下，打开门却看到一个 200 人的军乐团在等着我。看到我进门，乐团指挥立即夸张而有力地扬起双臂。巨浪一般的乐声把我淹没，探照灯、追光灯舞动的光柱让我眼花缭乱，一群漂亮姑娘脸上绽开灿烂的笑容，轻盈地跑过来跟我行贴面礼，往我脖子上戴散发着清香的花环。春风满面的百货店老板大步流星走上来跟我握手，把一张放大到硬纸板上的 10 万元礼券交到我手里，并高声地宣布："祝贺您，您是我们第 1 000 万名顾客!"

令人沮丧的黄石公园

据我推测，在美国的自然景观里，黄石公园一定稳坐头一把交椅，美国的旅游爱好者不去报个到是交不了差的，就像中国的旅游爱好者没去过九寨沟、张家界一样，是说不过去的。

我想去黄石公园也有很多年了，一直也没去成，这次算是了却了一桩心愿。

这个世界上第一个也是最大的一个国家公园果然了得，简直万物皆备于我：蓝天白云不用说，高山、深谷、河流、森林、溪流、瀑布、湖泊、草甸、热泉，还有各种各样的野生动物，总之，应有尽有。

在犹他州的大盐湖看到几头野生动物，在这里看到一大群，有几十头，甚至上百头。

我特别喜欢树林、草甸中那些清澈、明亮的溪流。连死树都是一山一山的，像通古斯大爆炸留下的狼藉。

我最喜欢也让我大开眼界的还是黄石公园的热泉，太神秘、太瑰丽了。这样的热泉要搁在世界上别的地方，有一个就值得圈起来卖上 100 元的门票，在黄石公园，大大小小的热泉成百上千。大的热泉水汽逼人，被风吹到人身上感觉像推开了一间桑拿房的门。大风时有时无，白色的水汽时浓时淡，风向不同，水体各个部分乍隐乍现，能看到的颜色也因此不停变换：清澈透明、天的蓝、海的蓝、绿松石的绿……

有一座山整个山坡到处冒热气。看到这座山，我想起电影《2012》，

电影里世界末日由黄石公园火山爆发引发，我觉得这绝不是空穴来风。世界其他任何地方大概也没有这么脆弱的地表。

游完黄石公园，我觉得有些沮丧。我在将近 9 000 平方公里的公园里匆匆跑了两天，还得搭上南边的大提顿国家公园的一个角，时间之仓猝、捉襟见肘，可以想象。两天的奔忙让我想起我读书的时候第一次游苏州，一天逛了八个公园！真是煞风景啊。而且，黄石公园的游人太多了，即使是对那么大的一个公园来说，人还是太多了。对我来说，再好的地方，人一多，就觉得扫兴。

记得我有个朋友和他的家人曾经在五一长假去四川香格里拉，回来说："到了号称香格里拉的山谷里，钻出旅游车，一抬头吃了一惊，满坑满谷的人，哪里是香格里拉嘛，整个像上海南京路。"黄石公园的位置之于美国，和香格里

拉之于中国一样，是非常热门的旅游胜地。据说，夏季它一天就会接待几万游人。我相信我在老忠实泉碰到的那一大群观众，比美国99%的城市的人都多。

所谓旅游开发就是这样，很多地方，不开发，没人知道，但是会保有惊人的、天然的美丽和静谧，开发呢，就总有点暴殄天物的感觉。

大提顿（Grand Teton）和蒙大拿州

从黄石公园南口出来，往南跑半个小时就到了另一个美国国家公园——大提顿。我没时间都看，只骑车在公园里跑了几十公里，感觉就一个字：爽！

回程走了朋友玛蒂建议的路线，287号公路，大部分在蒙大拿州境内，美不胜收，因为事先一无所知，毫无期待，所以反而喜不自禁，一路载欣载奔，感觉比在黄石公园还带劲。

约翰·斯坦贝克曾开车周游美国，到蒙大拿州的时候他说：“我

看样子这里是摩托手朝圣的地方

爱上了蒙大拿州。我对其他州有赞赏、尊敬、认同，甚至有些爱慕之情，但对蒙大拿州，是真爱……我觉得蒙大拿州没有一丝一毫美国的疯狂熙攘……这个地方是个适合居住的地方，不是个让大家都紧张忙碌的地方。这儿的人即使在工作时间，也会有空顾全邻里之间的碰面艺术。”

我觉得自己很幸运，走了这条 287 号公路，多少体验到了斯坦贝克的浪漫感觉。

这张明信片能说明约翰·斯坦贝克的意思。停车在路上聊天也不用担心堵塞交通。今天的蒙大拿州也许没 20 世纪 60 年代那么人烟稀少了，但是，依然会羡煞中国、印度：它有两个广东省大，人口却只有 100 多万。

哈雷博物馆

密尔沃基有哈雷博物馆，笔者虽然对摩托所知甚少，但对哈雷摩托的传奇还是心存敬意的，自然该去凑凑热闹。

博物馆门口停满各地哈雷车迷的车

1909 年——宣统元年的哈雷

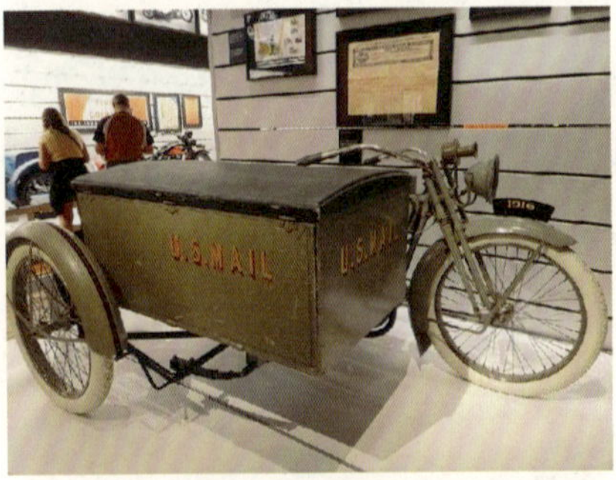

1916 年的美国邮递车。想来哈雷摩托对美国人物质生活、精神生活方方面面的参与和贡献，正是哈雷文化生生不息的生命源泉。

哈雷为“二战”北非沙漠战场设计的军用摩托，似乎只生产了样车，没有量产，很彪悍哪。

几十年前的招贴画。中美老摩托迷很多经历过摩托车的黄金时代，那时候，摩托车代表高科技，代表富裕、时尚。相信有的摩托迷还记得，也许当年买第一辆摩托车的时候，比今日买辆汽车来得更激动人心、幸福满怀。

最早的赛场摩托车比赛是沿用汽车比赛的成例，在木制赛道上进行，这种陈列灵感大概由此而来。

改装是哈雷摩托文化的重要部分。改装的趣味和人们对衣着的追求一样，千奇百怪，最奇的未必是品味最高的，但必定是让你看了眼睛痛的，比如这一辆，叠床架屋，雕缋满眼，品味之幼稚，我看的时候，都笑得合不拢嘴。

摩托展馆旁的一栋展厅里有个黑皮夹克的专展，饶有趣味，以实物、图片讲述黑皮夹克如何由一种实用服装渐渐演变成一个社会符号，替着装者传达叛逆、个性化、危险的浪漫等文化符号。

20 世纪 90 年代流行于美国西雅图地区的彩绘、带钉黑皮夹克

展览馆附设的摩托用品、纪念品店

摩托运动、旅行发达的国度，摩托车的买卖生意兴隆，衍生产品和相关服务生意也会跟着沾光，在一个以摩托车为重要休闲用品，甚至把骑摩托当成陶冶性情的途径的国家，原是应有之义。想想中国城市禁摩政令此起彼伏，不免浩叹。好多城市大喊发展文化产业，大概没人想到摩托车和文化产业的关系吧？希望禁摩政令有一天能解除，让我们拭目以待。

鹿岛

知道我10月中旬要去新英格兰州，朋友有点担心我会错过红叶观赏的最佳时机。

我倒不很担心。一方面，我向来对“世界之最”、“一生必去”的地方心存戒心，认为那不过是各种各样的人因为各种各样的原因的夸大之词。另一方面，你也可以说世界之最俯拾即是，是既不必也不能照单全收的，还不如随兴之所至，凭借和老天的缘分不期而遇来得开心。

美国以秋色著称的各地的网站，都有红叶预报，准确报告秋色演变的时间、进程和地域，按图索骥，方便得很。我也没理会它，我有点不信，离开那玩意儿就看不成红叶。

我从新泽西州出发往北，目的地是缅因州的鹿岛。我是读了约翰·斯坦贝克开车周游美国的游记才知道那个地方的，挺想去看看约翰·斯坦贝克游过50年之后，那个岛变成什么样了。

沿途的秋色果然不算很出众，这也许和我走的路线有关：我走的相当于咱们国家的高速、国道那样的大路。在北京要看红叶，你得去香山，而走国道是到不了那里的。

第一天在旅馆登记的时候，前台的女士还奇怪地问我：“这个时候你来这儿干什么？”

但是，我也不是全无收获。偶尔出现在路边的一片山林，也许正在蜕变，像灰白的底布上抹上了几团彩色：红色、黄色、橙黄、绿色……那已足以让我停车眺望，心满意足地品尝秋天的况味了。

鹿岛就更好了。那是很好的摩托旅行目的地：高耸的海桥，弯曲的海中堤道和陆地相连，天风猎猎，吹得摩托左右摇晃；岛上树高林深、山路蜿蜒，有坡陡的地方，都看不到路向哪个方向延伸，摩托

爬到坡顶减速不及时我的心就会往嗓子眼跑，像坐过山车。

我投宿在岛上最热闹的那条街上，大概只有 100 多米长。旅游旺季早已结束，岛上只有两家旅馆和一家餐馆还在营业。

晚饭我打算东施效颦，吃个龙虾。鹿岛是传统的捕龙虾渔村，约翰·斯坦贝克在他的游记里记下了这里的龙虾给他留下的美好记忆。我点了一只一斤多的龙虾。吃法还是和约翰·斯坦贝克 50 年前的吃法一样：煮熟，蘸柠檬汁和化了的黄油。

结果我很失望。怎么也没想到，煮熟的龙虾，肉有点像橡皮筋，当然不是质量很好的那种，好在还咬得动。不蘸调料的时候，肉有点清甜，也不坏。但是那个韧劲儿让它的口感远不如我喜欢的吃法：生吃或者熬粥。

很奇怪，座无虚席的饭馆里，只有我一个人吃龙虾。服务员吆喝着把我的龙虾端上来的时候，似乎所有的食客目光都集中在我身上，我感觉自己像个打算炫耀一下的暴发户。

瞪着龙虾，我有点愣神儿：看着那只像塑料玩具一样鲜红、完美的龙虾，一方面我有点兴奋，另一方面又有点束手无策：我从来没和带壳儿的龙虾打过交道。服务员也看出我神色不对，马上简要地介绍了下吃法。我听得似懂非懂，但也没太在意：反正就是把壳儿打开，把肉找出来呗。

一开始动手，先溅了一身水：龙虾里头有水，我一把揪下一边钳子，水花四溅。

旁边有两桌人显然早就等在那里看我的笑话了，看我果然鲁莽，马上轮流过来详加解说。我一边继续拙劣地表演，一边跟他们聊。原来两桌人都是岛民，其中一桌是对夫妻，丈夫就是镇上打龙虾的渔民。

约翰·斯坦贝克在美国旅行的时候已经开始担心由于电视的流行，美国地方文化的多样性会遭到毁灭性打击。比如各种地方口音的消失，而在新英格兰他得到了安慰。让我吃惊的是 50 年后，情况还是那样：他们说话的口音依然很重，有棱有角，不像大地方的人说英语那样轻软流利。

丈夫指导完，回到自己座位上，一边吃自己的饭，一边盯着我，并不断纠正我。我学得三心二意，说实在的，吃龙虾的热情已经让那个口感败得差不多了。再说了，他们说的英语正如约翰·斯坦贝克所说，有很浓重的英国西海岸人的口音，不好懂。大概嫌丈夫教学效果太差，一直让丈夫传话的妻子终于受不了了，亲自走到我桌边耳提面命。看我稍微上路了，回座位前还特意叮嘱我："龙虾肚子里那些青色的像婴儿拉的稀屎一样的东西，有人避之若蛇蝎，但也有人喜欢得不得了，你要愿意，不妨试试。"

她热情的眼光明显在鼓励我，使我想起当年我带美国朋友吃狗肉的情景。不过我盯着那摊稀屎看了好几眼，咽了一口口水，最后还是把它搁到了一边。大块的肉快吃干净的时候，大概他们看出我吃得很不负责任，当丈夫的又远远地高声提醒我："那些细螯，里面有肉，那是我妻子最爱的部分，你一定要把肉吸出来吃掉！"

没办法，众目睽睽，我不可能把那些鸡肋一样的东西一股脑扔掉，像我平时吃蟹的时候干的那样。我一根一根把它们扯下来、撅断，作势猛吸。第一根还没咂摸出味道呢，那位先生已经迫不及待了，热切地问："怎么样？怎么样？"我一边吸，一边扭过头冲他使劲点头，尽量让眼里充满兴奋和感激，好像发现了让我终生难忘的珍馐。

其实，细螯有的里面的确有一根像火柴棒那样的细肉，但我没觉得味道跟肚子里的肉有什么两样，吃起来还很费事！说实在的，要不是怕不礼貌，我恨不得把那些"火柴棍"都送给他们才好。

吃完饭，买了单，跟那对夫妻说了谢谢和晚安，他们还不让我走，拉我到他们桌坐了会儿。他们都是从小在岛上长大的，当太太的小时候曾随当军人的父亲去日本住过几年。

听说我去过不少地方，渔民先生好奇地问："哪个国家的姑娘最漂亮？"

我猜，50年的时间在新英格兰州还是留下了痕迹。约翰·斯坦贝克遇到的典型的新英格兰人州是很沉默寡言的，除非客人主动攀谈，否则他们绝不开口。

鞋子控的自白

在 95 号公路上跑的时候，看到路边有一个 Outlets，跑过几公里找了个出口下来又跑回去血拼。

Outlets，北京这边叫奥特莱斯，直译也许该叫名品折扣店吧。是我最喜欢逛的美国商业区。不过，顺便说明一下，北京的奥特莱斯和美国的 Outlets 是两回事，就像咱们国内的沃尔玛和美国的沃尔玛完全两回事一样。我逛过北京东四环的奥特莱斯，那里卖的所谓折价商品，很多打完折比美国的原价还贵上一倍甚至更多。

我草草逛了逛，花 30 美元给我兄弟买了双耐克篮球鞋。我差不多每次来美国都要买两三双鞋。我是个鞋子控。

从小到现在，我穿过、攒过很多鞋子，有跑步用的钉子鞋，有拖鞋，有美国工人的工作皮鞋，相当多。摩托没骑几天，骑摩托穿的靴子就买了好几双，有中国产的，也有墨西哥产的。

电影 *Game* 里，迈克尔·道格拉斯扮演的一个很阔的律师，被人追杀的时候，和一个妓女一起落荒而走，他们爬上一栋楼房的水管，爬到一半，他掉了一只鞋，又不敢下去找。他咒骂了一句，说："1 700 美元没了。"那个妓女不相信自己的耳朵，尖声问他："你一双鞋 1 700 美元?"道格拉斯说："我说的是一只。"那么贵的鞋我当然没买过，实际上，连见都没见过。虽然没穿过、攒过多么了不起的货色，但是热情是极高的。我觉得如果以购买力来衡量我的成绩，我肯定比因为拥有三千双鞋子而声名远扬的马科斯夫人还要厉害。

而且，我最得意的是我的鞋库，品类之盛，估计马科斯夫人和那个阔律师都不是对手。说起我穿过的鞋子，五花八门，邪门的程度恐怕少有人比，就单说运动类的鞋子吧：钉子鞋、跑鞋、跳远鞋、跳高鞋、三级跳远鞋、田径鞋、篮球鞋、足球鞋、排球鞋、网球鞋、羽毛球鞋、乒乓球鞋。知道这些鞋子的区别的恐怕没有几个吧？呵呵。在大学上体育课学滑冰那会儿，我还穿过花样滑冰鞋。

小时候，一次放学的路上我还捡过一双草鞋穿，就是电影里 80 年前红军老穿的那种稻草扎的鞋子。谈谈用户体验，如果季节合适，穿到不新不旧的时候，它可真舒服：轻便，透气，有弹性。当然，还很绿色，对吧？

小时候，也就是20世纪70年代后期，参加区里、市里的中小学生运动会，我穿着皮底的钉子鞋，又硬又笨重，像穿着时装模特穿的高跟鞋，看到体校的选手们穿着刚面世的尼龙底的钉子鞋，那么轻便、那么时髦、那么专业，快把我羡慕死了。可能我的鞋子控种子就是那个时候埋下的。从心理学上来讲，幼时的匮乏，可能会以报复性的占有欲来补偿。后来上了大学，还嫌学校发的跑鞋不够好，让在体工队的弟弟给我弄了不少专业队员穿的耐克跑鞋，神气坏了。

现在的孩子，大概想不到有钱却买不到的鞋子情况吧？但是我们中国人民的确经历过那样的日子。耐克鞋大约是20世纪80年代进入中国的，到现在总有10来年吧，它绝对是特权人群——专业队、体校的运动员的专属品。除了他们，其他人有钱也买不着。我估计那是因为当时国内不生产，它们都是国家花外汇买的。

后来当进口的耐克鞋慢慢出现在各地体育用品店的时候，那绝对是奢侈品：一双鞋比大部分人一个月的工资都高。我记得我兄弟跟我讲过

他一个朋友的故事，他朋友买了双新耐克鞋，头一个星期，没舍得穿着出门，只在家里穿——在床上走。那时候，也没有别的奢侈品。

我念小学的时候，赶上毛主席他老人家还健在，那时候，全国人民都挺穷，只穿两种运动鞋：一种叫网球鞋，只有蓝、白两个颜色，简称蓝网、白网；还有一种鞋叫解放鞋，就是模仿解放军战士穿的军鞋，和现在农民工、建筑工最常穿的那种绿胶鞋基本一样，只是没有迷彩。

读中学的时候，我代表学校参加市里的运动会、篮球比赛，比赛完，钉子鞋、回力球鞋（大概是“文革”前的旧鞋）还要还回去。明年再发给别人穿，也不管你有没有洗脚，是不是有脚气呢！

七、花开两朵：加拿大

去加拿大汇报工作

头天已经盘算好，今天要向东去新罕布什尔和佛蒙特找红叶看，在以秋色之美著称的佛蒙特住。今早起来，突然心血来潮，到网上看了看天气预报，发现下一个目的地多伦多后天开始连续下雨，所以我一不做二不休，当即改变计划，放弃新英格兰州，直接奔蒙特利尔，明天去多伦多，务必在雨来之前赶到多伦多。

多伦多那边我有个中学同学，跟我同班，她不但认账，而且承认做过我的班长。去年她回国我们见过面，一晃一年多过去了，一直没有机会向她当面汇报工作，现在离得这么近，我得抓住机会。

临时用谷歌地图查了个路线，到蒙特利尔还有四五百公里，在美国境内的路段主要在新罕布什尔州境内。

上了路发现，虽然已是秋末，很多树叶的子都落光了，但秋色尚存，基本可以弥补我错过佛蒙特州的遗憾。估计是树种不同的原因，我经过的缅因州、新罕布什尔州到处都是这个样子。

在佛蒙特州东北角跑了二十来分钟，就到了一处僻静的加拿大边检站。

大概我走的这条路线十分冷门，通过的人极少。友好随和的加拿大边检官看看我的护照，例行公事，问了我几个问题，我也如实回答：

“来做什么？”

“旅游。”

“要去哪里？”

“蒙特利尔和多伦多。”

“住在哪里？旅馆订了吗？”

“没订，打算现找。”

“带了多少现金？”

“没带。”

“有什么要申报的？”

“没有。”

他问完后，就把我的护照拿到屋里盖了个章，出来还给我，让我上路。过了边检，加拿大这边就是一马平川，我兴冲冲地杀向蒙特利尔。骑摩托跨过国界，这是第一次。

一个移民家庭

班长一家是9年前技术移民过来的。她有什么技术呢？过来以前，她在国内一家地方媒体当编辑，是个小头目。她就以这样一手技术申请移民获批，带着老公、当时6岁的儿子一起过来了，付了移民中介将近一万元。现在说起来一万元好像不算太多，9年前可不一样，那时候很多人买单位的三室一厅、两室一厅的旧房子也不过几千元。过来以后，她先到语言学校把英语回了回炉，然后找到一家中文小报社干上了老本行。因为能力出众，不久就换了份工作，到一家比较大的中文报纸干，就一直干下来了。

班长家住的就是这样的房子

老公原先在国内是搞电气施工的项目经理，过

班长公子的房间

来以后，因为不想学英语，就干不了老本行，而只能干一些不用说英语的蓝领工作：福特汽车生产线上的装配工，农场的杂工，垃圾分类处理场的工人，现在他在一家食品公司开车送货。

刚开始，日子当然过得紧，一分钱掰成两半花。班长说，那时候，为了省一张两加元的公车票要走很远的路。班长说起当年的艰苦奋斗史时只是轻描淡写，寥寥几句，大概觉得说多了局外人也不理解。

班长是我的朋友里极少的几个以移民为目的出国的，所以我估计他们大概经历了我很多移居国外的朋友没经历的磨难。其他住在国外的朋友，几乎无一例外，最初出国的目的是读书，而且一般都有奖学金，很多是全奖，连生活费都不用自己掏，他们最后定居国外前，有相当长的时间学习所在国的语言、文化、生活习惯。

班长一家也不像最近这些年发了财移民的那些阔人没有什么经济的压力。他们从一个社会主义国家，空降到一个高度个人主义、高度商品化的国家，举目无亲、赤手空拳，承受的心理压力一定非同一般。

7 年前我来看他们的时候，他们住的是离市中心很近的一栋高层公寓楼里的一套两室一厅房，就是国内城市最常见的公寓楼房。那是他们出来前先在网上找好的，不知道深浅就住进去了，便宜嘛。住着住着才住明白过来：这栋楼所在的地方正是多伦多的贫民窟，他们的邻居里有很多是吸毒者、毒品贩子、妓女。他们运气算好，住了几年，大家相安无事。

这次来，他们已经像大部分美国和加拿大大城市的中产阶级一样，搬到城市郊区去了。一栋独立的房子归两家所有，一家一半，“汤耗子”那样。他们家这一半，属欧美民宅的老套房，大起居室、大厨房、跃层三个卧室，还带一个半地下室，一个车库，一个四五十平方米的花园。

班长说多伦多的房子贵，我问她多贵，她说他们家房子合人民币二百多万元。

真把我气死了。他们家的位置大约相当于通县之于北京、番禺之于广州。我觉得她花 2 000 万元在通县也不一定住得上她现在这样的房子。

她的工作相对清闲，基本上朝九晚五，按部就班地做就是了。她老公的工作相当繁重，有时候跑外埠，早上 7 点多出门，晚上 12 点左右才到家。儿子在家附近的高中读书，自己坐公车上学，在家的时候像个隐形人，悄无声息，总是关在自己的卧室里上网、玩游戏、写作业。学业倒是全不用父母操心，还能帮着做点家务。就是跟父母没话，父母要不主动跟他说话，他要是没有事情让父母办，一天也没有一句话。也不是多别扭的孩子，就是跟父母没话，我看他比我还更像个房客。

这样的孩子，我在美国和加拿大的中国家庭还真见了不少。

班长负责做饭、操持家事，老公下了班万事不管，脱了工作服直奔他的独立王国，搬搬这个音箱，挪挪那个功放，一根电线一会儿接到这儿，一会儿接到那儿：他是我迄今为止见过的最狂热的音响发烧友。

班长当着我的面数了数她老公的家当：他有 13 对音箱。

我猜他的家当一定价值不菲。我到的第二天，班长替老公收了个快件，是他在网上淘的一根一米来长的电源线，真货售价 2 600 加元，他买的是经发烧友们鉴定通过的国产山寨版，260 加元。

他给我看了一张玉置浩二的碟，说买不到，拜托我流窜的时候帮他留心，如果碰到就帮他买下，如果价格不太贵的话，比如 600 美元，就可以接受。他吃完饭碗一扔，又去忙活。要么躺在音响旁边的沙发上听歌。凯尔特女人啊，席琳·迪翁啊什么的，或者看国内拍的垃圾电视连续剧，看到睡着。

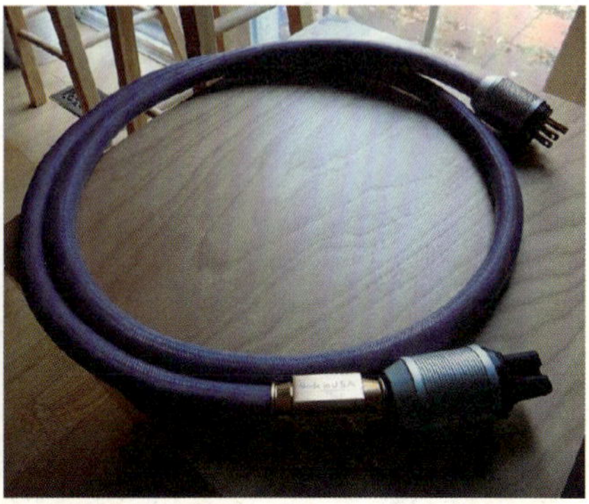

向加拿大蓝领致敬

因为几乎从来没有机会观摩美国和加拿大蓝领的工作，所以我请求班长老公准许我跟他去看看热闹，他很爽快地就答应了。

班长老公的工作就是每天开着车到多伦多以及多伦多附近的城市的餐馆送货。到目的地后，先找地方停车，然后从车上往这个小推车上卸东西，再送到餐馆里。车上载的都是些冷冻食品，大罐大桶装的各类液体（油、酱油什么的），挺沉。因为我跟车，班长老公没要太多任务，即使这样，我看车上的东西总有一两吨重。他说多的时候会比这些多三四倍。

他跟我一样，也是60后。

他今天所有的客户都在多伦多市中心。第一个停的地方，据他介绍，是一个比较穷的东欧人聚居的地方。他送货，我就在这片地方逛。

班长老公有几家客户就在多伦多著名地标CN塔下面的几栋楼里，他把我放在塔下，约好时间来接我，然后他干他的苦力，我自己玩。

这个塔我7年前上过，记忆犹新。从塔上眺望安大略湖，浩浩汤汤，横无际涯。重回多伦多，我急于重温那份壮丽。

登塔的门票是27加元含税，班长老公从来没上去过，他说太贵了。

班长老公的专车

班长老公送的货

东欧人聚居区

随手拍

多伦多的地标 CN 塔

当年他老婆孩子登塔的时候，他也和今天一样，把他们放在塔下，自己开车走了。

谪仙记

说起来，我和班长老公算是同门师兄弟：我们同岁，我念初中的时候曾经在长沙市体校篮球班短期训练过，那时候他也是篮球班的队员。大概因为我没有住校，而且待的时间也很短，所以跟他不认识，但是聊起时间、地点、人物样样对得上：教练说的是一个人，当时已崭露头角的队友名字也对得上，同门之雅是明白无误的。

7 年前我们第一次见面就聊得挺高兴。

7 年不见，他样子没什么变化，大概因为干体力活儿，身材保持得好极了，健硕、挺拔、有力，我们这个岁数的人标志性的赘肉他绝对没有。一口长沙话时不时蹦出些没人知道怎么写的土话、脏话，我听起来

亲切极了。不论谈什么，快言快语，直来直去。

要说变化，我觉得他明显不如贫民窟时代兴致那么高昂了，那时候跟他聊天，他脸上的表情很生动。现在跟他聊，特别是聊体校、聊音响、聊他喜欢的歌手，他也很愿意聊，但是脸上表情很少。这些话题之外，他就很沉默，默默地折腾他的音响，默默地躺在沙发上听歌、看电视，没完没了。

我觉得他脸上有一种什么成分是他住在两室一厅的公寓房里时肯定没有的，落寞？消沉？我不太好说。感觉他现在的状态，用王小波的话来说，像是被生活锤过，锤得虽然不重，但是留下了痕迹，有些东西磨损了。

问他喜欢不喜欢现在做的工作，他很干脆地说不喜欢，每天都不想干，但是没办法，为了老婆孩子，他得干。其实我挺喜欢他的送货工作，钱不算很少，又不用动脑子，那是最理想的工作。记得十几二十年前，我读马龙·白兰度的自传，马龙说过一句话深得我心，他说如果扫大街和演电影挣一样多的钱，他更愿意扫大街。

我把这种看法跟班长交流，班长说：“短时间干干也许你喜欢，干一辈子就是两回事了。”班长说的对，我是有点站着说话不腰疼。

他对加拿大的教育也很不满意：“来的时候好好的孩子，教成这个样子！”

听班长说，她老公的外公原来是湖南省政府参事室的参事，我一听兴趣大发：参事室是藏龙卧虎的地方。我赶紧问她：“他外公原先是干什么的？”班长说：“是个国民党军阀。”

我兴趣更高了，班长去上班，我立刻跟班长老公把情况打听清楚了。

他小时候住在外公家，那个家在长沙市麻园岭，那里原来有三所深宅大院，他外公家住一所，另外两所的户主，一家是领导湖南国军和平起义的程潜，一家是时任解放军兵团司令、新中国成立前在东北把林彪的部队修理得很惨的国军猛将陈明仁。

他小时候还见过来外公家“拜见老师”的黄埔军校毕业生杜聿明、黄维。他的外公叫方鼎英，湖南兴化人，曾任黄埔军校教育长、代理校长。他还有一门显赫的亲戚，他的大姨父是贺衷寒。

他的境遇、他那些曾经声势烜赫的亲戚让我想起他外公的老同事白崇禧的儿子写的小说《谪仙记》。

国民党痛失大陆，一批军人、政要和他们的家人被迫流落海外，过起了政治难民的日子，虽然境遇迥异，但心中大抵都有相同的痛：当年都是奋发有为的青年，跟随孙中山、蒋介石提着脑袋干革命，驱除鞑虏，建立民国，浴血奋战，打败日本，却顷刻之间断送了锦绣江山。国破家亡，身如飘萍，纵使轻车裘马，锦衣玉食，到底赶不走心底那份刻骨铭心的悲凉。

他的身世当然不同。但是一个时代有一个时代的谪仙。

聊到他的音响和音乐收藏的时候，他放王菲的歌给我听。王菲的歌我向来没什么兴趣，但是，听完他的故事，听起来就别有会心。

棋子

想走出你控制的领域
却走进你安排的战局
我没有坚强的防备
也没有后路可以退
想逃离你布下的陷阱

却陷入了另一个困境
我没有决定输赢的勇气
也没有逃脱的幸运
我像是一颗棋
进退任由你决定
我不是你眼中唯一将领
却是不起眼的小兵
我像是一颗棋子
来去全不由自己
举手无回你从不会犹豫
我却受控在你手里

这歌本来是首情歌吧？

王菲真行，像旧社会穷人家童养媳似的，不知道受了多大的委屈，唱得这样凄凄惨惨的，真个悲凉之雾，遍被华林。

秋光里的尼亚加拉

壮美的瀑布总是让人难忘，让人愿意一而再再而三地重访。而且看了一处就想看和它齐名的其他瀑布。好的瀑布也常常像一道鹊桥，连接两个国家，因此，要把一对“璧人”看全，常常需要两个签证。这样的瀑布有中国的德天瀑布、南美的伊瓜苏瀑布、非洲的维多利亚瀑布。在北美，当然就是尼亚加拉瀑布了。

这次已经是我第三次来尼亚加拉瀑布了。

头两次来尼亚加拉瀑布，因为只有美国签证，所以结果也和看伊瓜苏瀑布一样，只看到鹊桥的一头：因为没有拿到阿根廷签证，伊瓜苏瀑布就只看了巴西这一边。好像存心吊我的胃口，在巴西看过伊瓜苏瀑布、在美国看过尼亚加拉瀑布以后，很多人都跟我说：“看伊瓜苏瀑布，阿根廷那边更好；尼亚加拉瀑布呢，加拿大那边更好看。”说起来真气人：你在这边看已经觉得美得超乎想象了，可是他们还说那边比这

边更好看，不是成心气人？

这回我终于同时拿了美国、加拿大的有效签证，可以让气我的人闭嘴了。

从多伦多动身，骑摩托不到两个小时就到了瀑布城。

因为怕喧哗，我特意在瀑布城外围挑了个小型青年旅馆住。维多利亚风格的民宅，褐红色的砖墙和周围金黄的树叶相得益彰。听旅馆主人介绍，房子原先也是尼亚加拉瀑布地区第一所诊所，是 19 世纪一个英国医生出资修建的。难怪公共起居室里的书架上有一套很旧的医学百科全书和很多医学书。

上次来尼亚加拉瀑布，是 8 月份，正是旅游旺季，记得我从州际公路靠近瀑布城的出口下来时，一大排收费口都排着长龙，那情景在美国极为少见，让我想起国内黄金周的著名景点汹涌的人潮。这次我终于赶上了深秋的好时节，旅馆里客人很少，我住的四人间就我一个客人。

入住的时候，天色已晚，又下着小雨，所以没有着急开始游程，只是不紧不慢地洗完澡，在小巧整洁、设备齐全的厨房做了简单的晚饭。吃完饭，上上网，然后早早上床，读了几页书，听着窗外隐隐的雨声入睡。

一觉醒来，撩开窗帘，天已放晴。吃过早饭，我上路去看瀑布。

旅馆就在尼亚加拉河边，离瀑布只有一公里多的路，一出旅馆就能听到空中弥漫着的瀑布发出的殷雷般的轰鸣声。

天蓝得不得了。我顺着河边悬崖上的路磨磨蹭蹭地走，路上几乎没有别的行人，经过的汽车也很稀少。路的一边是深深的河谷，谷底碧绿的河水缓缓流淌，河面上飘着一绺绺瀑布冲出的白沫，另一边是错落有致的民宅和提供早餐的家庭旅馆（B&B），芳草如茵、花团锦簇，一个赛一个的好看。河谷的另一边是美国纽约州的瀑布城。

多伦多的朋友说，我运气好，赶上好时候了。往年这个时候，已经很冷了，也许都下雪了，树叶都掉光了。今年秋天长，秋色也长。

我走走停停，左顾右盼，一栋房子一栋房子、一棵树一棵树地看，心情笃定：我知道世界上最棒的瀑布之一离我只有一公里远，我有一天的时间跟它周旋，我既不着急赶路，又有很中意的旅馆，如果我高兴，我还可以再住一天，甚至两天。

落叶也像我一样悠闲，在微风中伶伶俐俐地飘摇、回转，无声地降落。

以前在巴塔哥尼亚和别的地方，我看过像火山一样艳丽的红叶，但是像尼亚加拉瀑布这样五彩缤纷的秋叶，还没看过。它们色彩浓重，热烈奔放，仿佛在宣示它们的决心：它们扎扎实实准备了一年了，今天一定要尽力绽放。

大概有的民居是度假房，季节一过，就人去楼空了，门前一时也没人打扫，金灿灿的黄叶落了一地，匀匀的、厚厚的，在晨光中熠熠生辉。

“碧云天，黄叶地，秋色连波，波上寒烟翠”，简直像是在说尼亚加拉的事。

一路看过去，不知不觉就到了瀑布边。

瀑布依然让我心动，特别是当我凑到离瀑布群里最大的那座马蹄瀑只有几米远的地方，俯瞰石板上飞速流动、翡翠一样晶莹透明的巨大水体越过悬崖顶端，顷刻间雪崩一般白茫茫一片、摧枯拉朽地猛扑下去，我依然心惊。那种力量的爆发，那罕有其匹的气势，看多少遍也还是会让我心旌摇荡。

但是，为什么说加拿大这边更好呢？

答案在那个瞭望塔。

两次在美国那边看瀑布的时候，遥望河这边的景物，早就对这个鹤立鸡群的制高点垂涎欲滴了。在这以前，在加拿大已经上过两个这样的观光塔了，魁北克市山顶的旋转餐厅，多伦多的 CN 塔，两个都让我大饱眼福。我算定这个塔也不会亏待我，果然。

塔上有个旋转餐厅，一个小时转一圈，我上去转了两圈，细嚼慢咽地吃了顿简餐：恺撒沙拉、蛤蜊浓汤。我吃得满意极了。

如果你坐在100多米高的座位上，俯视两国，头上艳阳高挂，脚下的秋色连波，大湖烟波浩渺，瀑布飞花溅玉，谁都会吃得满意的。